青春是一场折腾

张迟昱　著

重庆出版集团　重庆出版社

图书在版编目（CIP）数据

青春是一场折腾 / 张迟昱著. — 重庆 : 重庆出版社，2012.8

ISBN 978-7-229-05362-8

Ⅰ. ①青… Ⅱ. ①张… Ⅲ. ①言情小说—中国—当代 Ⅳ. ①I247.5

中国版本图书馆CIP数据核字(2012)第132355号

青春是一场折腾

QINGCHUN SHI YICHANG ZHETENG

张迟昱　著

出 版 人：罗小卫

责任编辑：陶志宏　何　晶

责任校对：杨　婧

装帧设计：姚姚设计工作室

重庆出版集团
重 庆 出 版 社　出版

重庆长江二路205号 邮政编码：400016 http://www.cqph.com

北京兴湘印务有限公司制版

北京兴湘印务有限公司印刷

重庆出版集团图书发行有限公司发行

E-MAIL：fxchu@cqph.com 邮购电话：023-68809452

全国新华书店经销

开本：710mm×1000mm　1/16　印张：15　字数：222千

2012年8月第1版 2012年8月第1版第1次印刷

ISBN 978-7-229-05362-8

定价：28.00元

如有印装质量问题，请向本集团图书发行有限公司调换：023-68706683

目 录

序幕　时光仍在，我们一如既往地飞逝

那天的天气，用小学作文的惯用形容词来说正是“秋高气爽，万里无云”。我闲来无事心血来潮地坐在自家四合院的天井里翻看旧日的相册。我们这一代人年轻的时候大部分相片都保存在了电脑里，能被打印出来的可谓是寥寥无几，都是一些个自己珍爱的精品。

我翻看着这些自个儿保存多年的“珍品孤本”，当那些年那些人重新跃然纸上时，那份熟悉的感觉不禁令人感慨万千。

正微微有些感伤，突然从相册的尾页滑落出一张相片，它缓缓飘落在地，静静地匍匐在我脚下的青石板上，在秋日暖人的阳光映射下泛着柔和的光晕。

我弓腰将它拾起，轻轻拂去上面细微的尘土，透过老花镜的镜片，相片上的内容呈现在我的眼前——在一片皑皑的白色中一群富有朝气的年轻人正冲着数码相机的镜头绽放出如花的笑靥，看着那一张张年轻靓丽的容颜，顿时那不真实得似乎更胜黄金档言情剧的往事又绵绵密密地涌上心头，仿佛当时的一切就发生在我翻开相册前的那一刻……

相片背后斑驳的血渍盖着几行柔软的文字：

不管你的爱有没有明天

我会坚信

那些誓言

终将在人世流连

“——我们俩一辈子都在一块儿好吗……”

“——好”

——2007年冬

第一章　泡妞也是门科学

1. 难道是艳遇?

我自认为是个不算太普通的男人，所谓长得帅的没我有才，比我有才的没我帅，当然，这都只是局限于“自认为”。要是我往京城的大街上那么一杵，不做出些惊世骇俗的举止怕是没人会向我看上第二眼。

我每天早上起床都要看一遍《福布斯》富翁排行榜，如果上面没有我的名字，我就去上班。

我对我的日常工作还是颇为满意的，这也是个令大多数生活在这个地球上的下半身动物艳羡不已的活儿——时尚杂志《最男人》的编辑。

很多看过《最男人》的兄弟们大概都知道，我这活儿不是乱盖，日常接触的除了美女还是美女。

伟大的领袖教导我们，一切不以结婚为目的的谈恋爱全是耍流氓。

我们则要告诉你，在《最男人》，一切不以耍流氓为目的的工作全是不务正业。

那天早晨我依照惯例比闹钟设定的时间多睡了半个小时，迅速完成刷牙洗脸穿衣这件与“面子”有关的琐碎工程后，我背起我的单肩包，顺手拿了个昨晚在楼下面包房买的肉松面包，就匆匆准备去我热爱的杂志社播撒我青春的汗水。

刚打开自家大门，一封淡紫色的信笺随即映入我尚半睁半闭的眼帘。它应该是被插在我家门缝里的，只是我这人比较粗枝大叶，不打开门根本就注意不到它的存在。

我将信封拾起，这是个纯色的信封，纯得上面连一笔墨迹都没有，看来是有人亲自塞进来的。

我心里顿生疑窦，头脑也清醒了几分。

这淡紫色的信封一看就是出自女儿家的手笔，听胡胖子扯淡时曾说过，紫色还是代表神秘的颜色，那究竟会是哪路美女在大清早往我一小编辑的家门里塞信笺呢？

以前也听同事提起过，某些习惯另辟“蹊径”的女孩为了能上我们杂志，频频给我们杂志几个编辑骨干暗送秋波，约见的时候更是眉目传情搔首弄姿，让我们一帮子没能赶上的“牛粪”艳羡不已。当然，坦白从宽地说，作为我芸芸牛粪中的一坨，我心里也是多少有些羡慕的。这可是艳遇啊！这年头能把艳遇当棵大白菜而弃之如敝屣的主儿那可真是少之又少，理论上更应该是不存在的。

我本想赶紧将信笺拆开一探究竟，但低头看了看表，开工的时间已然迫在眉睫，再不走我这期专题可又要黄了。要是丢了饭碗，那可就连为“艳遇”埋单的资本都没了。至于这信笺嘛，到了社里再拆也不迟。

话说整个白天我忙得连一丁点儿空闲时间都没有，更别提拆信这档子事儿了。午饭的时候我曾跟几个据说有过实际操作经验的老编辑探讨交流了一下此类“学术”问题，我抱着一颗热诚的求知心，换来的却只是他们一脸意味深长的笑意，多少还透着些猥琐的味道。

一直挨到晚上下班回了家，还没来得及给自己煮碗防腐剂含量丰富的方便面，我就迫不及待地从背包中翻找出那封淡紫色的信封。我把它高高举起通过日光灯的透射端详良久，只见信封中有一张长条形的信纸，除此之外别无他物。

我撕开信封，将信纸从中取出。

但当我看见那张“信纸”时，顿时傻了眼，这根本就不是什么信纸，而似乎更像是一张门票，不，确切地说这肯定是一张门票。只见我手中这张长条形纸片上标注着——“‘花开如梭’Sally内地巡回演唱会；地点：北京工人体育馆；票价：1280元；座位：2排35座；时间：8月25日20：00。”

一个极其清纯美丽的女孩儿的头像衬着京城霓虹闪烁的夜景，再加上些复古风格的华丽花纹，构成了整张门票的背景图案，估计这个女孩应该就是此次演唱会的主角——Sally吧。

除了这些，更有一个大大的“VIP”LOGO印在门票的右下角，昭示着这张门票的与众不同。

我拿起门票左瞧右瞅，恁是想不通会是谁竟有如此雅兴给我送来这样一张门票。要知道，我对这些个歌星影星，不论是大陆土著还是国际友人，向来是一点儿都不感冒。

正在我干瞪着手中的门票，万分困惑的时候，我的手机突然响了起来……

2.CS护士？

手机突兀的铃声着实把我吓了一跳，我看了一眼来电显示，电话是胡胖子打来的。

胡胖子大名胡羽林，是我的发小，别看这名字文绉绉的，给人温文尔雅的感觉，可要是你见到他本人，那保准得替他这名字喊冤。其实胡胖子在那场席卷全国的非典“浩劫”之前的确是个看着很温文尔雅还略略有些帅气的大男孩（非典时我们都在读大学），高高的个子，胖瘦适中的身材，甚至有女生觉着他像当年的林志颖，只不过是个大号版的。可一场非典下来，胡羽林同志在家吃了睡睡了吃，真正过起了猪一般的生活，当两个月后在全国人民纷纷庆祝打败非典的时候，胡羽林走下床站在自家的穿衣镜前目瞪口呆，短短两个月的时间，当年的大号林志颖竟然摇身一变成了如今的大号曾志伟……

跟胡胖子熟识的人都知道他有过这么一段惨痛的变身经历，自那次变身事件之后，胡胖子由内而外整个人脱胎换骨一般，不仅外形改变了，连原本谨慎胆怯的性格都变得大大咧咧起来，按胡胖子自己的说法，这叫作“配套”。

我按了下手机的接听键，将手机搁置在离我耳朵十厘米处的安全接听位置，胡胖子的大嗓门立刻传了过来。

“喂，是我！这周末你准备怎么过啊？”

“怎么过？我还能怎么过？你想我怎么过啊？”

“靠，这周末可是你小子的生日，你问我我问谁去啊？”

晕，这周末竟然是我的生日！真是当局者迷旁观者清，没想到日子一晃又到了新一年的8月25……等等，8月25日，我手中这张VIP门票的时间不也正是8月25日吗？难道这是谁送我的生日礼物？

“亏你小子还记得大哥我的生日，哥我很感动啊，不过你已然晚了一步，我的生日已经被人预订了……”我一边思索着一边跟胡胖子通电话。

“哪个不长眼的，竟然敢抢我胡爷的人？”

“滚你的，谁是你的人了，断背找邵飞去，我跟你说，我今个儿收到了一封神秘信笺……”我将信笺的始末跟胡胖子交代了一遍。

胡胖子听完问道：“Sally？哪个Sally?就那个刚回到咱祖国母亲的怀抱，人气直线飚升，据传是多国混血的Sally？”

“我哪知道是哪个Sally，你也知道你大哥我洁身自好，虽然常有星探骚扰吧，但是立誓决不涉足娱乐圈的，”互相吹牛扯皮是我俩多年养成的习惯，“说正经的，你觉得会是谁给我寄的这张门票？”

“你想啊，这种大型演唱会前3排的门票没些关系能轻易弄到手？你再想想你朋友圈里有谁能有这能力？”

我听胡胖子分析得貌似很有些道理，大脑迅即开动起来检索相关信息，但仍然找不到任何头绪。

胡胖子见我半天没反应，骂道：“说你笨你还不承认，你那些狐朋狗友里不就胡爷我混得比较滋润嘛，除了胡爷我能送这样的门票，还能有谁？舍我其谁，懂不懂？文盲！”

“你送的？”对于胖子的冷嘲热讽我早已习以为常，但万万没想到这门票竟然会是他送的，不知道这小子葫芦里究竟卖的是什么药。

“唉，怪不得你小子那么瘦，敢情你身上的肌肉全塞脑子里去了！我说的是只有我有这能力，但并没说这就是我送的啊？老实告诉你，这门票不是我送的，我敢断定，这绝对是别人塞错门缝啦！”胡胖子说完就在电话那端大笑起来。

“靠！下次别让大哥我见到你！不然不榨干你这身肥膘我跟你姓，姓胖！我叫胖乱！”我现在恨不得把胡胖子从电话那头揪过来打得他二次变身。

“您要能帮我减肥我感激还来不及呢！”

“……”

挂了电话，我对这封紫色信笺的来龙去脉已然毫无兴趣，爱谁送谁送，到那天就算我不去看，把它搁网上卖了总可以吧，既然这个Sally那么火，肯定不乏热情洋溢腰包鼓鼓的粉丝啊！

眼看着就到了8月25日，老妈曾来电让我回家过生日，我原本是打算回去陪陪她老人家的，但一听我老爹竟然在家，立马就把自己这一想法扼杀在了摇篮里。

此时，我刚从家里出来。我最终决定还是去看一下这场演唱会，也许到了演唱会现场，那个给我送信之人自然就会现身。如果是个美女，那我岂不是可以趁机饱饱眼福？万一“现身”变成了“献身”，那我这许多年来一直未能如愿的生日愿望岂不就此实现？

我心里正美着，就差没流哈喇子的时候，忽听头顶有人大喊：“当心，快躲开！”

我下意识往右移了一步，并仰起头想看个究竟。但见一个黑糊糊的东西以迅雷不及掩耳的速度朝我袭来，所谓迅雷不及掩耳是说面对炸雷来不及掩上耳朵，而并非不想掩上耳朵，所以并不是我不想躲避来袭之物而是压根就来不及躲避。

只听见“哐啷”一声，我就应声垮啦……

倒下去的一刹那，我脑海里只是反复在想：天将降西瓜于斯人，必先砸其头，砸其头，砸其头而不死……

沧海桑田、斗转星移。总之当我苏醒过来的时候，我正躺在一张松软的大床上。

我摸了摸仍然生疼的脑门，回忆了一下受伤的经过，心说幸亏小爷我年轻时练武不辍，这才避过了要害百会穴而用我坚实的脑门挨了这一下奇袭。这要是砸在百会穴上，那我可不得提前去探望马克思他老人家啊。

我又转头打量了一下四周，呵，现在医院的硬件设施真不是乱盖的！剥削了广大劳动人民那么多年果然效果显著哇！瞧这大号的液晶电视机薄得跟张饼似的，竟然还有电脑,还是“苹果”的！感动啊，哪位美丽动人的护士小姐如此善解我意啊，知道我这个人没有电脑就只能吹灯拔蜡了，竟然给我安排了这么一间病房。

再瞅我躺的这张床，从床单到被褥都是粉红色的，估计是想用来调节病患的心情吧，我早就觉着医院老用白色作主题色显得太单调，不利于病患的心理健康，瞧我现在住的这家，急病人之所急，想病人之所想啊。

我一边正感慨着一边却想到了一个极其严峻的问题，这么牛掰的医院得收我多少住院费啊。貌似我撑死也就是一轻微脑震荡，瞧这病房的架势至少也是个特级护理啊，不必如此兴师动众吧？

我正脑门儿冒冷汗呢，突然就从门口转进来一个花姑娘。我瞅了她一眼，顿时就傻了眼，心说这是护士吗？这年头护士都兴强盗装扮了？

只见门口立着的姑娘脸上蒙着一层黑面纱，只有一双大大的眼睛露在外头，眼睫毛呼扇呼扇的，正在那拿怯怯的眼神打量我。

3. 小龙女！

想我好歹在世为人二十余载，遇到如此打扮的护士却是头一遭，心里就琢磨开了，这看来是个实习生吧，连套普通的护士装都没有。她这医院也忒抠门了，没护士装也就算了，实习生竟然连个口罩都不给，一块纱布就把人给打发了。

我心里正给这个小护士打抱不平呢，但见小护士径直向我走了过来。

她走到我的面前，定定地看着我，看得我很不自然。我疑惑她这是要通过人工X光给我做检查呢，还是突然发现这病床上竟然躺了个“帅”哥而情不自禁？

“对不起！”小护士说着就朝我深深鞠了个躬。

这、这、这演的是哪一出啊？我顿时有些不知所措。

“你对不起我什么？”我万分疑惑地问小护士，难道她在我熟睡的时候给我用错了药？

“嗯，我……你……那西瓜是我不小心掉下去的……”小护士说完就把头低了下去，我分明看见她的耳朵根都是绯红色的。

好嘛，搞了半天眼前这位不是护士而是罪魁祸首！不过我对女孩子向来是很宽容的，于是我对她说道：“原来是你抛的‘绣球’啊，还真是贼有分量啊！”

我这埋汰的语气让小护士耳朵根变得更加红了，我顿了顿接着说道：“算啦，想你也不是故意的，既然你已经把我送到了医院，看得出你已认识到了自己所犯错误的严重性并诚心悔过，我就既往不咎啦。”

“嗯……”

“好啦，我没缺胳膊没少腿的，你也不用自责啦。”

“嗯……你现在不是在医院……”

“什么？这里不是医院？那这是哪里？”我刚说完顿时就明白过来了，瞧这布置哪里可能是什么医院，分明就是眼前这女孩儿的闺房！你说我咋就那么迟钝呢？

“这是我家……”蒙面女孩小声说道。

“得……没送医院就没送医院吧，看你纤纤弱质的竟然能把我抬上来，看来你也真是块练羽量级举重的好料啊！”

蒙面女孩儿听我说完不禁“扑哧”一声笑了出来，面纱被这笑声掀起一个小角，我看见她的下巴，有着完美的弧度。

“你蒙着面纱干吗？天生长得丑怕吓着别人？”

“你才长得丑呢！”蒙面女孩儿大声地抗辩，说完像是想起了自己有愧于我，又小声说道：“我只是不想让你看见我的真面目……”

哈，这女孩儿脑子什么做的？“你把面纱摘了吧，我又不会去找警察叔叔抓你。”

蒙面女孩儿摇了摇头，说道：“你既然已经没事了，那就快走吧，等会儿我爸就要回来了。”

我原本的确有跑路的打算，但听女孩儿这么说突然就动了捉弄她的坏心思。

“你怎么知道我没事……”我说着就装出突然感到万分晕眩的样子，右手按着太阳穴，眼睛半眯着，整个人仿佛坐不稳般左右摇晃了几下，然后就轰然倒在了她的床上。

“怎么啦，怎么啦，刚刚不是还好好的吗？”我半眯着眼睛，看见蒙面女孩儿惊慌地扑了过来，心里不禁窃笑，这么老套的圈套都会上当，这女孩儿真不是一般的单纯，亏我还想了四招后招八般变化，全浪费了。

蒙面女孩两只手按在我的身边，套用一句大俗话：此时她的脑袋离我的距离不过0.03厘米，我甚至都能闻到她身上散发出的一阵阵女儿香气。

她见叫唤我根本不起作用，于是就拼命地摇晃我。她穿着V字领的T恤，姣好的上半身近在我的眼前，我只觉着透过她的V字领可以看见一片白花花的所在，正激烈地晃荡着。

我心说捉弄得她也够了，便宜我也占了，还是适可而止吧，毕竟做人要厚道啊，于是我一伸手就摘掉了她蒙在脸上的纱布，达到了我此次恶作剧的最终目的。

摘掉黑色面纱的刹那，女孩儿呆住了，更确切地说，应该是我和女孩儿同时都呆住了。

我被眼前的美色彻底震慑住了！好一个“清水出芙蓉，天然去雕饰”的俏佳人！

按说好歹我在《最男人》也混了不少日子，美女也见过不少，那个个可都是萝莉脸蛋熟妇身材！可眼前这位……怎么说呢，神马娱乐圈当红女星，一比之下顿时如土鸡瓦狗一般。

“小龙女！”我情不自禁叫出了这个当年我在春梦中呼唤了千遍的名字，因为我的潜意识告诉我，只有金老爷子笔下那个不食人间烟火的绝美少女才能跟眼前这位相提并论……

“小龙女”呆滞了片刻，两坨嫣红迅速升上她的双颊，接着她就一声惊呼，双手掩面迅速逃出了自己房间，留下仍然有些失魂落魄的我呆呆地坐在她的床上。

过了良久，“小龙女”同志一直都没有露面，我突然产生了一种唐突佳人的负罪感。

唉，还是自己知趣点儿赶快离开吧。

跨出大门的时候，我幻想着她要是能突然出声挽留我一下，那该有多好，可如此狗血的桥段毕竟只可能出现在8点档的言情剧里，而不存在于现实。

走出她家，我隐隐约约觉着自己似乎遗忘了什么重要的事情。摸了摸自己的后脑勺，突然灵光一闪，靠，我竟然把演唱会给忘了！

赶快低头看了一眼手表，指针定定地指在22点46分，这要等我赶到演唱会现场，人家早散场了……今天真是够背的，走大马路上竟然被从天而降的西瓜砸个正着不说，连演唱会都没能赶上，虽说认识了一个前不见古人后不见来者的美女，但已然把人家给得罪了，想谋求后续发展那是痴心妄想……

我正独自在路边郁闷呢，突然听到一个甜甜的声音在我身后喊道："你怎么走那么快啊！你把这张门票落在我家里了。"

4. 果然够"小龙女"

我听到背后这声柔腻的呼唤，不禁心头大喜，赶忙转过身，发现刚才的"小龙女"同志正站在离我五步之遥的地方。她呼哧呼哧地喘着气，手上拿着我那张演唱会的门票，胳膊直直地伸在我的眼前。

我按捺住心头如要喷涌而出的狂喜，走到她的面前伸手接过她手中的门票，说道："谢谢啊，不过就在我躺你床上的时候这演唱会已经结束了……"说完，我装出一副非常惋惜非常无奈的样子。

按我原本的设想，"小龙女"在我逼真动情的表演之下一定会对我深怀愧疚，继而会产生一种要补偿我的冲动，那么我也许就可以以此为借口要到她的手机号，甚至邀请她去看下一场演唱会。真是完美无缺的作战计划啊！

可令我万万没有想到的是，"小龙女"只是脸庞微微一红，说了声再见，掉头就走。

这下可让我傻了眼，实际情况的发展跟我的作战计划完全脱节，难道我就要错过眼前的良机？

勇往直前知难而上才是我辈中人应有的基本素质，我见一计不成遂又生一计。

我左右张望了一下，看见一块首都人民嘴里常念叨的凶器——板砖，我俯下身将它捡起，抄起板砖就快步向"小龙女"追去。

"小龙女"听到后头追赶的脚步声就转过身来看个究竟，发现刚才被她拿西瓜砸了脑袋的家伙正右手抄着板砖凶神恶煞地向她扑来。

我见“小龙女”转过身看着我，怕她误会我这是要报复她顺带劫个色，立刻把板砖藏到了身后。

可我仍然慢了一步，“小龙女”的脸色已然变了，柳眉微蹙，贝齿轻咬，杏目精光四射地盯着我，一改刚才柔弱娇羞的模样，这是正常女孩面对“持凶歹徒”时应有的神色吗？我心里不禁打了个突，暗暗感到大事不妙。

就在我奔到离她三步之遥正准备收脚的一刹那，但见“小龙女”一个迅捷的转身，我顿时感到胸口被一股大力击中，整个人身不由己地向后跌飞出去。

竟然是回旋踢，敢情是个练家子啊！

我的后背重重地撞在路边的一棵大树上，脊骨似乎寸寸碎裂几欲折断。“小龙女”站在我身前一脸戒备地望着我。

“我的妈啊，你掉了东西我帮你捡回来，你却这样对我！”我哼哼唧唧地从地上站了起来，抚着仍然生疼生疼的后背说道。

“我掉什么东西了？”小龙女不解地说道。

“喏，就是这个。”说着我把刚从路边捡来的板砖递了过去。

“小龙女”扑哧一笑，说道：“这砖头怎么会是我掉的呢？”

“怎么不是你掉的？我看得清清楚楚。”我拧着脖子说道。

“小龙女”嘴角一抿，顿时明白我只是变着法儿想跟她搭讪，脸上的神色就渐渐放松下来。

“你这脚好狠啊，我得去医院检查检查，把你手机号告诉我，要有个什么三长两短改天我好找你索赔医药费！”我理直气壮地对又逐渐恢复小龙女姿态的“小龙女”说道。

“小龙女”听我说完，嘴唇微微抿了起来，犹豫了一会儿，但最终还是把手机号告诉了我。

一波三折，终于搞到了她的手机号，虽然方式跟我原先的设想完全是风马牛不相及，但结果是一样的，踹一脚就踹一脚吧，为了这手机号，值了！

回到自己的狗窝，我赶紧把自己扔进了沙发里，一边揉着仍然生疼的脊梁骨，一边顺势拿起茶几上的遥控器打开了电视机。

电视上正播放着平日里打死我也不看的娱乐新闻，可今个儿正播放的这一则却一下子吸引住了我的眼球。

播报的正是今晚Sally“花开如梭”演唱会的事儿——也就是我原本该坐在VIP专座上跷着二郎腿赏鉴的那场演唱会，这则新闻的主要内容乃是Sally在演唱会现场一直郁郁不乐，连登台亮相后都难展笑颜，最后竟然当着她的一众粉丝放声大哭。

按理说年纪轻轻就办演唱会，这本该是件能让姑娘笑对大姨妈的喜事儿，可您瞅这位，当众号啕大哭，不禁让我感叹如今这炒作方式可谓是五花八门百家争鸣各有千秋哇！

原本看这叫Sally的小姑娘一脸纯情样儿，还是颇有些好感的，竟然忽略了她毕竟是受过美利坚人民的熏陶培养，再纯也得打个资本主义商业化的折扣啊！

正在我为这娱乐圈摧败了如许美丽花骨朵而扼腕叹息的时候，我狗窝的木质门板被人粗野地叩响了。

我一边心里暗骂这是哪家没礼数的小屁孩儿敲门拆门都分不清楚，一边走到门边通过门上的猫眼向外头张望。

通过猫眼望将出去但见一片漆黑，什么都看不见。我正惊疑这猫眼还有罢工的时候，就听门外边一声赛张飞般的虎吼：“你个龟儿子还不开门，信不信胡爷我一把火把你这狗窝给烧了！”

一听这嗓音分贝，都不用听他说些什么，就知道门外头肯定是胡胖子，这小子又不知在哪儿喝醉了跑我这儿来撒酒疯。

我冲着门外嚷道：“吵什么吵，这不正开着嘛！”

打开门，我顿时傻了眼，门外不单是胡胖子一个人。

5.何为极品女人

周一早上上班的时候，我直感到头晕眼花，当然，这可不是“小龙女”的那下回旋踢给我留下的内伤后遗症，而是昨晚被人拿酒给灌了。

灌我酒的不是别人，一个是胡胖子，另一个是邵飞。

胡胖子我已经介绍过了，这里就不再赘述，相信各位看官已经对这个大嗓门胖子有了那么一星半点儿的印象。

邵飞则是个奶油小生，一米七出头的个子，面若扑粉唇若涂丹，实在不像一个北方汉子，邵飞他父母当年红卫兵小将当上了瘾，至今依然满嘴的“最高指示……”、“毛主席教导我们……”，弄得邵飞现在说话也是如此一溜一溜的，就因这毛病，个人问题一直没有解决。

周一的办公室一改往日的平静，整整一个上午，一则新近传来的小道消息在整个杂志社里迅速传播蔓延。

“哎，你听说没，Sally要来咱《最男人》本部！”

“哪个Sally？”

“还有哪个Sally！”

“那个，就那个Sally？！”

“当然就是那个Sally！”

“啥时候来？”

“具体不太清楚。”

我坐在我的工作格间内，听着俩老编辑的对话，心说这Sally好端端地跑我们《最男人》总部来干什么？就算要上我们杂志也不至于亲自跑到总部来吧，而且就她现在那新鲜热辣劲儿，理应是我们这帮编辑去面见她啊？

我正拧紧眉毛摆出沉思者的造型，就看见今天迟迟没有出现的小丽同志以急行军般的速度从门外冲了进来，边半蹲着吁吁喘气边结结巴巴地说道：“来了，来了，真来了！”

她见我们一办公室的人都莫名其妙地注视着她，狠狠一跺脚说道：“怎么都那么迟钝啊！Sally来了！”

她这一说，办公室里的老少爷们顿时做恍然大明白状，有些男同志已然边往办公室外跑边胡言乱语：“我先去踩踩盘子！”搞得自己跟个采花贼似的，还是个有些性饥渴的采花贼。

其实这也怪不得他们，并不是每个在《最男人》工作的人都能直接接触那些美女明星，正因为社会分工不同，诸如印务、发行类人员就鲜有直接接触美女明星的机会，大部分时候，他们只能从我们这些编辑手里拿些新鲜出炉的美女照片过过干瘾。所以，能与Sally这样人气火暴清纯可人的明星级美人做一个面对面的接触，对于他们来说还是极其难得的。

不一会儿工夫，办公室几乎人去楼空，只有几个老成持重的依然岿然不动，我也仍坐在我自己的位置上，倒不是我假撇清，实在是我这个人生性疏懒，更不喜欢凑热闹，要是Sally从我身边走过，我保准狠狠看上几眼！可现如今却要我去挤人堆里观看，那就没这兴趣了，毕竟Sally对我来说还不能称之为极品女人。

各位看官一定要问了，那啥样的女人能算得极品？

在我看来，满足以下四点者可称为极品！

第一，家中财产过亿；第二，美貌天下第一；第三，贤惠温柔性感；第四，岳父癌症晚期。

我原以为出去的这帮小子难得见回活着的明星，那可不得好好观赏观赏流连流连，可未曾想不过两分钟的光景，就统统垂头丧气地回来了。

一问之下才知道，原来Sally一来就直接被请进了独门独户的VIP会客室，再加上外头围了重重叠叠的保镖及别家媒体，这帮小子根本就挤不过去。

“怎么连别的媒体都放进来啦？”发行处的关哥在一旁发问道。

“这帮媒体跟苍蝇似的，呼啦啦一下子就拥了进来，门卫根本拦不住！”刚刚第一个带头冲出去的张天说道。

这不女记者的尖叫，保镖的呼喝，各种声音纷至沓来，可想而知门外已然是乱成了一锅粥。

正在这时，办公室的门再一次被推开了，这次进来的却是个眼戴黑墨镜身披黑西装脚踏黑皮鞋的彪形大汉。他这身行头再特别不过，不是保镖就是黑社会，按目前的实际情况很容易就能判断，他一准儿是Sally的保镖。

“黑墨镜”朝着我们这帮人声音平和地说道：“请问哪位是林乱林先生？”

他这话一问，办公室里众人的目光就立马把我给卖了——齐刷刷地向我望来。

我无奈地站起身来，说道：“我就是林乱，请问找我什么事？”

“我们Sally小姐想见您一面，劳驾您跟我去下会客室。”

“Sally找我？”我不禁有些惊愕，我跟这Sally往无怨近无仇的，可以说压根连认都不认识，她找我干球？

“Sally找你？！”整个办公室的人也惊愕了，纷纷心说：怪不得林乱你小子刚才不急着出去采风，一个人在那装花丛圣手淫贼翘楚，敢情你丫跟人家Sally早有一腿啊！

我冲着大伙讪讪一笑，对“黑墨镜”说道：“那劳驾您前头开路吧。”

说完我就硬着头皮，紧跟着在前头开路的“黑墨镜”，背负着办公室一众男同事鄙视外加艳羡的目光，朝着人丛包围下的那间VIP会客室挤去……

6. 挑衅or调戏

跟着“黑墨镜”好不容易挤进了会客室，门外那帮子媒体记者盯着我看时那分外异样的眼神让我着实不爽。

我瞅了一眼会客室里坐着的几个人，主编、执行主编、编辑部主任，还有一个分外靓丽时尚的女孩就坐在我的正前方，背后站着两个一身黑的“黑墨镜”，想来这女孩就是Sally了。

我朝Sally看去，只见她略施粉黛，一张瓜子脸被长长的微有些凌乱的卷发衬得分外脱俗，再加上大而有神的双瞳，以及那小巧的悬胆鼻，感觉她真人比照片海报上看着更为妩媚，有股子荡人心魄的味道。

主编这个正当壮年的沉稳男人见我一进来就目不转睛地盯着Sally猛看，不禁咳嗽了一声对我说道：“小林啊，Sally小姐此次前来主要是想跟我们杂志社合作，洽谈一下是否能给她开设一个品牌栏目……”

我听主编如是说，不禁顿生疑窦，开栏目这种事情用不着她自己跑一趟吧，理应由她的经纪人出面洽谈更为妥当啊，她自个儿过来算怎么一回事？

再说，她要开栏目跟我这小卒有半毛钱关系，这种事情你们几个领导拍板不就得了，难不成是要听听我这个基层工作者的意见以显示咱杂志社的民主？

只听主编接着又说道：“另外Sally小姐顺便想见你一面，有些事儿她想当面跟你探讨，所以就把你找来了。”

啥？她有事儿要找我探讨？有没有搞错？她是不是找错人了？

主编说完就转头跟Sally说了句:那你们聊，我们先出去了。接着就带着几个下属告辞走出了会客室。

Sally起身送走主编一行人后，对着身边两个“黑墨镜”耳语了几句，俩“黑墨镜”点了点头，顿时也离开了。

偌大一个会客室如今只剩下了我和Sally俩人，孤男寡女是有，干柴烈火未必……

跟Sally这么个重量级大美女独处一室，不禁让我感到些许不自然，不过转念一想我一大老爷们儿所畏何来？大不了让她劫个色，我也不算太吃亏嘛。

这么一想心里顿时坦然了，脸上便挤出了个人畜无害的笑容。

此时Sally也正目不转睛地看着我，我跟她眼神相交之际突然感到有些异样，这是一种似曾相识的感觉。

我跟Sally便这么一言不发地定定瞧着对方，虽说我这脸皮比拐弯的城墙还厚上寸许，但如此长时间地盯着一个如花似玉的大姑娘却还是头一遭，我心说您要有事就赶紧发话，别在这里浪费咱俩的大好青春，这么王八瞪绿豆地算怎么回事啊？难不成这就是传说中比“性交”更高一个境界的“神交”？只因我资质驽钝一直未曾领悟？

我正恶意揣摩这Sally是不是对我一见钟情，就听她突然开口说话了。

“你就是林乱？”她说着将额前一缕飘散的秀发挑到耳后，整个动作没有半分矫揉造作的感觉，分外自然。

“没错，我就是林乱，Sa……你有中文名吗，叫英文忒别扭。”我大咧咧地说道。

Sally显然没想到我跟她说的第一句话竟然是询问她的中文名，眼神里微微闪过一丝慌乱，紧跟着立刻摇了摇头说道：“不好意思，我的中文名可不能告诉你，不过可以告诉你的是我姓李。”

“哦，那不知李小姐找我有何指教？”我心说她一当红明星不肯透露姓名也情有可原。

“问你一个问题，可以吗？”Sally，或者说李小姐，面带微笑地看着我，彬彬有礼地说道。

“请说。”一个大美女如此笑脸迎人，让人怎么忍心拒绝。

“你父亲是不是叫‘林忠德’？”Sally说这话的时候眼睛一眨不眨地看着我，炯炯的目光仿佛要把我整个儿穿个通透。

我闻言一惊，我家老子的确是叫“林忠德”，这Sally怎么会知道的？他们之间难道有什么瓜葛？或者说难不成我们两家人上一代有什么宿怨？我家老子那品行我是最清楚的，跟他这个又忠又德的名字可谓是八竿子打不着，要真跟Sally发生些什么不愉快我也不会感到意外。难不成……我家老子曾跟她有过感情上的瓜葛……

Sally见我脸上一阵红一阵白，心里自然就跟明镜似的了，顿时一改笑颜说道：“你果然就是‘林忠德’的儿子！”她说这话的时候脸上表情极其复杂，似乎夹杂着愤怒与……欣喜？靠，这小妞搞什么，愤怒与欣喜这两种表情能同时出现在一张脸上的？

正所谓是福不是祸，是祸躲不过，我见了她这副表情，干脆把心一横，说道：“我的确就是林忠德的儿子，不知他有什么地方得罪了你，冤有头债有主，麻烦你要找也找他这个正主，我这有他手机号，你要不？”

我跟我家老子向来不和，原因咱们以后再说，所以这回我压根就没有代父受过的觉悟。

我原以为既然Sally要找的是我家老子，那么只要我交出他的手机号，这Sally也该见好就收了吧，可始料未及的是Sally根本不在意我所说的手机号，而是继续盯着我说道：“我找林忠德干什么？我找的就是你！”

嘿！你这小妞有完没完了，给你三分颜色你还开起染坊来了，我跟你素昧平生的，你找我干什么？还一副凶神恶煞的模样，你吓唬谁啊？

“你……”我刚要开口质问这Sally究竟想要干什么，劫财劫色你倒是吱一声啊，却突然发现她不知何时已逼近到了我的面前，就站在离我20厘米的位置上，更确切地说，她姣好的上围眼瞅着就要贴上我了。

“你……”我竟然紧张到忘了词，当真丢脸。

“啪”一声清脆的皮肉相触的声音在空荡的会客室中响起，我捂着自己的左脸颊，眼睛瞪得比电灯泡还大，嘴巴微微张着，不可思议地看着眼前这个正洋洋得意的小妞，心里爆发出一声呐喊：丫竟敢打我！不对，丫竟然调戏我！！

Sally刚才那记掌掴看似重，其实在触碰到我脸颊的一刹那已然将力道收至最轻，与其说是打我，倒不如说是爱抚我更为恰当一点。

来而不往非礼也，管你是挑衅我还是调戏我，我也来个以彼之道还施彼身，说着我就轻轻一拳挥向她上半身的至高点……

7.袭胸

就在我的“愤怒之拳”即将占领至高点的紧要关头，会客室的大门突然被一股大力撞开。

敢情是一帮子记者你推我挤地想往会客室里一探究竟，所谓人多力量大，区区几个保镖再加上保安根本不足以保护这扇单薄的会客室门板。

此时的会客室里，我的拳头几乎得逞，更要命的是由于惊讶过甚，我紧握的五指不自禁地松开了，在冲进来的这帮狗仔队记者眼里——我正以一招武侠小说中常见的“双龙戏珠”直取敌方要害，端的是香艳无比！

就在我和Sally一愣神之间，“嚓嚓嚓嚓……”照相机的快门声此起彼伏，虽然我跟Sally立刻触电般地分开，但看那帮狗仔队得意暧昧的笑容，显而易见，他们已经搞到了他们所需要的最佳爆点。

Sally脸色刷白地站在一旁，刚才的一切发生得过于迅速，让她根本来不及做出任何反应，但此刻她显然已经意识到了整件事情的严重性，眼眶中顿时泛起潮湿的液体，一副珠泪欲滴的小儿女姿态，两个“黑墨镜”立马拨开人群将Sally紧紧护在中心，边大声呵斥着四周的狗仔队，边向门外挤去。

众狗仔心说这个月的绩效奖金在此一举，自然不肯错失良机放跑Sally，围着Sally就是一阵狂轰滥炸，那唾沫星子看着跟B-52轰炸机疯狂投弹似的。

Sally铁青着脸，一言不发就往门外走，最终在“黑墨镜”的掩护下狼狈地遁走了。

众狗仔见“当事人”跑了其一，顿时调转矛头找我这个当事人“其二”，可空空的会客室哪里还有“其二”的身影。

我原以为躲过一劫，未曾想更苦逼的事情还在后头……

晚上回到家，我习惯性地开电脑上了会儿QQ，没过一会儿，新闻弹出框就自动跳了出来，我正准备顺手关了它，可匆匆地一瞥却正好看见了今日娱乐版的新闻头条，不禁目瞪口呆——“Sally《最男人》遭猥琐男袭胸”，旁边还配了幅大大的图片，图片上的我正摆出“双龙戏珠”的标准pose“袭击”Sally。

我这黑锅背的，当真是黄泥掉进裤裆里，不是屎也是屎了。

我带着无比愤懑的心情立即在百度上搜索了一下相关新闻，更郁闷地发现网上关于此条新闻的报道转载竟已多达数万条，内容更是五花八门。

“Sally《最男人》偷会神秘男友”——这是比较喜欢播报言情类消息的娱乐网站。

“Sally奔泪《最男人》，疑遭热情粉丝侮辱”——这是比较喜欢播报杜撰类消息的八卦网站。

“Sally遭袭胸，上身全裸（组图）”——呃，好吧，我承认，这个是黄色网站……

正在我眼巴巴望着这些娱乐新闻做苦大仇深状时，手机铃声不合时宜地响了起来，来电显示是胡胖子。

“有屁快放，你大哥我现在极度不爽！”我冲着电话那头的胡胖子没好气地说道。

“啥，您还不爽？都胸袭Sally了还不爽？大哥您这要求也忒高了一点吧！”胡胖子冷嘲热讽地说道，显然他也看了今日的娱乐新闻，头版头条自然不会错过。

“靠，耳目所未及者不可臆测也！你单凭那些八卦新闻就怀疑我的个人品德，你这不仅是侮辱我的人格，还是侮辱你自己的智商！”

“大哥您的品德我是再清楚不过了，更不会怀疑啊……”胡胖子讪讪笑着说道。

“就是，这话我还爱听。”

我话音未落，胡胖子又接着说道："以我对你的了解，这事儿绝对是你干的！"

"嘿，你以为我跟你似的，我可不是随便的人！"

"没错没错，您随便起来不是人！"

"……"

我没好气地挂断电话，心说这胡胖子竟然落井下石，忒不仗义了！

胡胖子被我撂了电话显然不死心，又再度打了过来，我心说这死胖子有完没完了，落井下石扔一块板砖还嫌不够啊?

"喂，你丫有完没完？"

"嘿，你胖爷我就是想好心提醒你一下，那Sally小妞现在粉丝太多，你平时走大街上注意点人身安全，保不准哪个被美色冲昏头脑的热情粉丝偷偷给你一板砖！"

胡胖子说完立刻挂了电话，可还没等我回过味儿来，座机铃声又再度响起。

这电话怎么还没完没了了啊？！

我拿起听筒，"喂、喂，请问你哪位？"听筒的那一端没有丝毫的回应，死一般的沉寂。

我想起胡胖子刚才那番告诫，心说不会是哪个BT粉丝正在踩盘子吧，如今这粉丝都什么玩意儿做的，忒神通广大了吧。

我正准备挂断这种无聊的匿名电话，突然脑中灵光一闪，搁动画片里就是我脑旁那盏100W的电灯泡陡然亮了起来，我对着话筒说道："Sally？"

8."美"差

未曾想，我刚喊了声"Sally"，对方就一声不响地挂断了电话。

听筒里传出来的嘟嘟声让我顿时变得兴味索然，我扔下电话，一屁股扎倒在沙发上。

想想今天发生的一切，这个被媒体描述为多国混血极品美少女的Sally到底与我有什么瓜葛？她怎么会来杂志社专门找我？

我思索半天不得半分头绪，索性就不再去想。爱咋地咋地吧，船到桥头自然直，我就不信我一大老爷们儿还能被美女憋死了？

第二天上班的时候，看着整整一办公室的男人对我投来的异样目光，我就觉得背脊发凉，这哪是办公室啊，简直就是座“背背山”哇！

“小林啊，看不出啊！不声不响傍上了大明星，我说你小子那胆儿真不是一般肥，竟敢在会客室里胡来，真是人不可貌相啊！”坐我隔壁的许茂山，老许，从他那个隔间探出头来跟我打趣道。

我还没答话，昨天第一个冲出去看美女的张天就在旁边帮腔道：“这就叫暗渡陈仓了！小林同志，您这招，高啊！”

我冲着这两人讪讪一笑，有心解释其实我跟这Sally当真不认识，但转念一想，事已至此，我说不认识谁会信啊，到时候给人落下个得了好处还卖乖的印象，那就更苦逼了。

几个人正胡侃着，我的直属领导——编辑部主任鲍芊一通电话，就把我招进了她的办公室。

我敲门进了她的办公室，此时的她正坐在办公桌前整理资料。

鲍主任见我进来，示意我坐下，然后说道：“杂志最近要开设一个新栏目，这个栏目主要是以20岁左右的高校美女作为访谈对象，我想先做一版看看效果，这个栏目你有兴趣接吗？”

高校美女？我心里一乐，这种栏目舍我其谁啊？于是我立刻狠狠点了点头，对鲍主任说道：“嗯，我挺有兴趣的，您就交给我吧！”

鲍主任抿嘴一乐说道：“你小子，一听这种栏目就来劲儿！给，这是你第一期的采访对象，我一朋友介绍的，你抽空去见一下吧。”说着，她将一份资料递到了我的手中。

我边接过资料，边跟鲍主任贫嘴：“我对咱杂志社的任何栏目都充满了火一样的激情！”

“得了啊，少给我贫嘴，快去吧。”

我屁颠颠地出了鲍主任的办公室，心里那叫一个美啊，又接到一个名副其实的“美差”能不美吗？

坐在自己的工位上，我翻看了一下手头的资料。

姓名：陆雯；年龄：20；性别：女（废话）；联系电话：1381052××××；个人简历：B大学大二在校生，貌美如花性格开朗。

靠，这也叫个人简历啊，就算是病历也比这个详细点吧？！

唉，看来只能自己去核实下情况了。也不知道鲍主任那个同学的眼光如何，别是“当兵三年老母猪变貂蝉”，那我可就悲催了。

我拿起电话拨通了陆雯的手机。

“喂，你好，请问是陆雯同学吗？”我以一副彬彬有礼的大尾巴狼口吻说道。

“嗯，我是，请问你是……”

“你好，我是《最男人》杂志社的编辑，我姓林，我想对你做一些采访……”

还没等我说完，电话那头的陆同学就插话道：“哦，你是《最男人》的编辑啊，我们老师跟我说过这事儿了。”

“哦，既然你已经知道了，那就方便了，你看你什么时候有时间，我们约见一下？”

“嗯，我们这几天一直在排演舞蹈节目，比较忙，要不……就今天下午吧？”

嘿，比较忙还今天下午？果然十个美女九个傻，就凭这点我对这个叫陆雯的小丫头的容貌不由得多了份信心。

“好，那就今天下午吧，哪儿见？”

“就我们学校的3号食堂吧，离我近点儿，咋样？”

“成。那下午三点半3号食堂见。”

“好，下午三点半3号食堂见。”小丫头在电话那端乐呵呵地说道。

“那到时候见，bye。”

“嗯，bye-bye。”

下午三点十五分，我提前出现在了陆雯所在的B大学。

走在校园绿树成荫的小道上，看着身边一张张充满朝气的笑脸，不自觉地产生了一种回到大学时代的错觉……思绪飞扬间我也顺便缅怀了一下我岁月里的那把青葱。

不一会儿，我就到了3号食堂，挑了一个靠窗的位置坐下，夏日的阳光此时已颇为收敛，透过食堂的落地玻璃打在身上，只觉得一阵温暖。

无所事事的我缓缓打量起这个食堂，不愧是名牌高校的食堂，硬件设施真不是盖的，与一些高规格的酒店相比也是不遑多让啊。怪不得陆雯会把采访地点定在食堂呢。

看着看着，我突然感到有一束异样的目光一直在打量着我。寻着目光望去，我看见对面的小餐桌前坐着一个肌肤胜雪的女孩儿，她明媚的笑脸在阳光的映射下晃得我睁不开双眼，但我依然在一怔之间脱口叫道："小龙女？！"

9. 这地球不是一般的小

"小龙女"听我这么一喊，细腻白净的脸颊上迅速升起一抹嫣红，竖起一根葱指在嘴边比了个噤声的手势。

我朝她友好地点了点头，招呼她过来坐，浑然忘了我还有一个采访任务需要完成。

"你怎么会来我们学校？你不会就是来找我的吧，你也太斤斤计较了吧，不就被个西瓜砸了一下嘛。""小龙女"说着就微微有些撅嘴。

"啥，不就被个西瓜砸一下？小姐你有没有搞错啊，那可是从三——楼扔下来的大——西瓜啊！"我说着就用手拍了拍我的脑壳接着说道："麻烦你看看清楚，这是颗脆弱的灵长类生物的脑袋瓜儿，不是钢筋水泥地板！"

"小龙女"听我这么一说，彻底不乐意了，就听她嘟囔道："人家都道过歉了，还追究！"然后狠狠给了我一个白眼。

"我怕了你了，我今天不是来追究你的责任的，我还有工作要完成呢。"我看着眼前的"小龙女"无奈地说道。

"工作，什么工作啊？""小龙女"好奇地问道。

"我来采访你们一个叫陆雯的同……"

还没等我说完，就见"小龙女"眼睛瞪得跟电灯泡似的，一手捂嘴，带着惊讶的口吻说道："你是《最男人》的林编辑？！"

我瞳孔一缩，也不敢相信地说道："你是陆雯？！"

我跟陆雯大眼瞪小眼地看了半晌，都不敢相信这京城那么大的地儿还能发生如此巧合的事情。

记得前阵子一个街边半仙硬缠着要给我算一卦，我心说算就算吧，人家那么大年纪要养家糊口也不容易，于是我就问了问官运和财运，结果那个留着山羊胡子的小老头，愣是扳着手指给我算出了桃花运，说不出两年，必犯桃花。

现在最多才过了俩月，这小老头儿，真神了！

想到这我冲着陆雯呵呵一乐说道："咱俩也算有缘，既然都老相识了，那我也就不跟你客套了，我看你这资质基本符合我们《最男人》的要求，要是再Sexy一点儿就更完美了。"

陆雯听我这么一说不满地说道："什么叫基本符合啊？你这话也太不尊重客观事实了吧？"

"哈，你还真是自恋，上次在我面前装得那叫一个乖巧啊，简直就是个'邻家有女初长成'的典范，怎么才几天没见就变成了母老虎典范了？"

"你！哼！当时怎么没一西瓜把你砸趴下！"

"你不后来又补了一脚嘛？还不够啊？"

陆雯这丫头片子经我这么一提醒，估计也想起来当时跟我的确有那么"一腿"，扭扭捏捏地说道："好啦，我跟你道个歉，你就别再提这事了，成吗？"

"要我别提这事儿也成，不过你要做到以下两点：一、乖乖配合我的采访，我问一你不准答二……"

陆雯小嘴一张似乎要插嘴，被我用力地瞪了回去。

"二、今天晚上请我吃顿饭，就当做是食疗吧，怎么样？"我嬉笑着看着陆雯，摆出一副"小样儿我吃定你"的表情，所谓奇货可居，跟陆雯"有一腿"的这个事实不是奇货又是什么？

"你……得寸进尺！"小丫头两个腮帮子鼓得高高地说道。

"那你是答应啦？"

“哼，就让你得逞这一回！”

“一回足矣。”

小丫头被我折腾得无可奈何，但之后的采访倒还真乖乖地十分配合，通过采访，我发现这个叫陆雯的女孩相当地古灵精怪，上次的确是被她的表象迷惑了！

只不过这丫头眉宇间偶尔流露出的忧伤，又给她增添了一抹别样的韵味。

小丫头跟我一熟络，那话匣子打开了就跟关不住似的，整个采访过程根本无须我的循循善诱，她早已交代得一清二楚，要不是我让她适可而止，怕是现在连她家谱上名列前茅的几位前辈我都已熟识了。

半个下午的时间过得是不快也不慢，采访结束的时候正好是五点半，一个颇为适合吃晚饭的时间。我装模作样地低头看了看手表，又用手揉了揉肚子，再以“你懂的”眼神示意了一下陆雯，我的意思再明显不过：小丫头，该吃饭了吧？

陆雯一副恨我恨到牙痒痒的模样说道：“吃、吃、吃，撑不死你！”

我们身处的就是食堂，可谓是占尽地利，陆雯带着我直接上了二楼，一看就知道这是个点菜的所在，比大锅饭更好。

“陆小姐真是太客气了，我这人吃得糙，在一楼吃顿便餐已然足矣。”

“得了便宜还卖乖！”陆雯趁着桌布的掩护，抬腿就给了我一脚。我虽疼得龇牙咧嘴，仍兀自强笑道：“我跟你‘有一腿’这种事情，我看就不必反复提及了吧？”

陆雯算是拿我彻底没辙了，无奈之余只得捂嘴轻笑。

正当我跟陆雯有说有笑地吃着饭，突然不知从何处钻出来一个留着齐额刘海的年轻女孩，她一把从陆雯背后扪住了她的双眼笑道：“好哇，还说自己没男朋友，那么个大帅哥我今儿可是看得清清楚楚啊，竟然瞒了我们两年，你说吧怎么罚你？”

陆雯从刘海女孩的双手包围圈中挣脱了出来，小嘴弯起一道美妙的弧线，红着脸说道：“什么男朋友啊，你看他那么老，怎么会是我男朋友？还有，他哪帅了？比猴子好不到哪去也能称为帅？”

嘿，你见过有我这么幽默风趣的猴子吗？

刘海女孩看了我一眼打趣道："你就别狡辩啦！老男人才有魅力嘛，我可以理解。"说着就给陆雯递去个"自己什么都了解"的眼神。

陆雯还想继续证明自己的清白，可刘海女孩丢下句："等会儿舞会带你的老帅哥一起来吧，我就不打扰你们二人世界了。"说完就一路小跑地消失在了视野中。

刘海女孩一走，陆雯很不好意思地对我小声说道："你别……"

"我不误会。"我笑着说道。

"你别……"

"我也不生气。"

"你怎么知道我要说什么？"陆雯瞪大了一双美目，惊奇地说道。

"知美人者我林乱也！"哈哈，我这话说得太有型了吧！

第二章 家有辣妹常戚戚

10. 比舞（一）

我跟陆雯吃完饭，一起随意地在校园中漫步，我笑着打趣身边此时一副恬静模样的陆雯道："跟我这么个老男人走在一起，就不怕被你同学误会了？"

陆雯俏皮地答道："清者自清，这学校里谁不知道我陆雯眼光高啊，要我看上你？送你俩字——没戏！"

"嘿，自我感觉也忒良好了一点儿吧？"

"不服气啊？"小丫头一副趾高气扬的表情看着我说道。

"服你？怎么着我好歹也是当年叱咤京城的闺中怨妇杀手，要是服了你这个小丫头片子，还不被我道上的兄弟鄙视哇！"说完，我很轻蔑地扫了陆雯一眼，心说，你以为只有你会扯淡啊？

"光说不练假把式，咱俩比画比画？"

这丫头！竟敢拿挑衅的眼光看着我，是可忍孰不可忍！但比划比划……难道真要我跟她这个"转世小龙女"比画拳脚？那还不如直接把我拖出去一枪崩了来得更干脆些。

"你别紧张啊，又不是跟你比武，你当我比武招亲吗？"

"那比什么？"我一听不是比武，立马松了口气，我承认，我刚才的确有点儿心虚……

"待会儿我们学院要举办个舞会，我想你刚才也听见了，咱俩一块儿去，比舞，无论是solo也好，找舞伴也罢，这些统统不予以规定，如何？"

"既然陆大小姐都划下道儿来了，那我林某就恭敬不如从命了！"哼，这小丫头片子花样儿还不少，只要不是比武，难道我还怕了你不成？

"好，那就这么定了，你在这里先等我一下，我回去换套衣服就来。"陆雯说完就一溜烟地跑得不见了踪影。

这小丫头片子，竟然还要换衣服，女孩子家家，就是事儿多！

我一直等了差不多有20分钟，陆雯这小丫头才回转到我的身边。我刚想跟她发句牢骚，竟然让我等了那么长时间，可一看到陆雯此时的妆扮，我顿时对“惊为天人”这个词有了更深刻的体会，伸手一揩鼻子，竟然流鼻血了，没那么夸张吧？！

只见陆雯上身穿了件大开领有着简约LOGO的白色T恤，下身则是条紧身牛仔热裤，脚上穿了双粉红色的高跟鞋，再配上她故意打理得微有些凌乱的长发以及那倾城的容颜，现在的陆雯妖娆得简直就是男人的毒药啊！我才流那么点儿鼻血真是万幸了！

陆雯见我一脸智障样，边流鼻血边目不转睛地盯着她，顿时双颊飞红，轻声说道：“我这样很好看吗？”

“……毒药啊毒药。”我轻声嘀咕着，根本没在意陆雯的问话。

“你说什么？”

“啊，没啥没啥，快走吧，已经耽误得够久了，要是去晚了，漂亮姑娘都被别人抢跑了！”

等我跟陆雯赶到她们举办舞会的多功能厅时，舞会已然开始了。整个多功能厅此时镭射缤纷霓虹乱舞，一帮子大学生在舞池中央尽情狂欢。

当陆雯这小丫头一走进这个多功能厅，我就分明看到好几道贪婪的目光都不约而同地注视到她的身上，的确，即便是这光怪陆离的场所也无法掩盖这小丫头的天生丽质。

陆雯根本没注意，或者没在意这些，她挤开四周的人群径直走到了舞池的中央，她看着我微微一笑，然后转过身背对着我摆了个极其性感的pose——此pose由于过分华丽我实在不知该如何描述，各位可参考电视节目中最华丽丽的那种。

随着一个节奏强音的到来，陆雯突然一甩秀发，双手扶臀，只见她的小蛮腰开始一点点扭动起来，随着音乐的进一步增强，幅度也越来越大。这个“扭”的动作看似简单，其实真要扭好却绝非易事，像陆雯这般从肩到腰再到胯扭得如此婀娜多姿且层次分明，的确不是个普通舞者。

陆雯越跳越起劲儿。当然她这个舞姿的杀伤力自是不消说的，从刚才开始，舞池中央一块儿的学生都纷纷主动给她腾地儿，大部分学生都停下舞步并自觉地围成一圈，看着舞池中央的这个尤物，口哨声不绝于耳。

这个舞会采用的是老套的House类音乐，这种音乐在20世纪80年代是专门被用作迪厅音乐的，虽然老套了些但也自有它的好处，4/4拍的节奏加上随意但轻快的曲风很容易让舞者率性发挥。陆雯现在已经停止了扭腰这个动作，开始将各种现代舞的舞步自由组合到了自己的舞蹈之中，我搞不清这小丫头片子究竟是事先有备还是临场发挥，但显而易见，她跳得很不错，每个动作都带着股蛊惑人心的魅力。吓，这小丫头片子，这性感劲儿还真对我们杂志的胃口，不，更确切地说，是真对我的胃口！

随着陆雯一曲舞毕，四周爆发出潮涌般的口哨声和叫好声，陆雯整理了一下四散的头发，一双美目往我所立之处望来，眼中那股子挑衅味道似乎在说：小样儿，看你如何接招？

我嘴角一挑，微微一笑，分开身前的人群走到陆雯的身边，在她的耳畔轻声说道："跳得还不赖，就是野了些。"

我的出现顿时让四周躁动的人群更加不安分起来，显然这帮人里面也有很多是陆雯的熟人，几个男生的眼中更是射出了羡慕嫉妒恨的目光，嘿，想用目光杀死我，你们还嫩了点！

在刚才陆雯跳舞的这段时间里，我就一直在思忖着对策，究竟要跳什么呢？

我小时候由于人瘦被某拉丁舞老师相中学过几年拉丁舞，后由于跳得过于"禽兽"又被她踢了出来；大学的时候跟几个好友一起玩过街舞，毕业后就再没跳过；交际舞也略通一二，纯是因为往昔学校里办的都是老派舞会，跳的都是交际舞，为了泡妞只好硬着头皮去学这种被我称之为"龟步"的舞蹈。

经过一番思忖，我已然打定了主意，看着四周一圈如花似玉的女大学生露出一脸的坏笑。

正巧那个晚饭时跟我有过一面之缘的刘海女孩也在人群之中，此时就站在离我不远的地方，正一脸嬉笑地看着眼前的一切。我心道一声：就是你了。

11. 比舞（二）

当我走到刘海女孩跟前的时候，她显然还是一副莫名其妙的表情。

我回头朝着陆雯自得地一笑，接着便很绅士地拉起了刘海女孩的左手，笑着对她说道："同学，可以请你跳支舞吗？"

我深知自己天生就不是当白马王子的料，自然就不能指望眼前这个刘海女孩会欣然接受我的邀请，用些非常手段也是再正常不过，于是我不等刘海女孩的回答，直接轻轻一拽将她带到了舞池的中央，霸王硬上弓，这才是我的作风。

此时刘海女孩显然有些不知所措，而我已然拉起她的手扶着她的腰摆出了个拉丁舞的惯用开场造型。

此次舞会的DJ倒也是个会凑趣的人，见我这架势怕是要跳拉丁热舞，立马换了首极具拉丁风情节奏，异常清晰明快的舞曲。

陆雯这小丫头见状鼻头一皱，二话没说就往人群里退去。

我原以为陆雯这小丫头是要给我腾地儿，未曾想她走进人群在一个男生耳边耳语了几句，那男生就鬼迷心窍般跟在她背后屁颠颠地来到了舞池的中央，那一脸的春情怕是连瞎子都看见了。

啥？这不是看我跳吗？怎么陆雯又要跳了？

但现在我已顾不得这许多，随着舞曲的起承转合，我带着身边这位仍然有些吃惊的刘海女孩已然翩翩起舞，我不停地引领着她旋转、下腰、投怀送抱，可以说，我将我拉丁舞的"禽兽"风格发挥得淋漓尽致。

我一边跳着一边偷眼瞧旁边那对"美女与野兽"组合，没想到陆雯那小丫头也正在往我这边张望，我们的目光顿时在空中撞了个满怀。

我这人脸皮向来厚实，没心没肺地朝着陆雯嘿嘿一乐，陆雯却马上移开了视线，显得有些慌神。

陆雯的慌神显然不是我的错觉，因为这丫头下一秒钟就踏错了舞步，一个趔趄顿时有摔倒的趋势。

我的大脑尚未做出"救援"抑或"旁观"的指示，但我的身体已然一个箭步迈了过去，先那男生一步，一下子揽住了陆雯的腰肢，堪堪在她即将倒地的刹那扶住了她。

现在的情况是这样的，我跟陆雯此时正摆着老式影片中英雄救美的经典造型，她整个人倾斜着靠在我的臂弯里，与地面呈45°夹角，而我则是箭步弓背，表情虽装得一脸坚毅，其实正在享受着这温香软玉满怀的爽快。

说来也巧，舞曲也正在此时戛然而止，我跟陆雯仿佛就是刚跳了支拉丁热舞，正摆着舞曲结束时的华丽丽的Pose。

陆雯一愣神之间一声轻呼，立刻跳起来挣脱了我的臂弯，她整个人虽然立了起来，但摇摇晃晃仍是站不平稳，低头仔细一看，原来是高跟鞋的一个鞋跟断掉了。

陆雯很利索地脱掉另一只脚上的高跟鞋，把一双鞋连同那截断了的鞋跟一并拿在手里，另一只手拉起我就向多功能厅外奔去。

全场都被这突如其来的一幕弄得有点懵神，等他们回过神来，陆雯已经牵着我逃之夭夭了。

我跟陆雯一直奔到她们学校的一个花圃旁边方才停步，我许久没有锻炼，早已是上气不接下气，陆雯这小丫头估摸着是由于常年习武的原因根本连大气都不喘一口。

“你这是要拐卖我呀？”我气喘吁吁地对陆雯说道。

“卖你？还不如卖同等重量的猪肉来得值钱呢！”陆雯娇笑着说道。

在这花圃之侧，皎皎月光的映射下，陆雯的回眸一笑，不禁让我的心脏急速跳了两下。

陆雯见我发呆，就伸手推了推我说道：“怎么了？自尊心那么不堪一击？”

“哪能啊，你把我拉这儿来究竟要干吗？不会就是为了打击我的自尊心吧？”

陆雯伸手指着远处的一家小卖店说道：“去，给我买管‘502’去。”

敢情是要让我给她做免费劳力啊，我不服气地说道：“我凭什么给你去买啊？跟你林哥哥说话也不带个‘请’字。”

“请‘林叔叔’帮我去买管‘502’！”陆雯这小丫头边推我边大声地说道，在叔叔两字上更是加了重音。

“是‘哥哥’不是‘叔叔’！”我大声纠正道，逗得陆雯抿嘴一乐。

等我买回速干胶的时候，陆雯正坐在花圃周围一圈的石阶上，我一屁股在她的身边坐下，将速干胶递了给她。

“不是让你去买‘502’吗，你买的这是什么？”陆雯看着手中的速干胶问道。

“小姐，‘502’干起来慢啊，都是该退休的老产品了，所以我给你买了个更强力的，你别狗咬吕洞宾不识好人心啊。”

陆雯一声轻哼后把那只已然残疾的高跟鞋递给了我，说道：“那你快把它粘上吧！”

我瞪大眼睛惊讶地看着身旁的小丫头说道：“你还真跟你林哥哥老实不客气啊，自己的事情要自己做，你幼儿园老师没教过你啊？”我一边说着一边从陆雯的手中将高跟鞋及那截断跟一并接了过来……我怎么那么没出息啊……

我正聚精会神地埋头进行高跟鞋抢救作业，无奈陆雯那小丫头一个劲儿地在一旁指手画脚，我一不留神用力过度，一坨速干胶顿时破管而出，落在了我的手心上。

“快拿纸来！”我朝着一旁的陆雯急声说道。

“我没带啊！”小丫头找不到纸，也是一阵焦急，情急之下竟然直接伸手来揩我手心里头的速干胶！

靠，这小妞脑子里塞的怕都是速干胶吧？怎么能用手呢？我想阻止的时候已然晚了一步，陆雯的手已然跟我粘在了一起……

12. 杜蕾斯在哪里

陆雯见状也顿时醒悟过来，立马想将自己那四根葱管般的手指从我手心里抽出来，但无奈我买的速干胶质量相当过硬，她微一用力，只稍稍脱离了一点点便让她连皮带肉地呼起痛来。

“都怨你！”陆雯这小丫头怨怼地说道。

“吓，这事儿你怪我可就有些不尊重客观事实了啊，是你自个儿把手伸过来的，这种事儿一般正常的地球人是干不出来的，我还要怀疑你是不是故意想吃我豆腐呢！”

“我吃你豆腐？！”陆雯听罢顿时一蹦三尺高，立刻牵动了那四根被速干胶黏住的手指，又哎哟哟轻声呼起痛来。

我被这小丫头一扯，也直感到手心里一阵钻心的疼，但好在我这人皮糙肉厚的，眼睛一眨也就忍过去了。

我对涨红了小脸的陆雯说道：“无论是我占你便宜还是你吃我豆腐，总之目前的当务之急是如何把咱俩分开，这属于人民的内部矛盾，你别整得跟对待阶级敌人似的！”

“哼！那你说现在怎么办吧？”

“怎么办？现在还能怎么办？我良家宅男的清白都被你玷污了，你当然得对我负责了！”我嘿嘿乐着对陆雯打趣道。

“你！”陆雯这小丫头显然被我气到了，顿时捏起粉拳作势欲打。

“好啦，别动不动就拔拳相向的，一女孩子家也不怕嫁不出去。走吧，再去一趟你们的小卖部。”我说完就自然而然地牵起陆雯向小卖部走去。

“去小卖部干吗？”陆雯一边身不由己地被我拽着往前走，一边不解地问道。

“你难道想跟我一辈子就这么粘一块儿吗？你要不介意那我也没意见！”我很自得地说道。

“你去死！”

此时我牵着陆雯若不趁机揩点油吃点豆腐那可就太对不起我自己了。

但占便宜这种事情总体来说还是一门技术活，要是我就这么冒冒失失一脸淫笑地大占而特占，那保准我还没走到小卖部就已然挂在半路了，所以我必须使脸上的表情显得尽量自然，只有“自然”了豆腐方能吃饱，便宜才能占爽。

陆雯这小丫头此时耳朵根红红的，连头都不敢抬起来，只管低着头任由我牵着往前走，那老实乖巧的模样跟她这身装扮显得极不协调。哈，被吃几下豆腐就那么害羞了？这不像她的作风吧？

“干吗呢？那么一副模样？搞得我占你便宜似的？”我没心没肺地对陆雯说道，得了便宜还卖乖向来是本淫贼的作风。

“这学校里认识我的人太多，跟你走一起……忒没面儿了。”小丫头说完抬起头来朝我俏皮地一笑，眉毛弯弯的，别提多好看了。

……这死丫头片子，竟然是怕我丢了她面子，哼，咱俩走着瞧！

没一会儿，我就跟陆雯来到了她们学校的小卖部，说是小卖部其实就跟个小型超市差不多。我拉着陆雯径直向我要买的东西走去。

“你就要买这个？”陆雯看着我手里拿着的玻璃瓶惊讶地说道。

“没错啊，就是这个！我小时候玩模型经常被‘502’粘手的，全靠有了它，再粘也不怕！”我晃了晃手中的花露水得意地对陆雯说道。

“这能行？”

“你竟然怀疑我英明神武的决定？等会儿试过了保准让你心服口服！”

我跟陆雯正说着，突然身边传来一声轻呼：“陆雯。”

我跟陆雯转过头一看，两个个子比陆雯矮了一截的女生正在和她打招呼。其中一个脸上长着一片雀斑的女生看了我一眼，又看了看我和陆雯紧紧相握的双手，疑惑地问道：“他是……”

眼前这姑娘铁定是误会了我和陆雯的关系，陆雯有心抽出手来又不可得，只得又急又羞支支吾吾地说道：“他……他是我哥！”

嘿，这小丫头片子平时看着挺机灵的，怎么一到关键时刻大脑就立刻糨糊起来了，鬼才相信我是你哥呢！眼前这两位又不是智障？你也太低估她们的智商了吧？

不过我可没有替这小丫头排忧解难的觉悟，落井下石才是我的风格，于是我朝着那两个对我一脸好奇的女生微微一点头算是打了个招呼，然后扬起脑袋就朝着超市售货员大声问道：“麻烦问您一下，杜蕾斯摆哪了啊？”

满室皆惊！

我看见身前俩女生本来暗黄的脸色霎时绿了，再看陆雯一脸吃惊地好似天要塌下来一般的表情，我心里突然闪过一阵自责：这玩笑是不是开大了？

最终我用号称“速干胶克星”的花露水将我和陆雯的双手分了开来，不过自始至终这小丫头再也没有跟我说过一句话，无论我如何逗她，她都无动于衷，看来这回是真的生气了。

13. 尾行

第二天上班的时候我一直在给陆雯这小丫头发短信，向她表达我无比诚挚的歉意，但所有的短信皆似石沉大海，没有一丝儿回音。

晚上和胡胖子、邵飞二人相约小聚，我将巧遇“小龙女”陆雯的事情原原本本同他二人复述了一遍，听得邵飞这小子在一旁咋舌不已，而胡胖子则装出一副清心寡欲的模样，被我跟邵飞一起鄙视了一番。

邵飞边啃着肉串边流着哈喇子，含含糊糊地说道：“最高指示，关心群众生活——把这个转世小龙女的手机号给我，我去会会她，哦不，关心关心她。”

邵飞这一口“文革”腔我跟胡胖子是早已经习惯了，也懒得搭理他。

我语重心长地对邵飞说道：“亲爱的小邵同志，你也了解我们仨人当前所面临的窘迫的斗争环境，残酷的生存现实，那就是在这个恐龙大行其道，美女贵若珍宝的时代，以我们仨人目前的客观条件来说，能碰到一个美女那已然得烧高香拜菩萨了，所以，这回别怪兄弟我不仗义，这个陆雯的手机号码在没有得到她本人同意的情况下我是不能给你的。”

邵飞一听不干了，嚷嚷道：“你都跟风头正劲的Sally闹绯闻了，还嫌不够啊？兄弟如手足，女人如衣服！”

我点头一笑说道：“没错没错，兄弟如蜈蚣的手足，女人如过冬的衣服。”

胡胖子听我一说，顿时哈哈大笑着跟我碰了一杯。

我见邵飞一脸郁闷的表情，便安慰他道：“这样吧，改天我约陆雯出来，让她再叫上几个同学，然后加上你和胖子，我们一起乐呵乐呵，你看怎么样？”

邵飞一听顿时来了精神，说道：“毛主席教导我们‘一个人做点儿好事并不难，难的是一辈子做好事’，我看你应该属于‘一个人一辈子做坏事并不难，难的是突然做了点儿好事’！”

说完仨人皆大乐着继续“鱼肉”桌上的鱼肉。

临走的时候，胡胖子说他想开家广告公司，邵飞也说想赶个时髦当个个体户，问我有什么好主意。我冥思苦想了一番后得出了结论——我这人除了一肚子坏水就只剩下一脑子馊主意了，这俩人找我算是白瞎了。

“你爸——经验丰富，要不——问问你爸？”邵飞此时已然有些醉意，连在我面前不准提我家老爷子这茬子事儿他竟然都忘了。

胡胖子见我脸色一沉赶忙使了一招“十八摸”——拿自己的肉掌去堵

邵飞泛着酒气的臭嘴。

我看着邵飞一脸醺醺然的样子丢下句："我再帮你们好好想吧。"然后头也不回地走了。

吃饭的地儿离我的住处不算远，溜达几步就到了，我慢悠悠走在一条灯光昏暗的小道上。

要搁恐怖片里，主角走在这种夜晚人迹罕至的小道上背后肯定会响起时隐时现的神秘脚步声；要搁警匪片里，主角走在这种夜晚人迹罕至的小道上背后还是会响起时隐时现的神秘脚步声……

一个哲人说过恐怖就源于人类自身的想象，我想着想着心里不禁有些发毛，赶忙宽慰自己——像我这么风流倜傥的人物要混娱乐圈那肯定是演言情剧的啊，要搁言情剧里，此时此景正适合来一场刺激的艳遇，小道偶遇美女，一见倾心，爽哉爽哉，罪过罪过。

我正一脸荡笑地沉浸在自己意淫的艳遇里，突然背后就响起了一阵若有若无的神秘脚步声……

真是怕什么来什么，我下意识转头一看，身后果然有人，看身形是个雄性，手里竟然还捏有一个方方正正的凶器。这如果是篇武侠小说，我一定会给各位如此描述此时的场景：月黑风高夜，杀人匿于形，板砖，又见板砖！

我当然不能武断地凭身后那兄弟跟我走在一条道上就判断他是在跟踪我，但当我故意放慢脚步又加快脚步三次后，他仍然若即若离地跟我保持着同样的距离，就是傻子也明白了身后之人险恶的用心。

我下意识掏了掏口袋，还剩三块两毛七，身后那个"尾行男"劫财的希望看来是就此破灭了。我又摸了摸屁股，今天还没洗，他要劫色也得等我清洗一番再说啊。

眼看着就要到家了，可身后那个"尾行男"依然只是处于尾行状态。对于这种犹犹豫豫畏畏缩缩的"劫匪"实在令人好生郁闷，难道是个实习的？无论你是劫财还是劫色你倒是爽快一点儿啊，光脱裤子不干活，还是爷们不是？

我突然脑中灵光一现，莫非身后这个根本不是啥"劫匪实习生"，而是……粉丝？对，一定是Sally这小妞的粉丝找我打击报复来了！

我一想通这点，顿时惧意全无，想来在Sally的粉丝眼中，我这个敢于袭胸Sally的男人一定是个淫邪无耻无恶不作之徒，他们怕我那才比较合乎逻辑。

于是我大义凛然地转过身，朝着“尾行男”大声说道：“Sally是我的女朋友，我爱袭她哪就袭她哪！轮不到你们来指手画脚，滚！”

看着“尾行男”一怔之后掉头就跑的狼狈样，我不禁一阵自得，哈哈，武功再高，也怕菜刀，穿得再屌，一砖撂倒！

我迈着轻松愉快的脚步哼着淫湿猥琐的小调走进住宅楼的电梯，此时的我心里甭提有多得意了，让你小样儿跟踪我，我玩“尾行”的时候你还在糊泥巴呢！

电梯不一会儿就抵达了我所住的楼层，电梯门打开的一刹那，我顿时汗毛倒竖，差点儿吓背过去！今天真的是活见鬼了，一波刚平一波又起——我家大门口竟然坐着个长发盖脸的女鬼！

我惊得只想赶快关上电梯门然后逃之夭夭，对付劫匪还能以死相拼，可对付女鬼实在超出了我这个地球人力所能及的范围。

“女鬼”慢慢地抬起头来，怔怔地看着我。

我看着这“女鬼”美丽姣好楚楚可怜的容貌顿时大惊道：“Sally？你怎么……哭了？”

14. 天上掉下个林妹妹（一）

看着Sally洁白如玉的脸颊上有泪珠滚落，我不知为何突然产生了一种疼惜的感觉。

“你先起来。”我说着伸出双手将Sally轻轻从地上扶起。

“你怎么会到我这儿来了？你怎么知道我这狗窝的地址？”大晚上一个当红明星突然端坐在我家门口，这简直比天方夜谭还天方夜谭。

Sally听我把自个儿的家称为“狗窝”，不禁扑哧一笑。

“笑笑好，你这样哭哭啼啼难道是想演林黛玉？”我边安慰着Sally边抚摩着她柔顺的秀发，心说上次你调戏我，今天我恩将仇报顺带吃你点儿豆腐，不过分吧？

未曾想我不安慰还好，这一安慰，Sally顿时泪如泉涌，明亮的大眼睛里涌出了一汪汪的泪水，一下子扑进了我的怀里，双手紧紧箍在我的腰上。我一下没反应过来，顿时被她抱了个满怀。嘿，我竟然被美女“强抱”了！这幸福来得太突然了点吧？

我双手高举，惊讶非常，刚才还一心想着如何吃这小妞豆腐，可现在这大块豆腐自己送上门来了，我却不知该如何下手了。有色心没色胆，我真不是一个合格的淫贼。

Sally在我的怀里肆意哭泣，肩膀耸动，什么鼻涕啊眼泪啊全蹭在了我的外套上，别提有多伤心了。

我小心翼翼地拍了拍Sally的肩膀，“不好意思”地说道：“Sally，我这外套明天还要穿的……”

Sally一听我这话，顿时从我怀里挣脱出来，小脸烧成了一个红苹果，连颈项都染上了一层绯红。

我嘿嘿乐着，望着眼前这个集万千宠爱于一身的小妞，心里无限地感慨：调戏美女可不单是一门技术，更是一门科学哇！

“你不请我进去坐会儿？”Sally止住哭泣，拭去眼角的泪滴，然后瞬间变幻出一张含羞带笑的脸庞，笑眯眯地看着我说。

这就是传说中的枇杷叶面孔了，说变就变。

我下意识扫了Sally一眼，搞不清她葫芦里究竟卖的是什么药，大晚上突然出现在我家门口究竟是早有预谋还是误打误撞？此时她一脸的无邪，根本看不出有任何对我“不轨”的企图，真让我失望……

我边思索着边掏出钥匙打开房门，然后做了个“请”的手势。

Sally嘴角轻扬，微微一笑，毫不犹豫地迈步走了进去。

这小妞，有胆识啊，不知道这年头单身宅男比禽兽还禽兽啊！

Sally进屋后很自觉地往客厅的沙发上一坐，然后说道：“给我倒杯水来，流了那么多眼泪，得补补水。”

嘿，这小妞还真老实不客气啊，我跟她才有过一面之缘吧？怎么突然就这么熟络了？喝水补眼泪，哪来的歪理邪说？

我乖乖地给Sally倒了一杯开水，正要递给她，却发现这小妞一只手正在沙发垫子下面掏啊掏的，跟淘金似的。

我心里那叫一个吃惊：我藏得那么稳妥，这都能被她发现，她屁股上装感应器的啊？

只见Sally一下子从沙发垫子下掏出来三本《Playboy》，嘟哝了一句："我说这沙发怎么那么硬呢？"

一听这话我差点扑街，感觉细胞也太发达了点吧！

Sally接过我递过去的茶水，并将它搁在了一边的茶几上，然后把刚刚缴获的三本战利品往我眼前一扬，讽刺地说道："你对工作还挺负责的嘛，平时都在钻研业务知识。"

"那是那是，像我这种新世纪大好青年自然是事事以工作为重，根本就没有闲下来的时候，像你手中这种国外的专业学术杂志我更是百看不厌，向国外同行多多学习乃分所应当，所谓学而时习之不亦乐乎。"我厚着脸皮大言不惭地顺着Sally的话说道，然后从她手中抢过杂志续道："这几本都太深奥了，你看不明白，要不，我给你换几本？"

Sally小脸晕红轻啐了一口，自言自语道："还是这般德行。"

我正做贼心虚地找寻"学术杂志"的新藏匿地点，自然就把Sally这句话给错过了。

"Sally，你到底找我这杂志小编辑何事啊？现在可以说了吧。"我藏好杂志，长长吁了口气，又转过身对Sally说道。

"本小姐今天是来找你赔偿损失的！"Sally将手中的茶杯往茶几上重重一放，嗔怒地说道。

吓，这小妞的脸色真是说变就变啊，看来她向影视圈进军的日子也是指日可待了哇。

"损失？什么损失？"我怎么不记得我有给她制造过损失。

"当然是赔我的精神损失还有名誉损失啦，就因为你上次的无理举动，到现在那帮记者仍然对我俩的关系纠缠不休。"Sally气鼓鼓地说着，时不时还用那双大眼睛瞪我两眼。

"哈，那照你这么说我也应该向你索取赔偿了，你知不知道就因为你那天诱惑我做出了‘正当防卫’举动后，办公室多少美女心碎神伤啊，前天编一部的小丽刚跳了护城河，昨天编二部的芳芳又拿裤腰带上了吊，这些可都是我的候补女朋友，Sally你是不是也该以身相许来补偿我一下啊？”

“哼，歪理一大堆，你就知道欺负我！”

“你就知道欺负我”，这话怎么听着这么耳熟啊，我来不及细想便脱口而出道：“非也非也……”

我刚起了个头，Sally便立刻接上道：“我这是磨炼你富贵不能淫，贫贱不能移，威武不能屈，坚忍不拔百折不挠的卓越品质！”

Sally这番话惊得我目瞪口呆，她是如何知道我高中时这段常挂嘴边的口头禅的？

15.天上掉下个林妹妹（二）

我呆呆地瞅着坐在我身前的Sally，这小妞正好整以暇地喝着我为她准备的茶水，一脸似笑非笑的表情看得我心里阵阵发毛。

这Sally究竟是何方神圣，怎么会知道我当年这句口头禅的？这口头禅还是我以前痴迷《天龙八部》的产物啊，后来就很少再提及。

我对着Sally仔仔细细地左右审视端详了一番，但见柳眉杏目娇艳如花，不说沉鱼落雁，那太俗，怎么着也算得上落飞机沉航母吧。

在我那段叛逆的青葱岁月里，我真的曾认识这么一个绝色的女子吗？哦，不，当时她应该还只是个小美人胚子。

Sally见我拿无比惊疑的目光上下打量着她，咯咯笑着说道：“林乱，你真的不记得我是谁了？”

我坚定无比地挠挠头又摇摇头，不肯定地问道：“你难道是……陈洛洛？”

陈洛洛是我高中时隔壁班的班花，我当时虽然仍只是个半大小子，但英雄出少年却已是我当时真切的人生写照——调戏班花就是我的拿手好戏。我记得陈洛洛就总是在我身边气恼地说——你就知道欺负我！

她对我说这话时含羞带笑的样子让我的那段青葱岁月充满了无数的血雨腥风，以及整捆整捆的“早恋检讨书”。及至日后上了大学才渐渐失去了联系。

“陈洛洛，哼，你还记着那小狐狸精！”Sally秀眉微蹙一脸鄙夷地看着我说道。

吓，看来这小妞虽然不是陈洛洛但至少也应该认识陈洛洛，难道她也是我当时的同学？年纪不对啊，我跟Sally眼瞅着就差了三四岁，应该不会是同学，校友倒还有些可能！

Sally见我一副眉间深锁的表情，好似摆在我面前的是一道能媲美歌德巴赫猜想的举世难题，于是好心提醒我道：“你想想，你小时候最喜欢欺负谁？”

最喜欢欺负谁……我脑中电光火石般一闪，怔怔地看着Sally。

Sally见我似乎有了些眉目，又喜滋滋地说道：“你再想想，你小时候最讨厌谁？”

难道真的是她？可怎么一丁点儿都不像啊？我更加疑惑地盯着Sally。

“你又最……心疼谁？”Sally说完，小脸羞红地低下了头去，看着就像个十来岁正在撒娇的小姑娘。

她这副模样我再熟悉不过，Sally的身份在她问完这三个问题之后终于豁然开朗，是她，真的是她，这小妮子终于回来了！

我慢慢走到Sally跟前，伸出手轻轻挑起Sally尖尖的下巴，我带着一脸温柔的微笑重新审视着眼前这个我记忆中的女孩。这个纨绔大少调戏良家妇女的经典造型被我在此时运用得恰到好处。

Sally眼眶里竟然又泛出些泪花，我见犹怜的神情不禁让我感到一阵心疼，这小妮子，爱哭这毛病怎么还不改呢？

我伸出手指替她拭去即将滑落脸庞的泪水，柔声安慰道：“怎么还那么爱哭啊，见了我就哭，我是你的泪腺催化剂啊？”

Sally轻咬嘴唇，说道：“你知道我是谁了吗？”

我邪邪一笑，一只手捧住了她光洁如玉的脸颊，另一手轻轻拨开她额前斜挂着的刘海，一道半寸多长的淡淡伤疤呈现在我的眼前，我柔柔地抚摸着这道伤疤，说道：“还疼吗？那么多年过去了我家的小妮子已然出落得亭亭玉立，我也许一时没能认出你，但我永远记得这道伤疤……那广告语叫啥来着，对，伤疤恒久远，一道永流传啊。”

Sally在听我说前半句话的时候一脸委屈地望着我，眼看着又要哭鼻子，但听得我话锋一转又拿她寻开心，顿时小脸一板，一拳狠狠捶在我的腰上，恨恨道："哥，你就知道欺负我！"

"喂，你这小妮子怎么能捶你哥的腰呢，话说你哥我还是处男呢，捶坏了怎么给你找嫂子去啊！"我乐呵呵地说道。

在这里，我想有必要花些笔墨来好好介绍一下我这个从天而降的林妹妹。

Sally的中文名叫"林萌"，小时候我管她叫林小萌，她自己给自己取的名字则是李小萌。我也搞不清她究竟算是我的亲妹、堂妹抑或表妹，我只知道我老爹林忠德也同样是她林萌的老爹——我们是同父异母的兄妹。

娱乐八卦界传林小萌的血统是中韩美三国混血，其实这小妮子只不过是中韩混血，跟美国小鬼子是浑身浑脑没有一点儿干系的。

林小萌可以说是我老爹林忠德当年行为不检点搞破鞋的产物，只不过他这个破鞋搞得比一般人NB一些，竟然搞到外国友人的头上去了。当这个韩国女人带着年齿尚稚的林小萌出现在我家门口的时候，我妈这个温柔贤惠的中国典型妇女的杰出代表竟然在经过一晚的痛哭之后接受了她们母女，这要搁在现在是无法想象的。

虽然我跟林小萌当时并不住在一起，但时常见个面还是难免的，对于这个突然冒出来破坏我和谐家庭的林小萌，我是打心眼儿里恨得牙痒痒。

林小萌小时候其实也是个刺儿头，我不鸟她她也不鸟我，虽然同在一个学校里上学，但双方不是互装不认识，就是互相吹胡子瞪眼。

直到发生了那件事情之后，我和她的关系才一点点改善过来。

16. 陈芝麻烂谷子

在我的印象中，发生那起事故时，林小萌还在上小五，而我已经是个初二的学生，由于我们学校无论是小学、初中，还是高中都是一体化的教育模式，所以我跟她之间依然过着抬头不见低头见的日子。

学校里知道我跟林小萌关系的只有胡胖子等几个为数不多的死党，当然，当时的胡胖子还未被肥胖缠身，依然是个活泼帅气的小版林志颖。

那天学校里正在组织大型的爱国主义宣传活动，这种活动在那个年头的中小学里可谓是屡见不鲜。

宣传的内容无非是大幅大幅的宣传海报包括×大的大会精神、领袖的重要讲话、祖国的万里河山、社会的欣欣向荣。无论是图片还是文字，凡是跟“爱国”两字搭得上边的都被一股脑儿堆在了我们的面前。

当时由于市里有领导要来参观我们学校的此次爱国主义宣传活动，所以整个活动被整得分外隆重，小学部、初中部的全体师生都要参加。

学校为了此次活动也是下了血本，一般的展览搞个塑料展板也就算是仁至义尽了，可这次所有的宣传内容则一律被封装在了一个个玻璃展柜里。

这种玻璃展柜是由两个支架支撑，竖直立于地面，就像是如今路边常见的那种夹放报纸的玻璃展柜。

而整件事情就坏在了这玻璃展柜上！

活动的当天我跟胡胖子两人兴高采烈地穿梭在各个展柜之间，时不时瞻仰一番伟大领袖的伟岸身影以显示我们虽小小年纪却已拥有极高的政治思想觉悟，并未辱没我们中国共青团团员的光荣称号。

我这厢正跟胡胖子观赏着祖国的大好河山，就见林小萌与另一个女孩手牵手地走了过来。

林小萌也注意到了我的存在，小鼻子里哼了一声扭头就要走开，弄得身边的女孩一脸的莫名其妙。

我见林小萌转身欲走，不禁长舒了口气，这小扫把星我是一刻也不想见到她。

就在林小萌半转过身的刹那，不知哪个王八蛋有意无意地把林小萌身边的玻璃展柜狠狠撞了一下，只见那玻璃展柜在很猛烈地摇晃了一番后，镶在展柜上的玻璃面板就直直地倒了下来……

按照林小萌当时那被人踩死都发现不了的身高，这玻璃板肯定会义无反顾地砸在她的小脑袋瓜上。看着那倒下来的大块玻璃，林小萌的小脸顿时就变得煞白，连尖叫都没顾上更别提躲闪了。

就在玻璃板触及林小萌额头的刹那，它猛烈的下坠之势却顿时被止住了——我双手牢牢握住玻璃板的边缘，费尽吃奶的力气将玻璃板阻滞于半空，心说这“扶大厦于将倾，挽狂澜于即倒”怕就是小爷我此时的真实写照吧！

林小萌吓得一屁股坐在了地上，我心里暗骂这个笨妞怎么还不躲开，坐地上等死啊，于是对着胡胖子大喊道：“还不把这扫把星给我拖开！”

胡胖子急急把林小萌拖到了一个安全的所在，我身边的几个男生也帮着我将玻璃板子扔在了一边，我望了一下我的两个手掌，由于玻璃板掉落时的冲劲，我的两个掌心都被各划了一道大大的口子，鲜血直流。

再向林小萌瞧去，这小妮子直到此刻才“哇”的一声哭了出来，额头上一道血迹也顺着她光洁的小脸滑落下来，吓得她哭得愈发不可收拾。

看来方才的“小英雄救美”依然慢了一步，这小妮子还是受了伤，不知为何我当时的心里感到了一阵深深的自责。

一个年轻的女老师看到如此情况，边喊着“快打120”边朝办公室跑去，高跟鞋在地面上响起一连串的踢踏声。

我心说我们学校离最近的医院也就那么10来分钟的路程，还叫个屁的救护车啊，于是走到林小萌身边不由分说就将她负在了自己的背上。

胡胖子在我身边急急地道：“你丫先把你那手包一下吧，都跟红烧蹄髈一样红了，别以后废了怪兄弟我没提醒你，还是我来背她吧！”

从胡胖子将我沾满鲜血的双手比作红烧蹄髈，就可以看出这小子日后的迅速变胖是他必然的发展趋势。

我坚定地摇了摇头，背着仍然哭个不休的林小萌朝医院的方向飞奔而去。

这一路上林小萌渐渐止住了哭泣，安静地趴在我的背上，她一句话也不说，只是紧紧地搂着我的脖子，乖巧的模样我从来未见。如此安静实在不像这个小刺儿头的作风，别不是被砸坏了脑子吧？我心里担忧着脚步加快了许多……

之后的事情我想就毋庸赘言了，林小萌额头上的伤口缝了五针，而我的双手则整整缝了十针，不过林小萌的伤疤一直保留到了现在，而我的伤疤则在岁月无情的洗礼中被更多的伤疤所掩盖了。

经过那次事件之后，我和林小萌的关系逐渐改善过来。按照林小萌日后的说法，当时她打心眼里已经承认了我这个“哥”的存在，只是碍于我跟她之间原本长时间的冷战，那声“哥”的称呼她却迟迟叫不出口。

直到她初中毕业出国的时候，我去机场送她，她才第一次哭着喊了我一声“哥”……

洋洋洒洒终于介绍完了我这个“天上掉下的林妹妹”，此时林小萌正静静地趴在我的胸口，眼睑低垂，长长的睫毛轻微抖动，不知这小妮子在想些什么。

“又打什么坏主意呢？”我拍了拍她瘦弱的背脊笑着对她说道。

“哥，今天晚上我住你这儿吧，我有好多话要跟你说。”小妮子往我怀里一钻，撒娇地说道。

“你要不介意睡地板我也无所谓啊。”我双手一摊地说道。

“讨厌，我睡床，你睡沙发啊！这还用我教你吗？”林小萌说完就转身往浴室走去，进门后又探出头来对我说道：“哥，给我准备一件你的T恤，我好换。”

我点了点头，突然坏笑着对她说：“要不要哥来帮你搓搓背？”

林小萌小脸一红，把浴室门狠狠一关，骂道：“淫贼！”

17.不安分的一夜

这天晚上，林小萌套着我宽大的白色T恤衫，赤着一双脚丫子在我房间里到处蹦跶，多少让我回忆起了儿时的时光。

最后在我的强烈要求以及少许的武力威胁下，这小妮子才乖乖地盘腿坐在了我的床上，湿漉漉的长发随意地披散在她的肩膀上，将她映衬得分外水灵。

我跟她分别许久自然聊了很多。林小萌当年出国时走得很突然，她的韩国老娘也是个风流得耐不住寂寞的人物，傍着了个老美就举家迁往了海外，心安理得地花起了美利坚人民的钞票。

林小萌在我面前又露出了儿时娇憨的一面，我想她的千万粉丝一定不会相信在舞台上如此性感火辣的Sally竟然还有如此温柔的一面。

“哥，上次我的演唱会你为什么不来？门票都给你塞门口了！”林小萌俏脸一板，用质问的口气对我说道。

“你的演唱会？”我略微停顿了片刻，方才想起那张出现在我家门口的神秘演唱会门票，敢情是这小妮子安排的好戏啊，于是我笑呵呵地对她说道：“那天你哥我被人暗算了，被那么大的一个暗器直接命中了要害，差点儿就驾鹤西去了。”我边说着边用手比画了一个巨大的暗器形状。

林小萌听我如此一说，脸上顿时显现出紧张的表情，看得我不禁心头一热，这小妮子还真关心我，不枉我当年那么心疼她。

可林小萌乌黑发亮的眼珠子一转，鼻子里哼哼着说道：“少骗人，你当我还是三岁小孩儿啊，你明明就是被哪个狐狸精给迷住了，说，那天到底跟哪个狐狸精约会去了！咱还是老政策，坦白从严抗拒打残！”

我心说你哥我那天碰见的明明是个不食人间烟火的“小龙女”，怎么到你嘴里就成狐狸精了，这要是被陆雯那小妞听见，那还了得？

林小萌见我沉吟，顿时哭丧着脸生气道：“哥你个没良心的，我好心好意把演唱会安排在8月25号你生日那天，就是想给你个惊喜，我都跟经纪人商量好了要加唱一支改进过的《生日快乐》，可是你却没来……害得我还当众出了洋相。”

林小萌这么一提，我顿时想起8月25日那天的娱乐新闻里的确有Sally演唱会当众落泪的报道，我当时还以为是在借机炒作，敢情是这小妮子见我没来而伤心哭泣啊。

我快步走到床边，一屁股坐在林小萌的身边，抚摸着她仍然湿漉漉的秀发，看着她一脸嗔怒的样子，柔声安慰道：“那天真的是事出有因，别生气了啊，哥给你道歉。”

“哼，道歉就算了，反正我那天也揍了你，就算出了我这口胸中恶气吧！”林小萌说着就拿自个儿的小拳头在我面前晃了晃。

“啥，你那天如此兴师动众地来杂志社，敢情就是来找我问罪的啊？”我不可思议地看着眼前的林小萌，这小妮子也太有才了吧！

“你以为呢！难不成我还真想上你们那本情色杂志啊！”林小萌说着话锋一转又对我疾言厉色道：“哥，你采访过多少妖孽了，快老实交代！”

“你这小妮子，能上我们杂志的好歹也是个‘腕’啊，就算人家人气现在比不上你，但也不至于沦落成妖孽吧！”

“上你们那情色杂志的不是妖孽是啥？哥，我可警告你，你要对她们有啥非分之想，哼哼！”林小萌说着就拿极其恶势力的眼神扫了我一眼。

我一把把这胆敢威胁我的小妮子推倒在了床上，说道：“我们杂志可是正儿八经的男性时尚杂志，可不是啥情色杂志，另外，你这当妹妹咋不为你哥我的终身幸福着想啊，这一个个都是机会啊！你哥我为啥要去《最男人》当编辑你知道不？”

“为什么啊？”林小萌瞪着大眼睛无辜地看着我说道。

“为啥？你以为你哥我是为了去看那些白花花的大胳膊大腿啊！我明确地告诉你，你哥我才没那么肤浅呢！”

林小萌听我这么一说，顿时喜笑颜开，一脸谄媚地对我说道：“哥你别生气嘛。”

“能不生气吗，我伟大崇高的理想被你如此的践踏，岂能不生气！”我装着义愤填膺的样子慷慨激昂地说道。

“哥，萌萌错了，你到底是为了什么去《最男人》啊？”小妮子撒娇着把光洁的脸颊贴在了我的脖子上。

“还不是为了你！”我强忍住笑意大无畏地说道。

“为了我？”

“着啊，不就是为了你——能有个好嫂子嘛！”说完我自己不禁先大乐起来。

我笑着笑着，觉着有些不对劲儿，按照往昔的经验，我要是如此欺负这个刺儿头林小萌，那她一准儿会对我狠狠地打击报复，可我大笑了良久也未见她有一星半点儿的反应，难道出国一趟这小妮子转了性了？

我悄悄转过头去，但见这小妮子正拿枕头蒙住脑袋，整个人平平地趴在床上，一声不吭，估摸着是正在赌气呢。

对付林小萌我可是经验丰富得不能再丰富了，当年跟她明争暗斗了那么长时间，迫使我在残酷的斗争环境中积累了大量的宝贵实战经验，虽事隔多年想必依然管用。

我从自己的百宝箱里翻出了一根不知哪来的鸟毛，捏住鸟毛就去搔林小萌欺霜赛雪的小脚丫子。刚搔了几下，这小妮子就忍不住地咯咯娇笑起来，一把将手中的枕头朝我猛地甩了过来，大声骂道："你就知道欺负我！"

晚上睡觉的时候，我老老实实地睡在了不甚柔软的沙发上，眼看着就要进入梦乡，林小萌这小妮子突然自言自语般地说道："哥，你还记得在我出国那年，我的生日上，我跟你说了什么吗？"

"甭管说了什么，快睡吧，明早还上班呢！"

林小萌很自觉地将我这句话直接无视了，接着说道："我说……等我长大了，我要嫁给你，哥……"

我听着林小萌这梦呓一般的话语不禁心里一抖，心脏急速跳动了两下，心说这小妮子怎么还记着这话啊？我跟她可是同父的兄妹，当年算是童言无忌，可现在怎能随便乱说？

"那我说了什么？"我明知故问道。

"你说……你说你不是个随便的人……"

……

翌晨，我去杂志社，林小萌也要去经纪公司。这小妮子随意打扮了一番后，戴了副墨镜就挽着我蹦蹦跳跳地出了门。

我和林小萌万万没有想到——我和她这亲密如情侣般的一幕早已落在了一个个等候多时的镜头之中……

18.吃着碗里的看着锅里的

"林乱，你小子又上报纸啦！"大清早张天这小子就把一份报纸往我桌子上一拍大声地说道。他这一声吆喝顿时把整个办公室人的注意力都吸引了过来，纷纷围拢到我的桌前。经过那次"袭胸"事件后，眼下我已成了办公室的当红小生，人气如日中天啊。

我心里念叨着个人魅力大真是害死人啊，估摸着又是哪份八卦小报仍在老事重提那次林小萌《最男人》遭袭胸的恶俗事件，随手拿起报纸一看，只见娱乐版的头条硕大的火红色标题触目惊心——人气新星Sally夜宿神秘男友家中，彻夜不归。标题下方更是配了一幅大大的高清照片，正是我跟林小萌那天清晨手挽手走出家门的场景，从照片上我跟林小萌的亲热程度来看，我跟她这回算是跳进黄河也洗不清了。

更可气的是，报道里竟说：Sally的神秘男友脾气暴躁，曾武力驱逐采访记者，疑是京城某富豪之子。

我看得只想拍桌子骂娘，我何时武力驱逐采访记者了？又哪有人来采访过我？

脑海中突然灵光一闪，难道那天那个跟踪我的实习劫匪兼热情粉丝既不是劫匪，也不是粉丝，其实是狗仔？！

当时我还当他手里捏着个方方正正的凶器是板砖呢，敢情是照相机啊！我竟然如此轻易地就着了狗仔的道。

我顿时感到懊恼万分，其实我对于这些报道向来是无所谓，对于我这样一个小人物来说，不痛不痒也不会掉块肉，还多多少少提高了点知名度，更可以说还为我将来的泡妞大计多多少少提供了些帮助——“神秘”、“富豪之子”这些字眼怕是对某些美女应该有着极强的杀伤力吧。

可我担心林小萌，不知这些流言蜚语会对她产生多大的影响。

四周的同事顿时叽叽喳喳地议论起来。

张天贴在我耳边轻声说道：“Sally的滋味如何啊？那脸蛋那胸那腰那腿，啧啧，老弟我真是羡慕你啊！”他说着就给我递来个是男人都懂的眼神，分外淫湿。

坐我隔壁的老许对报纸上的八卦新闻向来是持保留态度的，他试探性地问我道：“小林啊，这报纸上说的，都是真的？”

其实这个问题也是在场的大多数人关心的问题，现代人多多少少都有些窥私癖，这点倒是可以理解。

我点了点头又摇了摇头，说道：“照片是真的，但报道就完全不符合实际情况了，这就是彻头彻尾地捏造事实真相，欺瞒广大无辜的人民群众啊！”

“那啥是真相啊？”一旁的韩姐急急地问道。

“这个……”我正苦于不知该如何作答，手机铃声却恰逢其时地响了起来，让我有了一线喘息的机会，我跟大伙儿说了声“不好意思”，就把手机接了起来。

“哥！”电话那端传来林小萌动听的声音，不过从她的语气可以听出她现在有点急。

“萌萌？”

周围的一圈人仍牢牢固守着阵地不愿意走开，看似一副副都很心不在焉的样子，其实都在侧耳倾听，真是帮无聊的闲人。反正我叫的是“萌萌”，自然不怕他们偷听。

“哥，你看今天的报纸了吗？彻头彻尾是在诽谤你啊！我跟他们没完！”

哈，这小妮子，太让我感动了哇，遇上这事儿竟然还在为我着想。

“说就说呗，你哥我身正不怕影子斜，出淤泥而不染，不做亏心事不怕鬼敲门，做了亏心事我敲你家门。”

“哥！都这时候了你还开玩笑！”林小萌急急地说道。

“好啦，别急，媒体要说就让他们说去呗，反正你哥我又无所谓，我倒是怕对你产生什么不好的影响。”我语重心长地对林小萌说道。

“哥……”

“好啦，我这儿还有事，晚上回去给你打电话。”

“哥……”

“那bye-bye啦。”说完我就挂了电话，要是这小妮子跟我撒起娇来，那我铁定扛不住。

刚挂了电话，张天就一脸崇敬地看着我说道：“乱哥，您真是哥！一脚踩着Sally，另一脚还踏着个‘萌萌’，您太有才了！实为我泱泱大中华‘吃着碗里的看着锅里的’第一人也！”

张天这句话逗得周围一圈人一阵儿乐，有几个女同事看我的眼神都变得跟往昔不一样起来，估摸着此时我在他们眼中就是个偷香窃玉的大淫贼……

不知道是谁突然冒了句：“我记得台湾的媒体曾爆料过，Sally的中文名好像是叫‘李小萌’……”

呃……

静，绝对的静……整个办公室在经历了大约5秒的非常宁静之后，所有的人爆发出一声心领神会般的“哦——”，那长音拖得充满了戏谑的意味。

老天爷啊，不带这么玩儿我的啊！

眼看着周末将至，邵飞这小子对我上次提出的那个众人出行游玩的建议一直念念不忘，都催了我好几次了。其实我明白，这小子不就是想见见那所谓的美女大学生嘛，唉，看在兄弟一场的份上，就帮他这一回吧。

可如何把陆雯她们约出来，还真是颇伤脑筋，这丫头在我数日的道歉短信轰炸之下根本无动于衷，对我依然不理不睬，从目前的敌我形势可以很轻易地判断：要想约她那还真是天方夜谭啊。

我该咋办呢？

19. 寻人启示

虽说珠宝和鲜花是攻占女人脆弱心房最致命的武器，但对于陆雯这种外柔内刚又如此有个性的女孩，估摸着就算是这两件神器齐上也得疲软。

我必须想个别出心裁的法儿，不然陆雯这小丫头是不会那么轻易饶过我的，不过我坚信，没有想不到只有做不到，成与败就看我的手段了。

这天晚上下了班，我草草解决了一番温饱问题。然后翻箱倒柜地找出了块硬纸板子，又用马克笔在其上涂涂写写了一阵子，接着背起素有“爱情冲锋枪”美誉的吉他，朝着陆雯所在的学校前进、前进、再前进！

辗转抵达陆雯学校时，天还未曾全黑，一道火红胜血的晚霞披挂在苍穹的尽头，掩盖了点点的残阳。

我堂而皇之地走进陆雯的学校，寻到了她所在的学院，随便找了个路过的矮个男生打听了一下女生宿舍的位置。那男生边上下狐疑地打量着我，边朝远处一栋粉红色的十来层高的楼房伸手一指。

我跟矮个男生道了谢，就兴冲冲地朝女生宿舍楼的方向走去。

不一会儿，一个奇怪的男子就立在了路经女生宿舍的羊肠小道上。他手里捧着一把木吉他，弹奏着古典歌曲《爱的罗曼史》，在他的面前立着块硕大的硬纸板，只见上面写着“寻人启事”四个大大的粗体字，寻人启事的具体内容是这样的：吾妹陆雯，年方双十，貌美如花，摇曳多姿，别离三秋，何觅芳踪。另外在这寥寥数语之旁还有一幅图画，貌似画的是个女子，只是不辨美丑。

温柔舒缓的美妙琴声与他面前作秀似的硬纸板相映成趣，不禁引得路过的女生纷纷驻足观看。

此时我看着眼前纸板上那幅集各种败笔于一身的人物速写，不禁一阵恶寒，数年未动画笔，当年的市级一等奖如今竟然只得这个水平——勉强能分辨画中人物的雌雄性别，还是多亏了那夸大的“S”形曲线。唉，真丢脸。

路过的女生换了一拨又一拨，但独独未见到陆雯，眼看着夜黑得愈发深了，我骚性大发地吟起诗来：人生自古谁无妞，不如自挂东南枝……

正当我为这两句诗不够押韵而伤脑筋时，就听背后一个气呼呼的声音突然响起：“你又在这儿干什么？上次捉弄我还没捉弄够吗？”

我转头一瞅，吓，正主儿终于出现了！

我将硬纸板、吉他都收拾在一旁，以很无辜的口气对突然出现在我身后的陆雯说道：“你怎么那么斤斤计较啊，我都给你道了那么多的歉了，我知道，那天是我的玩笑开过了火，要不这么着吧，周末我请你出去玩？”

“还跟你出去玩，门儿都没有！”

“那总有窗吧？”我笑嘻嘻地说道。

“你这哪是道歉的态度，那么不诚恳！”陆雯剜了我一眼，哼了一声说道。

我见这小丫头口风似乎有些松动，看来有戏，于是我换了副一本正经的表情，很诚恳地对她说道：“上次是我不好，就麻烦陆大小姐大人有大量，饶过小的这一回吧，小的来世做牛做马一定将功补过啊！”

陆雯“扑哧”一乐，但随即又板起俏脸说道：“哪敢让您老道歉啊，您老现在是多红火的人啊，报纸网站上到处都有您的身影——Sally的神秘男友，我就搞不明白，Sally怎么就看上你了呢？”

呵，敢情这小丫头也看到那些有关我和Sally的报道了，不过也是，就如今这消息的传播速度，要想不看到也难，听说Sally的粉丝还对我发起了人肉搜索。

我抿嘴一乐笑着对陆雯打趣道：“怎么听你这话透着一股子酸味啊，不是在吃飞醋吧？”

“林大编辑，麻烦您自我感觉别太好成吗？你今天来究竟找我干吗？弄得那么张扬，你看你把我画的，这是我吗？我什么时候成波霸了？”

“我今天的主要任务就是来跟陆大美女道个歉，顺便想约你一起度个充实愉快的周末，不知陆大美女意下如何？”

女人都爱被称赞为美女，陆雯自然也不例外，但这丫头却故意紧锁眉头装出一副很为难的样子，说道：“如果你叫我声姐姐，那我就勉强答应你这个小弟的要求吧！”

嘿，说丫胖丫还喘上了，我可是给足了你面子啊。既然你如此为难我，那可就别怪我不客气了。

“你要作我老婆？那怎么行，你可是我妹妹啊！”我故意放大了嗓门，让周围的行人好听个一清二楚，然后嘿嘿淫笑着看着陆雯。

“你要死了！”陆雯被我气得小脸刷白，抬手就要给我一记手刀。

陆雯的杀伤力我是领教过的，不夸张地说长坂坡七进七出的赵子龙也不过如此了，这下我要挨着了，那下半辈子就保准在床上度过了。

但陆雯的速度实在太快，根本不是我这种凡夫俗子所能应付的。眼看着我就要躺床上过下半辈子了，陆雯却陡然停了下来，她怔怔地望着我问道：“你怎么不躲？”

我心说你这小妞心狠手辣劈得那么快，我躲得了吗？但嘴上却兀自调戏道：“打在我身，痛在你心啊……”

陆雯的小脸顿时一红，收回尚架在我颈项上的手刀，说道：“我怎么就认识了你这么个人，真正是厚颜无耻！”

“我厚颜无耻也好，薄颜有耻也罢，你周末到底跟不跟我走啊？”调戏完自然还是要说说正事的，毕竟这才是我此行的目的。

“我怕我要说不去，你又整出点儿什么法子来捉弄我呢，算我怕了你，周末本小姐就赏你一次光吧！”

“啊哈，你早答应不就结了，那就这么说定了啊，具体时间地点到时候再跟你联系。”我笑着说道。

陆雯又恢复了以往温柔的神态，点了点头算作应答。

OK，今天的任务算是顺利完成，就等周末一到，带着美女出游啦！

第三章 屌丝也能有春天

20. 出游（一）

我把出游的消息告诉邵飞的时候，这小子激动得说话直哆嗦，唉，估摸着是被他的下半身性福问题憋到一定份上了——通俗地说就是在男女大欲方面他有些饥渴，急需找个女伴儿。

我们几人磋商了一下，大家的意见是趁着现在还没入秋，天还比较热，不如去海边乐呵乐呵，于是，此次出游的目的地就被定在了素有“黄金海岸”美誉的昌黎。

周六的时候，我、胡胖子、邵飞、陆雯、陆雯的刘海女同学（就是上次和我跳舞那位），一共五个人，乘着胡胖子的北京Jeep浩浩荡荡地朝昌黎驶去。

此行我之所以没叫林小萌，就是怕再给她带去些不必要的麻烦，毕竟以她现在的知名度，她更需要的是正面的报道，而不是八卦绯闻。

邵飞这小子在第一眼看见陆雯的时候，眼珠直得差点儿从眼眶里掉出来。

上车的时候，邵飞是铁了心要跟陆雯挨一块儿，还振振有词地说道：“我的责任就是对人民负责——陆雯同学这一路上的吃喝拉撒就请组织放心地交给我吧。”

原本陆雯这丫头倒是无所谓跟谁坐一块儿的，但听得邵飞这口“文革”腔，很是惊诧地看了他一眼，那眼神分明在说——你火星来的吧？于是这丫头毫不犹豫地把刘海女孩塞在了邵飞的旁边。

邵飞当时那个心情啊，就甭提了，懊恼欲死委顿欲死羞愧欲死，反正只要带个“欲死”两字的词儿都挺适合他的。

一路上我跟陆雯她们几个有说有笑，了解到那个刘海女孩闺名叫刘晶莹，倒也是个玲珑剔透的名字。

陆雯附在我耳边悄悄地告诉我，刘晶莹同学此行的目的乃是对我上次舞会弃她于不顾的行为打击报复来了，听得我不禁心惊肉跳——现在的姑娘都爱记仇啊。

我们于中午时分抵达了黄金海岸，找了个酒店入住后，也顾不上饥饿异常的五脏庙，便迫不及待地朝海边奔去。

踩在温软细腻的沙滩上，看着眼前碧波荡漾的浩淼大海，我们彼此会心一笑。

邵飞这小子立刻怂恿我们去海里畅游一番，其实这小子的用心再“司马昭”不过——不就是想看个泳装秀嘛，其实，我也……挺想看的，嘿嘿。

在邵飞的努力游说之下，一众女孩都纷纷去更衣室换泳装。胡胖子对邵飞竖起个大拇指笑赞道：“你小子终于办了件明白事！”

“为人民服务——这是我应该做的！”邵飞大笑着说道。

“那怎么着，兄弟们，我们也‘更裤’吧？”胡胖子大声地提议。

“你也要下水？”我跟邵飞不可思议地看着满身肥膘的胡胖子，异口同声地问道。

“不知道体积越大浮力越大啊，没文化真他娘可怕！”胡胖子很是不屑地看了我们一眼，就趾高气扬地向男更衣室走去。

还去更衣室，多麻烦！我将外头的休闲裤一脱，内裤顿时升级成了游泳裤，连换都不用换了，哈，我实在太有才了！

当陆雯和刘晶莹换好泳装回到我们面前时，那波涛汹涌的阵势让眼前的这片渤海不禁也得甘拜下风。

陆雯无疑是整个沙滩上最出众的美女，只见她穿了件天蓝色分体式的泳衣，将她的小蛮腰暴露在海边潮湿的空气中，凹凸有致的身材加上娇艳如花的脸蛋，惹得沙滩上一众雄性生物纷纷侧目，邵飞这小子更是直接流起了鼻血，还是双管齐下，连止都止不住。

一帮人稍作整顿，就欢呼雀跃着投入了大海的怀抱。

胡胖子为了证明“体积大浮力大”这个物理学定论，愣是把自己摆平了浮在海面上，然后很轻蔑地瞥了我和邵飞一眼，接着……就咕嘟咕嘟冒着气泡地沉了下去。再站起来的时候丢下句：“大爷我胖得超出物理学所能解释的范围了！真他娘与众不同啊。”惹得两个女孩开怀大笑。

我妈当年曾兼职过游泳教练，我的泳技在她老人家的精心栽培下比一般北方人不知强了多少，但我游着游着，突然感到了一丝不对劲，伸手往下身摸了摸——靠，我的升级版游泳裤跑哪去了？！

21. 出游（二）

这天杀的内裤，我把它提拔成游泳裤，它定是顿感脸上贴金身价大涨，竟然如此背信弃义离我而去，实在是太狼心狗肺了！

我嘴里骂骂咧咧，放眼于这海面之上，搜寻着我这条升级版游泳裤的蛛丝马迹。

根据物理学原理，我这条泳裤应该会浮在海面上，可我就近的海面上却根本没有它的踪迹，难不成被美人鱼拿去留作纪念品了？唉，早知道我就换条干净点儿的……

我现在所处的位置距离海滩大约有十米远，这里海水还不是很深，再加上我人本来就高，倒也不方便太过张扬地搜寻。万一我一激动把关键部位暴露在这众目睽睽之下，那我真的只能“人生自古谁无死，不如自挂东南枝了”……

我正焦急万分，心里暗暗发誓以后一定要去买条正儿八经的游泳裤，就听身后一个戏谑的声音说道：“你怎么不游了？刚看你不是游得挺乐呵的吗？”

我转身一看，竟然是陆雯！这小丫头怎么总喜欢搞背后偷袭啊！

我下意识一捂要害，人又往水里缩了缩，讪讪地笑着说道：“我明明在游啊，我这可是一种高超的泳技，双手不动，光靠双脚踩水就使身体浮于水面，悠然自得，怎么样，很厉害吧？”

“哦，那么厉害的泳姿小妹我可一定要好好学一学！”陆雯说着就作势要钻到水中一探究竟。

……

我真是搬石头砸自己脚的楷模，再不阻止这丫头，我可就要“失身”了啊！考虑到这后果的严重性，我赶忙拦住陆雯说道：“这水太混，看不清的，等会儿上了岸我亲自示范给你看！”

陆雯见我满脸涨红不知所措的模样，抿嘴一笑，关切地说道：“你脸怎么那么红啊，不是感冒了吧，要不我扶你到岸上休息休息！”

这丫头什么时候变得那么关心我了？不对，肯定有诈！我狐疑地朝她看了一眼，只见她一只手一直背在身后，顿时升起了一股极其不祥的预感……

“不劳挂心，我没感冒，我这是被热的，唉，今天可真够热的啊！”其实我现在已然浑身冷汗，枉我自诩聪明绝顶，碰到这档子自己内裤遗弃的事儿，还真是一筹莫展。

“那算是小妹多心了，林大哥你东张西望是不是在找什么东西？”陆雯睁着一双明亮的大眼睛笑嘻嘻地说道。

看着陆雯那幸灾乐祸的表情，啥都不用说了，我的预感肯定成真了——我说我那升级版的泳裤怎么会跳槽呢，敢情是中了美人计！

陆雯这丫头也实在过分，为了报复我往日对她的捉弄竟然色诱我意志不坚定的内裤！事到如今也不必再跟她装下去了，我把手往陆雯面前一摊，说道：“拿来！”

“拿什么来？”陆雯睁着一双无辜的大眼睛，看着我惊讶地说道。

你就装吧你，我心里恨得牙痒痒，但此时命根子捏在对方手里，我也不敢轻举妄动。这就如同两人比武，一旦某一方的脉门被扣，那就只能乖乖地受制于人。

“陆雯童鞋，哦，不，陆大小姐，拜托你把你手里东西还给我吧，拾金不昧回头奖你朵和谐的小红花！”我哭丧着脸对陆雯说道。

陆雯嘻嘻一笑，将背在身后的手伸到我面前，她五根青葱玉指正攥着我那条背信弃义的升级版泳裤，都软得缩成一团了。只听陆雯说道：“你是说……这个？”

我无奈地点点头，伸手准备将内裤拿回来。

“慢着，哪能这么便宜就把我拾到的东西交给你？”陆雯说完露出一个不怀好意的笑容，看得我心里发毛。

我赶忙一手捂胸，一手捂要害，战战兢兢地问她道：“你想怎么样？我卖身不卖艺的！我不是随便的人……”

陆雯红着脸轻啐了一口，骂道：“狗嘴吐不出象牙，本小姐也不为难你，你只要答应本小姐做三件事，本小姐就放你一马，要不然我就把你这内裤交给晶莹去，看她怎么收拾你！”

我就闹不明白了，一大姑娘拿着我的内裤还如此理直气壮地威胁我，这都是什么事儿啊！

“你说吧，都哪三件事？”话说这丫头好的不学却去学《倚天屠龙记》里的赵敏，我可不作那优柔寡断的张无忌，等我把升级版泳裤赎到手，我再给你来个死不认账，哼！

“具体哪三件事情，我还没想好，等我想到了自然会跟你说，只需林大哥你金口一诺，绝不违约，那这内裤你就尽管拿去吧！”吓，这死丫头，还真把自己当赵敏了！

当务之急是拿回我的升级版泳裤，别的我也管不了那许多了，于是我立刻答道：“好，那就这么说定了！”

“咱们击掌为誓！”陆雯说着就走到我的跟前，她白腻的手掌在我的眼前晃了一晃。

这死丫头还真是个武痴啊，我打保票，别家姑娘看琼瑶的时候，这位一定在啃金庸呢！

待到我跟陆雯击掌为誓，这丫头才羞红着脸把我的升级版泳裤还给了我。切，现在才脸红，装给谁看呢！

我见陆雯还我内裤后依然站在我的面前，于是撇了撇嘴说道：“我说陆大小姐，你怎么还站这儿啊，我要穿内裤了，难不成你想占我便宜！虽然我不是个随便的人，但看在你如此执著的份上，我就勉强满足你这一回吧！”我说着就作势要从水中立起，惊得陆雯这小丫头片子赶忙背过身去，大骂了一声：“淫贼！”

我嘿嘿一笑，浑不在意。

穿好裤子，我已无心戏水，暗自庆幸还好这内裤不是落在胡胖子或者刘晶莹手里，要不然肯定够我今天喝一壶了。

我独自一人返回沙滩，找到我们在沙滩上的临时据点，从大大小小的背包里翻出我的手机，玩了那么长时间不知道有没有人联系我。定睛一看，有七八个未接电话，一条短信。短信是林小萌发的，内容是这样的：

哥！你在哪里！你怎么不接电话！

再一看那几个未接来电，竟然都是这小妮子打的，不知道她出了什么事，那么急急地找我。

22. 出游（三）

我见林小萌如此着急，心说难不成她遇到了什么麻烦？于是立即给她回拨了一个电话。电话方才接通，林小萌就接了起来，动作那是相当的快啊。

“喂，哥，你在干吗？怎么刚才一直都不接我电话？”林小萌一接起电话就对我急匆匆地说道。

“萌萌啊，出什么事了？别急，慢慢说。我跟胡胖子他们在昌黎度假呢！”我微笑着对电话那端的林小萌说道。

“你竟然自己去度假？！”李小萌说完就突兀地挂断了电话，弄得我丈二和尚摸不着头脑——这小妮子，那么急着找我，才说了三句话却又挂了电话，究竟在搞什么鬼？

晚上填饱了肚子后，大伙儿纷纷自由活动，昌黎的夜市是极为热闹的，骑三人自行车的，骑Q版摩托车的，吃海鲜大排档的，皆充斥在昌黎不宽敞的临海小路上。

胡胖子一见那Q版摩托车顿时就来了兴趣，但租车的见了他胳膊比自个儿大腿还粗的架势，再瞅瞅自家那体格瘦弱的小摩托车，赶忙推荐胡胖子去骑自行车。可惜胡胖子是一根筋，认准的事就是三个胡胖子也拉不回来。

最终胡胖子得偿所愿地骑在了那Q版摩托车上。这家伙为显示自己的威风，仰天大笑三声后一拧油门，小摩托车载着威风凛凛杀气腾腾的胖爷如离弦的箭般“嗖”一声就窜了出去，但在刚开了10米左右的距离后就吹灯拔蜡熄火不动弹了……

邵飞和那个一心想对我打击报复的刘晶莹则骑着一辆双人自行车，倒也自得。但是邵飞这小子怎么和刘晶莹跑一块儿去了？他不是应该缠着陆雯吗？

邵飞远远地看见了我，招呼我过去和他们一块儿折腾。

我挥了挥手示意让他们自己闹腾，继而就独自一人朝着海边走去。

沿着海岸线走了大约几百米的距离，就看见一个俏丽的身影正抱膝坐在沙滩上，她身着一条藕荷色的连衣裙，夜晚温柔的海风吹拂着她长长的秀发，衣袂轻扬之下顿时生出些不食人间烟火的韵味。

我说陆雯这小丫头怎么失踪了，敢情是独自在这儿装仙子玩呢。“有女落单岂不调戏”这是我恪守的人生信条，自然是得好好落实的。

我慢条斯理地踱到陆雯这小丫头身边，缓缓在她的一旁坐下。

陆雯对于我的到来似乎一点都不在意，依然定定地注视着眼前夜幕笼罩下的大海。此时的大海已不复白昼里那波涛浩渺碧波万顷的雄浑气魄，展现的乃是他深沉而凝重的一面，似有千言万语却一直压抑心头，历经千年。

“我总觉得人在这天与地之间显得如此渺小，很多事情都是那么的无能为力。”陆雯突然开口自言自语般说道，语气淡若止水，辨不出丝毫的欢愉抑或忧伤。

吓，这小丫头怎么突然从女武痴摇身一变成了女哲人？年纪轻轻怎就如此多愁善感?

我心里虽如此想，但依然不动声色地顺着她的话说道：“故老相传，尽人事听天命，所谓人力有时而尽，如若能事事顺遂那活在这世上其实也了无乐趣啊！”哈，看来大爷我也是装深沉的一把好手啊，以前怎么就没发现呢。

“那难道事事不顺遂就有乐趣了吗？”陆雯反驳我道。

“事事不顺遂？塞翁失马焉知非福，即便背到喝凉白开也塞牙，但塞牙没准儿也能塞出些好处。”我心说这陆雯怎么突然跟我探讨这些沉闷的话题，难不成她有什么心事?

“好一个塞翁失马，我的马早已走丢了，但我的福又在哪里呢？”陆雯仰起头看了看那满天的繁星，轻轻叹了口气接着说道：“你这人，平时嘻嘻哈哈没个正形，其实骨子里却再老实不过。”

……

这小丫头怎么说着说着又把矛头指向我来了？老实？哈，我活了这么多年，咋不知道自己还有这么一个优点。

我转过头怔怔地看着身旁的陆雯，此时她的眼神如一汪秋水，冷冽，深不见底。

陆雯也看向我，脸上挂着个风华绝代的微笑，问我道："你那么看我干什么？难道我说错了？"

我没有直接回答陆雯，却盯着她问道："古龙先生有一句描述目光的经典名言，不知你听过没有？"

陆雯这武痴果然是熟读武侠经典的，毫不思索地说道："'如果目光可以杀人的话，那么你已经死了一万次了'，是这句吗？"

我装着一副孺子可教的表情朝陆雯欣然点了点头，说道："同理，如果目光可以用来脱衣服的话，那么雯妹妹你现在已然被我扒光了。"

按我原本的设想，陆雯这丫头定会边大骂着"淫贼"边将各种狠辣的招式往我身上招呼。

可是陆雯并没有动手，只见她将一缕被海风吹散的秀发挑至耳后，笑吟吟地说道："我没有说错，你就只会在口头上占便宜，是个'老实'的淫贼！"

嘿……竟然被美女鄙视了！

正说着，我的手机突然响了起来，拿起一看，是林小萌打来的。

"哥，你在哪呢？"电话那端传来林小萌愉悦的声音。

"你怎么那么健忘啊，我不跟你说了嘛，我在昌黎啊！"我很无奈地说道。

"我是问你在昌黎的哪儿！"林小萌没好气地说道，我敢保证此时这小妮子一定又撅起了小嘴。

"哦，我在昌黎的海滩上呢，吹吹海风看看海景，好不惬意啊，过些时候哥也带你来玩啊。"

林小萌不等我说完就扔下句"哥，你等着"，然后急急地挂了电话。这小妮子，今天究竟是怎么了？让我等着，我等什么，难不成还等你从北京赶过来啊？

我正疑惑万分，就听背后一声大喊"哥！"我心头一惊，赶忙转过身，就见一个娇俏的身影迅速朝我的方向跑来。

23.最烦小白脸

哈，林小萌这小妮子怎么来了？难不成她下午挂了电话就往昌黎赶了？

林小萌跑到我的身前，本想给我一个熊抱，但突然看见我身旁站起来的陆雯，她就陡然刹住了原本轻快的脚步，定定地站在了我的面前。

“哥，这位漂亮的姐姐是……”林小萌秀眉微蹙，睁着一双大眼睛将陆雯仔细打量了一番，又用疑惑的眼神看着我问道。

我本想顺口说这是你未来的大嫂，但瞅了一眼这俩都是会取我狗命的主儿，还是老实些比较好，于是就把这话生生地吞进了肚子里。

我对林小萌说道：“我来给你们介绍一下，这是陆雯，是你哥我的朋友。”我又指着林小萌对陆雯说道：“这就是大名鼎鼎的Sally，但同时她也是我的妹妹。”

陆雯对于林小萌的娱乐头衔并没有想象中那般惊讶，她只微微一笑，说道：“刚才还在亲热地喊人家‘雯妹妹’，怎么亲妹妹一来就把人家降格成朋友了，林哥哥？”

吓，陆雯这小丫头片子竟在这时对我实施打击报复，这话竟然当着林小萌这小心眼说了出来，那我今晚算是没个安生的日子了。

林小萌听罢，小脸顿时憋得通红，瞪着我重重地哼了一声，将手中捧着的一大包东西往沙滩上一摔，转身就走。

“哎，萌萌别走啊！她跟你开玩笑呢！”我急急赶上几步拉住林小萌的小手说道。

“别理我！来昌黎玩也不叫我，还跟别人打情骂俏兄妹相称，你别理我！”林小萌如同一头发怒的小母狮将我的手重重甩开，沿着来时的路奔了回去。

我看着这任性的小妮子远去的身影，只得无奈地摇了摇头。

陆雯将林小萌扔在地上的那包东西捡了起来，交付到我的手中，我打开一看，竟然是满满一包烟火。突然忆起小时候有一年过年，我跟林小萌两人站在自家的阳台上放烟火，这小妮子突然对我说：“哥，我想去海边放烟火。”我当时信誓旦旦地一口答应，可一直等到这小妮子出了国，我都未曾满足她的这个心愿，实现我当日的承诺。

我不由得感到一阵惭愧。陆雯看着林小萌的反应，戏谑地问我道：“她真是你的妹妹？”

我点了点头，很郑重地告诉她：“比亲生的还亲。”

胡胖子他们找到我，说这小妮子到了昌黎后先遇见了他们，是他们帮她安排的住处，就在我房间的隔壁。此时，这小妮子估摸是回酒店去了。

林小萌的脾气我是再清楚不过，这小妮子要是真生起气来，不等到明天那是无论如何也消不了的。

我回到酒店，找到林小萌的房间，只听得里头寂静无声，不禁更为担心，在屋外对其劝慰良久，无效，遂作罢，只得静待天明。

第二天上午我依然秉承着“一觉睡到自然醒”的原则美梦正酣，却突然被屋外一阵激烈的争吵声闹醒。我睁开迷蒙的双眼，发现胡胖子和邵飞两个家伙兀自熟睡，遂踢了二人一脚，骂道：“真是比猪还狠！”

我隐约听到屋外的争吵声中夹杂着林小萌的声音，于是就急急地披了衣服推门出去想看个究竟。

我走到屋外，发现林小萌的房间大门敞开，吵闹声就是从她屋里头传出来的。往她屋里一瞧，只见一个西装革履油头粉面小白脸模样的男子正扯着林小萌，似乎在跟她争辩着什么，而林小萌则是一脸的不情愿。

看到这小妮子似乎是受了欺负，我赶忙快步走了进去，一把拍开小白脸纠缠不休的咸猪手，将林小萌挡在自己身后，侧过脸问她道：“萌萌，这是怎么回事儿？”

林小萌见我到来，顿时满脸欢喜，她往我背后缩了缩，正要回答，刚喊了声“哥”就被眼前的小白脸拦住了话头。

只见小白脸伸手将西服领口紧了紧，很嚣张地说道：“想必你就是Sally那个哥哥，叫什么林乱，是吧？我叫欧阳胜天，是Sally的经纪人。”

一看那小白脸一副趾高气扬嚣张跋扈的模样，我就打心眼里感到厌恶，复姓就很了不起啊。

我也不去搭理这欧阳小白脸，转过头问林小萌道："他找你干吗？"

欧阳小白脸见我根本无视他的存在，顿时涨红了脸说道："Sally怎么会有你这样的哥哥，你知道她这么擅自跑出来会给她带来多大的危害？上次她去《最男人》找你已是前车之鉴，你和她又在家门口如此亲密还被狗仔队抓了个现行，就这样了她还不知收敛，这次竟然在不打招呼的情况下又擅自跑这儿来了！今天她必须跟我回去！"

我转过头看了眼林小萌，她正用央求的眼神望着我，其实这欧阳小白脸说得也不无道理，但看着林小萌那楚楚可怜的模样，我自然义无反顾地站在了她这边。

我嘿嘿一声冷笑，对欧阳小白脸说道："我说欧阳，你既然怕我家萌萌的名誉受损，那还敞开着门跟她拉拉扯扯，你这样做就对她没危害了？我不管你是她的经纪人还是她的老板，萌萌暂时不想回去，我们都要尊重她的意见，所以劳驾你知趣点，赶紧离开吧！"我说完又转头对林小萌说道："你哥我说得没错吧？"林小萌朝着我用力地点了点头。

欧阳小白脸听我说完恶狠狠地看了我一眼，又看了眼正冲着我微笑的林小萌，说道："她现在必须得走！跟你在一块儿能有什么好！兄不兄妹不妹的！"

我听着欧阳小白脸的话里透着一股子酸味，难道这小白脸看上我家林小萌了？嗯，我看很有可能！

林小萌从我背后探出头来疾言厉色地说道："欧阳，我跟谁在一起跟你没任何关系！还有，有不满你就冲着我来，别扯上他！"

吓，这小妮子还真是心疼我啊，我拍了拍她的脑袋以示嘉奖。

欧阳小白脸显然被这句话激怒了，他恼羞成怒地对我嚷嚷道："你给我闪一边去！老子管她干你屁事！今天我非带她走不可！"

"毛主席教导我们——一切反动派都是纸老虎！"说这话的正是邵飞，此时他跟胡胖子等人正悠然自得地站在门口，双手环抱，摆出了一副"我爱看白戏"的架势。

我朝他们微微一点头，又对欧阳小白脸说道："没错，你管我家萌萌的确跟我的屁股没啥太大关系，但是，林小萌是我林乱的妹妹，我当年管教她的时候，你小子还在玩泥巴呢！萌萌今天就是不能跟你走！别给脸不要脸地在这装大尾巴狼，赶紧哪来的回哪去！”

我想如若不是邵飞、胡胖子等人在这儿，欧阳这个小白脸是一定会为了面子跟我拼命的，但他也不是傻子，看看胡胖子那能把他压出屎来的庞大身躯，就知道今天要拼命是一定讨不了好处的。

他恨恨地撂下一句场面话：“林乱，你小子等着，咱俩走着瞧！”就气冲冲地往屋外走。

这欧阳小白脸走得甚急，不知道是被气的还是吓的，差点跟立在屋外正转身欲走的陆雯撞了个满怀。他抬头一见陆雯顿时愣了一愣，遂即阴恻恻地笑道：“哟，你也在，很好，非常好！”说完就再也不回头地离开了。

24. 积水和智慧

待到欧阳小白脸走了以后，林小萌就扑到我怀里娇声道：“哥，还好你来了，不然这家伙就真要把我绑回北京去了！”

我拍了拍她的脑袋，问道：“你们公司怎么给你分派了这么个经纪人？你们老板的脑勺被门挤了吧？！”

林小萌抿嘴一乐，睁着一双忽闪忽闪的大眼睛说道：“欧阳是我们董事长的儿子，他主动跟他老爸请缨来给我作经纪人，有谁拦得了他？”

“原来是这样，这欧阳对我们家林小萌同学如此看重，是不是另有企图啊？”我笑呵呵地打趣林小萌。

“哪有，哥！你别胡说！”林小萌娇靥生晕，接着又突然很是失落地说道：“我才不会喜欢他呢，永远都不会……”

陆雯被那欧阳小白脸撞见后脸上浮现过一瞬憎恶痛苦之情，不过此时已然恢复了常态，正似笑非笑地看着眼前的一切。

我转过头问陆雯道：“你跟那个欧阳小白脸认识？”

陆雯没想到我会突然问她这个问题，眼神急闪之下极其不自然地说道：“我爸是他爸的手下，我跟他见过几次面。”

“陆姐姐的爸爸也是我们公司的？”林小萌看着陆雯很惊讶地说道。

陆雯点了点头，莞尔一笑说道：“我爸分管的部门跟林妹妹你不会有直接的接触，所以你可能不认识。”

呵，敢情都是一个公司的自家人啊，难怪陆雯初遇林小萌的时候一点都不惊讶，估摸着是早已见怪不怪了。

胡胖子、邵飞他们见这现成的白戏眼瞅着刚到高潮部分却突然散场，不由得一阵郁闷，嘴里嘟囔着：“都回去睡觉吧，大清早地浪费胖爷我的感情，演白戏也不演得敬业点！没劲。”

我松开怀里的林小萌，走上前去就朝着胡胖子硕大的肥臀来了一脚，骂道：“睡睡睡！昨天晚上你不是还跟我说等明天要讨论一下你广告公司的事儿！”

胡胖子一捂屁股，哭丧着脸说道：“讨论，当然讨论，我都打了一晚上腹稿了，这不还差个结尾，就等着再睡一觉好续上嘛！”

各自回房后，我让胡胖子说了说他的打算。这小子这回是铁了心要开广告公司，注册早已开始，连第一个项目都筹划好了，就等着公司注册完他胡胖子立马就能升级成胡胖总了。

说起第一个项目，胡胖子顿时来了劲儿，唾沫横飞手舞足蹈。原来这小子是瞅准了来年奥运会这个机遇，想在奥运会帆船比赛的举办地——青岛，做那指路名牌灯箱广告的生意。

这个指路名牌灯箱广告在北京、上海、广州等为数不多的几个大城市已然遍地都是，要不然就凭胡胖子那点儿智商是万万想不到这个主意的。

“有人说一个脑袋大的人，里面装的不是积水就是智慧，你小子这回终于拿积水换了点儿智慧，可喜可贺啊！”我笑着对胡胖子说道，我打心眼里觉得这个项目很有前景，明年青岛的热闹是可想而知的，青岛市政府现在肯定也在狠抓基础设施建设，在这种时候做这项目再合适不过，再加上能起到美化青岛的作用，要凭此得到市政府的支持也不是什么难事！

胡胖子听我夸他，肥脸破天荒地红了一把，不好意思地嘿嘿一乐说道：“不过现在有个困难。”

“切，困难，不就是钱嘛！”我听胡胖子说完早就盘算过这笔投资一定数目不菲，要说这困难那肯定就是这资金来源了。

“着啊！还是您老一点就透！你也知道的，我家那些家底注册开个公司是富富有余，但这次这个项目着实大了些，特别是在铺设灯箱广告的地下电缆一块儿那是相当烧钱，我找专门的人士评测过，保守估计这项目得要这个数……”胡胖子说着伸出了他一根胖胖的手指。

“一个亿！”我惊讶道，这也太扯了吧！

“哎哟，我的林祖宗，您饶了我吧，是一千万！融资的事情我已经开始张罗了，但我估计由于公司是新成立的，没信誉没经验没威望，一个‘三无公司’要找投资方肯定不容易啊。”胡胖子一脸的苦大仇深忧国忧民，说完就拿眼神瞟了我一眼。

我把浑身上下的口袋都翻了出来，就差脱光衣服以显示我的赤裸坦诚，说道：“你看我干吗？老子要钱没有要命一条！”

胡胖子嘿嘿一乐，我怎么看都觉得这家伙已然是一副奸商嘴脸。只听他说道：“其实嘛，这一千万对您老的您老来说也不是什么大数目……”胡胖子说完就往后缩了一缩。

靠，我说这胡胖子怎么从刚才开始就“您老您老”地喊得如此亲热，敢情是在打我的主意，确切地说是在打我老子的主意！但他也知道在我面前提我爸是个忌讳，所以才想出“您老的您老”如此委婉的称呼……

我脸色一沉，狠狠地瞪了他一眼，说道：“要是眼神能榨油，你小子已然恢复成大号版林志颖了！这事儿让我好好想想吧！”

我和胡胖子在讨论这些的同时，邵飞这家伙一直呆坐在一旁，既不参与我们的讨论，也不外出溜达，就那么跟苦行僧打坐般一动不动地坐在自己的床上，脸上神色时而迷茫时而坚定，看着好像在练那不世奇功——乾坤大挪移。

胡胖子推了他一把说道：“喂，你小子又在做什么白日春梦呢？”

邵飞被胡胖子这招“黑熊扒背”一下惊醒，突然说道：“你们觉得刘晶莹这女孩怎么样？”

“靠，果然在做春梦！”我跟胡胖子异口同声地唾弃道。

几个星期后，胡胖子的公司一反常态地低调开张成立了，按他自己的说法这叫“欲扬先抑”，等到做成了第一单生意再请大伙儿好好乐呵乐呵！

这天，我带着林小萌回家看我老妈。林小萌小时候我妈也很喜欢她，说实话像我妈这样的女子我真觉得她是上辈子欠了我老爹的，要不然怎肯为他做出如此大的牺牲？

25. 万恶的钞票

小区太豪华也有诸多的不便，来个陌生人就要盘查半天，这不，对于几个忠心耿耿保卫小区居民人身安全的“哨兵”来说，戴了墨镜的林小萌就是个不折不扣的陌生人，一看就像个日本女特务，绝对不是好人！

在跟我妈这户主反复核对后，我和林小萌才得以进入了小区，刚按了门铃，我老妈就迫不及待地把门打开了。

林小萌看见我妈，一摘墨镜，边大叫着“姨”边就扑了过去，我想拦都拦不住，真怕我老妈被这小妮子的热情冲散了架！

我妈抱着林小萌左看右看，看得眉开眼笑，末了还蹦出一句贼打击我的话：“就是比亲生的好！大老远还知道来看姨，有些人就住那么近，平时也不知道来陪陪我这个老太婆！”

我老脸一红，刚要解释你儿子我平时忙得除了吃喝还要拉撒啊，就听林小萌抱着我妈说道：“姨你年轻着呢，哪是老太婆了，哥就是个没良心的，出去玩儿都不叫我！咱别搭理他就是了！”

嘿，这小妮子，一找到坚强的靠山就胆敢如此放肆，有够阴险哇！

我笑眯眯地招呼林小萌道：“萌萌乖，到哥这儿来！”

林小萌看我笑里藏刀的模样，很坚决地摇了摇头道：“你别想打我坏主意，姨在这儿可都看着呢！”

我老妈也是格外喜欢这个小妮子，不想想人家老娘当年可是抢过你老公的主儿，竟然狠狠瞪了我一眼说道：“你给我老实点儿！”然后又转头对林小萌微笑着说道：“萌萌啊，饿了吧，先吃个苹果，姨这就给你做饭去！”

“妈，我那份儿呢？人是铁饭是钢，你儿子我也饿得慌！”我一听竟然只给林小萌做，急忙就对我老妈说道。

“我跟萌萌吃剩下的就都归你小子了！先在一边饿着吧！”我妈瞥了我一眼忍住笑说道。

嘿，这是我亲妈吗？

林小萌在一旁舌头一吐对我俏皮地扮了个鬼脸，然后急急地又去寻找我妈的庇护了。

我今天来找我妈，其实主要是想跟她老人家谈一下我想跟胡胖子合伙创业的事情。那天胡胖子跟我说了第一单生意还缺资金后，我这些天一直在考虑这个问题。的确，如果按胡胖子说的，把这个问题交给我老子解决，那绝对是易如反掌。

在这里我想有必要交代一下我老子的情况。

他最早是个个体小贩，什么玩意儿都卖，流行蛤蟆镜的时候就卖蛤蟆镜，流行港台流行歌曲的时候就倒腾磁带，流行电子手表的时候就站东四大街上喊"来看最新款的电子手表喽"，总之他是从小商贩起家的，说的好听些是个做零售业的。

后来他有了些家底，就开始涉足实业：加工、制造、零售他都做，在商场摸爬滚打十几年，他那些资本也就如同雪球般越滚越大了。

但真正造就我爸今日成就的，却是1990—1992年的那次中国股市第一轮大牛市，当时上证指数在不到两年的时间里从100点飙升到1429点，让我爸赚了个盆满钵溢。再后来他就开了个现在的投资公司，真正做到了让别人替他赚钱，运营到现在不好说是世界500强，但至少也是个中国1000强吧。

也许是由于一山不容二虎——一个家里容不下两个像我这样优秀的男人，我跟我老子的关系自小交恶，再加上看不惯他寻花问柳夜不归宿总让我老妈伤心，而我当时也不具备好好教训教训这个老家伙的能力，所以只能战略性地采取印度友人的政策：非暴力不合作——也就是只要他不打我，小爷我就不鸟他！

我都记不清上次跟我老子说话是什么时候的事情了，貌似是当时应聘《最男人》的时候，他说什么也不答应，但他这老小子答不答应跟我可没关系，反正他现在揍不到我，我依然我行我素地成为了《最男人》光荣的一员！

听我妈后来告诉我，他当时是想等我毕业了把我送到国外去镀下金——多学点金融知识，回来后就去他公司从基层干起。我当时很大尾巴狠地跟我妈说了句："好男儿，不自由毋宁死！"不知这话我妈有没有跟我老子提过。

吃完饭，林小萌抢着收拾碗筷，却被我老妈喝止了，她老人家瞥了我一眼说道："萌萌啊，有现成的劳动力，你就别操心了，让咱家那些洗碗机啊什么的都歇息歇息吧。"

于是，很自然地，我老妈和林小萌这两个女人就很惬意地靠在沙发上话起了家常，而我这个大老爷们却在厨房里干起了洗碗的活儿。

终于完成了我老妈交代的光荣任务，走到客厅，见这娘俩正聊得起劲，我就厚起脸皮插嘴道："聊什么呢，那么开心？"

"萌萌生日的时候要再开个个唱，请我们都过去，她说她为你写了首歌，到时候唱给你听。"我老妈笑眯眯地对我说道。

呵，这小妮子还算有些孝心，知道为她辛劳的哥写首歌，于是我点了点头对林小萌说道："当年为你端屎端尿洗澡擦背，你可终于知道要感激我一下了，不容易啊！现在劳驾大小姐您给我腾个地儿，我有些话要跟你姨说。"

林小萌红着脸哼了一声道："净瞎扯！"然后乖乖地坐到一边去了。

我将想跟胡胖子合伙创业的想法跟我老妈说了一遍，末了又委婉地表达了现在资金短缺的现状。

我妈看着我笑呵呵地说道："你真是你爸的儿子，在这儿等着。"

我心说怎么都把我养那么大了才验明我正身啊？敢情二十几年来他们都觉着我是垃圾桶里捡来的不成？

我老妈上楼没多久就拿了两本存折下来，她将存折递给我说道："你爸早料到你小子不安分，早就给你备着了，一共一千万，你爸说怎么花随你，但花完了再要，一分也没有了。"

我看着这两本存折心里顿时有些念起我老子的好来，毕竟他当年没把我扼杀在套子里，这于情于理该给他记一功！

但我有我的原则，男人不可有傲气，但不可无傲骨，于是我对我妈说道："妈，您跟他说一声，想用这万恶的金钱来收买我，门儿都没有！"

"这……你不要？那你缺的钱你打算怎么办？"我妈疑惑地看着我。

“贷款。”我语气坚定地说道。

“贷款？这可得冒不小的风险啊，而且你要的数目不算小，你们一个刚成立的公司怎么贷得到？”我妈的语气里显然充满了顾虑。

其实这个问题我在来之前就已经考虑良久，毕竟这年头的1000万，说少不少，但说多也多不到哪儿去，如果真想走关系，无论是胡胖子老爹出面抑或打上我老子的旗号，贷个1000万都不是什么难事。

都说现在是个“拼爹”的时代，但无论是我还是胡胖子，都并不想走这条路。

我的打算是这样的，抵押我和胡胖子自己名下的那两套小房子，再申请一部分商业贷款，估摸着能马马虎虎凑够1000万这个数。

我已经让胡胖子去这么办了，我今天来找我妈，就是来找她老人家要我那房子的房本的。

我妈见我意已决，也不再多劝，只是语重心长地关照我道：“商场如战场，你妈我也不懂这些门道，只是你自己多长点儿心眼，做事别莽撞了。”

我自然满口答应，我也知第一次创业必定诸多不易，自己还是要谨慎些。

等我拿了房本，正待要走，我妈却突然对我说道：“对了，你也老大不小了，你爸智囊团的那个王叔给你张罗了个女朋友，是他朋友的闺女，你下个周末就给我相个亲去！”

啥？相亲？

26.带着妹妹去相亲（一）

那天我老妈告诉我相亲的事儿时，不仅是我吓了一大跳，连林小萌这小妮子都从沙发上一下子蹦了起来。

没想到我最终也会走上屈辱的相亲路，太打击我的自尊心以及自信心了，这要让胡胖子他们知道，非给他们当成笑柄不可。

但我多年来从不违拗我老妈的决定，于是无奈之下只得硬着头皮应承下来。林小萌当时见我竟然答应了，于是她也立刻做了一个惊人的决定——哥，我陪你去！

林小萌美其名曰：帮我姨把把关。并以此得到了我老妈的大力支持！带着妹妹去相亲……这世上还有比这更诡异的事情吗？

此时我与林小萌正坐在事先与女方约好的一家高级会所里，林小萌戴着深黑色的墨镜，不苟言笑正襟危坐，而我则多少因为无聊而显得有些漫不经心。

我看着一个个抬头挺胸迈着极其优雅的小步走进会所的女子，或优雅妩媚或风骚露骨，不禁感慨地说道："这是多么美好的地方啊，可是……"我转过头望了一眼林小萌然后以极其沉痛的语气接着说道："为什么我跟你在一起呢？"

林小萌见我从刚才开始就一直目不转睛地盯着别的女子，而对她却不闻不问，本就已是怒火中烧，现在被我这话一激哪还忍得了，只是顾忌公共场合自身形象败露，不能大打出手，这小妮子只能揪住我腰间一块软肉狠狠地拧了个360度，疼得我满面红光。

正在我惨遭毒手的当口，一个绝美的女孩急匆匆地走进了会所，她的出现顿时吸引了所有在场男士的目光，有几个大有按捺不住主动出击的意思，似乎是生怕被他人先下手为强。

只见这女孩一张清水出芙蓉的鹅蛋脸，长长的秀发披散在肩头，淡雅的妆容更将她衬托得秀丽脱俗，她身着一件干净的白色T恤，外面套了件黄色的短款小夹克，下身是一条蓬蓬裙，黑色的丝袜勾勒出她完美的腿形，这样一个集时尚与古典美于一身的女子，要想不吸引他人的眼球还真是件极其困难的事情。

我隔着一个大厅，远远地看着这个年轻靓丽的女孩，心里不禁暗赞了一句：要脸蛋有脸蛋，要身材有身材。咦，怎么看着有那么几分熟悉的感觉？

那女孩似乎朝我这个方向微微挥了挥手，我朝四周打量了一圈——难道她是在对我招手？我就说我用不着相亲嘛！就这能立刻吸引美女的个人魅力还用得着相亲？

我刚想转头跟林小萌夸口几句，一转念不禁拍着自己脑门大骂"笨蛋"，这进来的绝美女孩一准儿就是我的相亲对象啊！

林小萌看着女孩，默默地说道：“竟然是她。”

“谁？”我见林小萌见了那女孩竟然露出了郁郁寡欢的模样，可恨自己视力不如她，只是隐隐约约地感到：这是个似曾相识的女孩。

绝美女孩冉冉朝我这边走来，当她走到近处时我不禁都产生了“我是在拍狗血言情剧”的错觉，陆雯，她怎么来了？！

陆雯走到我的面前，妩媚一笑，伸出手道：“林公子，你好，我是陆雯。”

我心说这小妞作什么怪，林公子这种只适合纨绔子弟的称呼怎么跟我沾上边了，我一边跟她假惺惺地握手一边问道：“陆雯，我是来相亲的啊，难道你就是我那个相亲对象？”

陆雯抿嘴一笑说道：“我来之前就听我爸说，对方是Sally的哥哥，我一听就知道是你！”

“明知是我你还来？”我惊疑道。

“反正闲着无聊呗，要是不是你，我才不来呢！”陆雯很大方地说道。

陆雯说完又偏过头对林小萌说道：“小萌真是关心哥哥啊，连相亲都要亲自跟着。”

林小萌自然听出了陆雯话里讥讽的味道，不甘示弱地说道：“他是我哥，我自然得帮他看着点，万一娶了什么妖孽回去我也不好跟我姨交代啊。”

嘿，这俩女孩搞什么鬼，难道正应了那同性相斥的道理？于是我摆了副和事老的嘴脸讪讪一笑说道：“咱先点些喝的吧，我都快渴死了。”

我也不等两个女孩回答，匆匆招来服务员点了三杯饮料。

我看着低头喝饮料的陆雯，心说这丫头的确有够动人，更难得的是还有好脑子，可不是胸大无脑的那种草包，要是能娶回家去也算是有福了。

我边打着坏主意边对陆雯说道：“你爸怎么会突然让你来相亲的，你不是才刚满20岁吗？”

陆雯的眼神闪过一丝不自然，估摸着是有些害羞，说道：“我爸就是个纠结的命，既不让我在学校里谈恋爱，又怕我回头被‘剩’下了嫁不出去，不过出来见面今天可是第一次，以往我都是直接拒绝掉的。”

“呵，那还真得谢谢陆大小姐赏脸了！”我心说我老妈也真是的，给我介绍相亲对象也不先调查清楚，害得我都没丝毫准备。

我跟陆雯愉快地聊着天，不免有些冷落了一直坐在一旁的林小萌，陆雯的到来完全打破了林小萌帮我考察的计划，于是她拎起她的小挎包，嘟囔了一句："哥，你们慢慢聊吧，我先走了！"那一脸的不乐意就是瞎子也看得出来。

林小萌走得甚急，我刚想追上去，陆雯却突然开口道："你把她留下来，她只有更不乐意。"我一想也是，于是就在后头关照了一声："萌萌，开车当心些！"

林小萌转头白了我一眼，又扫了眼背对着她的陆雯，恨恨一跺脚，转身就走。

眼看着林小萌就要走出会所，临到门口她却又突然退了回来，似乎被什么人截住了。

于是我不得已地将刚坐下的屁股又抬了起来，几步赶到林小萌的身边，定睛一看，把林小萌逼回来的不是别人，正是林小萌的经纪人——欧阳胜天。

27.带着妹妹去相亲（二）

欧阳胜天也看见了我，露出个人畜无害的笑容说道："原来林大哥也在此，那正好咱一起坐下来喝一杯。"

我打了个哈哈，对欧阳胜天的邀请不置可否。心说这地球上难道就剩我们几个人类了，怎么走哪都碰到啊，这也忒巧了点儿吧。

欧阳胜天见我没有回应，就很绅士地伸出他白净的手来，说道："上次是我鲁莽了，多有得罪，还望林大哥你别太在意，我当时也是出于对Sally的关心，别无他意。"

呵，这欧阳小白脸怎么突然转了性了，难道是他一心想娶林小萌深恐得罪了我这个大舅哥？不过我也听林小萌提过，如今他们公司效益并不好，全靠有她这么一个当红明星才得以苦苦支撑，可以说林小萌就是他们公司现在的摇钱树和顶梁柱啊，也许他是不想过分地得罪林小萌吧。

但无论这欧阳小白脸出于什么目的，此时看着他一脸真诚的模样，我心说冤家宜解不宜结，而且也没无什么深仇大恨，何不退一步海阔天空呢，于是就伸过手去同他握在一起，说道："我们都是为了萌萌，上次的事就别再提了，大家都有不对的地方，希望我们以后能成为好朋友！"

此时陆雯也已经走到我的身边，她看见欧阳小白脸并不像上次那般惊慌，只是朝他点了点头算作是打了招呼。

欧阳小白脸很意味深长地看了我和陆雯一眼，说道："走，咱们大家坐着好好聊聊，今天我请客！"

我看着欧阳胜天热情的模样，心说估摸着上次真是有些误会他了，倒也不像是个欺压良善的纨绔子弟，对他的印象不禁产生了些改观。

我们四人又回到了方才的座位上，甫一坐定，欧阳胜天就迫不及待地问道："林大哥和陆小姐刚才这是在……"

"咱俩年纪相仿，你叫我林乱就行，我也不跟你客气，就喊你欧阳啦，说实话你来得可真不是时候，我跟陆雯这儿正相亲呢，刚营造起些美好的氛围就被你这半路杀出的程咬金给打破了。"我嘿嘿乐着跟欧阳胜天说道。

"那我来得还真不是时候，我看两位郎才女貌，还相神马亲啊，你掏4.5元，她掏4.5元，直接去民政局领结婚证得了！"欧阳胜天说完就哈哈大乐起来。

陆雯瞪了欧阳胜天一眼，羞红着脸低下了头去。

我则讪笑着说道："咱也甭开玩笑了，我跟陆雯这是误打误撞才碰上的。"

"那才叫有缘啊，有缘千里来相会怕就是为你二位量身订造的吧。"欧阳这家伙，怎么一副奸佞谗臣的嘴脸，如此一个劲儿地撮合我和陆雯，打的究竟是什么主意？

林小萌此时已然听不下去了，她刚才就想离开，现在更是一时半刻都坐不住，狠狠剜了欧阳胜天一眼说道："你们继续聊吧，我还有事。"然后头也不回地跑出了会所，高跟鞋的踢踏声重重地砸在我的心上。

"林乱你们继续聊，我去追她！这当红的就是脾气大，不让人省心。"欧阳胜天说完就急急地向外追去。

我看欧阳胜天既然跟了去，那自己就没必要多事了，于是坐下来与陆雯继续谈天说地。

从陆雯的口里我听到一个大八卦：邵飞这小子正猛追刘海女孩刘晶莹

呢，每天都往陆雯她们宿舍打电话，两人那电话粥煲得真叫一个缠绵悱恻恩爱异常。

哈，邵飞这家伙终于是坐不住了，也不知道刘晶莹怎么就受得了他那一口“文革”腔？邵飞那家伙说个I LOVE YOU都可能整个最高指示出来，可不是一般女孩能接受的主儿。

我跟陆雯聊了半晌眼看时间也不早了，就准备打道回府。

我边走进电梯边对一旁的陆雯打趣道：“第一次相亲就谈得如此愉快，看来咱俩还真适合啊，是吧？”

陆雯瞟了我一眼，微嗔着说道：“又瞎说，刚老实了没多久，又开始油嘴滑舌起来了。”

我嘿嘿一乐，正打算继续调戏，电梯却突然激烈地一阵晃荡霎时停住了，电梯里的几盏灯也瞬间熄灭，整个电梯顿时陷入了一片黑暗之中。

陆雯“啊”的一声惊呼后一下子扑进了我的怀里，死死地搂住了我，那凹凸有致的身材紧紧贴在我的身上，脸蛋靠在我的颈项之侧，秀发上一阵淡淡的馨香包围了我。

我好歹也是个一切正常的男人，温香软玉在怀，不禁有些意乱情迷。

我双手扶着陆雯纤细柔腻的腰肢，正准备趁人之危，再狠狠捏上一把。刚要动手就听得“哗”的一声响，仿佛万事万物一下子苏醒了一般，头顶上的几盏灯光又霎时亮了，电梯也开始重新运作起来。

我那个悔啊，顿时对“先下手为强”这种没人性的格言又有了更深层次的理解。

陆雯此时依然缩在我的怀里，我看见她修长的颈项都染上了一层娇羞的绯红，我心说怎么亮灯了还黏在我的身上，难不成真看上我了？

我心里正暗自得意呢，就听怀里的陆雯突然说道：“放开我好吗？”

真是一语惊醒春梦中人啊，敢情是我依然死死抱着这陆丫头，难怪她还在我怀里待着呢！

我一惊之下立刻松开陆雯，想说几句抱歉却又不知如何措辞，陆雯也低着头静静地站在我的身旁，相距甚近，不知在想些什么。

“刚才……”我跟陆雯为了打破这尴尬的气氛同时转过头来异口同声

地说道，没想到由于我和她的距离过于紧凑，再加上两厢里一凑合，我的嘴唇和陆雯的脸颊竟然做了第一次亲密接触！

在陆雯眼中，就仿佛我特意探过头去在她柔嫩的脸颊上轻轻吻了一下……

我满心想解释这是个误会，但想来这轻薄调戏的罪名这回是无论如何也逃不掉了，就不知陆雯这小丫头会用何种毒辣的手段惩治我……

28.骑单车，游京城

那天在电梯间里无意"亲犯"了陆雯后，我原以为这丫头一定会暴跳如雷，用她的"绝世武功"将我扁得不成人形，可事实上她却根本没对我下任何毒手，只等那电梯门一打开，就羞红着脸连声道别也不说飞也似的离开了。

我不禁感到有些奇怪，欧阳胜天从一纨绔子弟转型成了豪爽小弟，而陆雯这原本对我心狠手辣的丫头却也变得温柔似水，这究竟是怎么回事儿？

后来的这些天林小萌一直没跟我联系，而陆雯也同样没有再出现过，只不过我跟她的短信却越来越频繁起来，关系似乎也更亲密了一些。

自从我和胡胖子盘算起自己创业的事儿，我就一直张罗着离开《最男人》。

第一笔资金总算有了些眉目，按照我和胡胖子的计划，将将凑够了那一千万。

我跟胡胖子的想法比较一致，光待在京城里纸上谈兵是绝对行不通的，必须去青岛走一遭，不仅可以实地考察一番，该疏通的上层关系也可以着手联络起来。

于是"去青岛走一遭"这个光荣而又艰巨的任务自然就落到了我这21世纪大好青年林乱的身上。

这天我去杂志社办理辞职的最后一些手续，好歹在这片充满了天使脸蛋魔鬼身材的沃土播撒了我两年的青春汗水，一下子要离开还真有些儿女情长起来，我跟所有的同事一一握手道珍重，当轮到张天时，我更额外送了这小子一句临别赠言——以后每月出的《最男人》别忘了往我家里寄一本！特别是那些被主编删掉不许刊登的照片，千万给我夹在杂志里！

离开杂志社，我回家吃了午饭正准备收拾明天去青岛要携带的行李，就接到了林小萌的电话。

“哥，我在你家楼下，快下来！咱去兜风！”林小萌在电话那端急急地说道。

“好，你等着。”我挂了电话就一溜烟地朝楼下赶去。心说还是自家萌萌好啊，我给那么多人发了短信不厌其烦地告诉他们——我明天就要走了，你们还不趁此机会孝敬孝敬我老人家，错过这个村可就没这个店儿了。可回复却总是千篇一律的六个字：路上走好，不送。

邵飞这小子更绝，给我回了条：知识青年到农村去接受贫下中农再教育，很有必要！恋爱中的邵飞就是个比智障还智障的智障，这点我可以理解。

下了楼，站在林小萌的面前，这小妮子笑吟吟地看着我说道：“哥，咱俩好久没一块儿出去玩儿了，今天你带我去兜风吧！”

我点点头心想自个儿明天就要走了，的确该陪陪这个小妮子。但当我看着这小妮子从汽车后备箱里一脸坏笑着抬出辆折叠自行车时，我的脸立马就绿了，年年打雁今天却被雁啄了眼，我哆哆嗦嗦地问道：“你难道要让我用自行车带你去兜风？”

“是啊，小时候你不总是骑自行车带我兜风的吗？”林小萌坏笑着说道。

我的小祖宗，当时那是带你上下学好吗，哪是兜风啊？再说那距离又不远，你现在要我带着你游京城，那还不要了我的老命啊？！

但在林小萌一阵强烈的撒娇攻势下，我不得不败下阵来，硬着头皮骑上了车。

林小萌显然是有备而来，她找出一顶宽大的太阳帽，往头上那么一戴，将帽檐往脸前一挡，她那张清丽的瓜子脸就隐在了黑暗之中。她轻轻巧巧跃上了自行车的后座，很是得意地一拍我说道：“出发！”

我带着林小萌一路从西二环骑到了东二环，最后带着她来到了东北二环的护城河畔，这里的沿河绿化做得很是到位，河畔有很多钓鱼的长者和戏水的孩童，我跟林小萌说要休息一下，就领着她在河边一处空地上坐了下来。

现在已经入秋，秋日午后的阳光暖暖地洒在我和林小萌的身上，河面波光粼粼，看着那些戏水的孩童，我恍然间产生了时光交错的感觉，仿佛自己又回到了十年前，那个仍然不知忧愁为何物的年纪。

林小萌怔怔地看着眼前的一切，似乎在回忆什么，她轻轻伸过手来挽起我的胳膊，将她的小脑袋靠在我的肩膀上，柔声说道："哥，还记得小时候你在河边救我的那一次吗？"

我搔了搔头，"哪次？你哥我救你的次数多了去了，就你这小惹祸精，从小就没个消停的时候！你看这些可都是为你打架留下的伤疤，这道最深，王二毛那小子也真敢上刀子。"我撩起袖子指着其中几处伤疤对她说道。

小时候我可真没少打架，全因为林小萌这丫头从小就出落得娇俏无伦一副天生祸害男人的模样，总惹得一帮小子为她拼命，而我总是扮演着那个掩护她逃跑的角色，以一挡十那都是小儿科，被一帮人揍得面目全非更是家常便饭。

林小萌也不在意我数落她，微微一笑，顿时有如那盛开的圣洁百合，令周围的粉黛都失了颜色。只听她说道："哥，也许你真的不记得了，但我一直记在心里……"

我偏过头看了眼此时的林小萌，但见她眼中泛着欢喜的神采，嘴角挑起个完美的弧度，接着又轻轻叹了口气。

林小萌抓起我的手，慢慢抚摩着我胳膊上的那些伤疤，又握起我的手掌覆盖在她额头那道淡淡的疤痕上，接着似是自言自语地说道："这也许，就是烙印吧……"

我心说这小妮子怎么突然变得这么感性起来，这可不像她的作风啊，于是又千方百计地逗她开心，在路人的眼中，也许此时的我跟林小萌就是对羡煞旁人的热恋情侣。

这一坐就是一个下午，当我又累死累活地驮着林小萌回到住处时，已然是黄昏时分。

林小萌嚷嚷着要给我做顿可口的饯行晚餐，我的脑海里立马蹦出了当年因吃林小萌的亲炙菜肴而上吐下泻的恐怖回忆，浑身上下不禁打了个冷战。

停好自行车，刚走到楼下，就看见一个熟悉的身影正在那儿徘徊。

我往前赶上几步，叫了声："陆雯，你怎么来了？"

陆雯听到我的声音，顿时抬起头来，看见我时，脸上露出了些欢喜的颜色，接着又看到了我身后的林小萌，顿时又有些失落，只听她说道："知道你明天就要走了，想跟你来道个别，咱俩能出去走走吗？"

我回头看了一眼秀眉微蹙的林小萌，拍了拍她的肩膀说道："你先上去，我去去就来。"又转过头对陆雯说道："走吧！"

29. 我的心意，你可明白？

我刚转过身准备陪着陆雯在这小区里转悠转悠，没想到自己的一只袖子却似乎被什么给扯住了，转身一看，只见林小萌扯着我的衣袖正一脸不舍地望着我，轻声地唤道："哥……"

于是我不得不回过身去安慰这个小妮子："我就去陪陆雯走一会儿，马上就回来，你先回去，你不是说要做晚饭的吗？"

林小萌似乎没听到一般固执地摇摇头，嗫嚅道："哥，我要你陪我，你别去好吗？"

这小妮子怎么在这当口跟我闹起别扭来了，这不成心给我出难题嘛！你说人家陆雯难得来找我一趟，我却要拒绝，这于情于理都有些说不过去啊！

我为难地看看固执的林小萌，又转头瞧瞧正冷眼旁观的陆雯，实在是左右为难，恨不得把自己一劈为二才好。

"乱，你别为难了，看来我今天来得不是时候，我这就走！"陆雯说完就紧咬着下唇，也是一脸的委屈。

"哎，你别走啊，难得来一趟，要不上去坐坐！"我急急地对陆雯这丫头说道。

陆雯看了一眼林小萌，说道："不用了，你跟她快回去吧，我这就走了。"陆雯说完当真转头就走。

我赶忙从林小萌手中抽出我的袖子，赶上几步拉住陆雯的手说道："别急啊，要走也让我送送你！"这是我第一次在主观意识的驱动下握住了陆雯的手，她的手温软且冰凉。

陆雯轻轻一挣，本想抽出手来，但稍稍一犹豫，也便不再挣扎，只是扭过头看着我说道："你一人出门在外一切当心！"

我刚想吹嘘几句——"你林哥哥我从小到大走南闯北大风大浪里什么阵仗没见过，你就不用操心了。"

未曾想我话还没开口，嘴却已经被堵上了。

原来陆雯这小丫头突然转过身来，双臂紧紧搂住我的颈项，深深地吻住了我。樱唇柔软、幽香扑鼻，不禁让我一阵意乱情迷。

这吻也就持续了大约五秒钟的时间，陆雯松开我后，一转身头也不回地去了。

靠，强吻了我就逃之夭夭，连句话都不说，太不负责任了吧！

陆雯丫头这下忒突然了点，也不让我做些生理和心理上的准备，年轻人就是有热情，果然应了那句歌词：想上就上要上得漂亮！

于是我很无奈地对着还没跑远的陆雯喊道："你可要对我负责啊！"

目送着陆雯远去，我又在原地呆立了一会儿，右手摸了摸自己的嘴唇，回味这唇齿留香的感觉的确不一般啊。

我一脸坏笑地转过身来，蓦然看见林小萌噙着泪花正痛苦地看着我，她的两个小拳头紧紧地攥着衣角，见我傻傻地盯着她，一转身就向住宅楼里跑去。

我心说林小萌这小妮子看见她哥帮她找了个如此完美的大嫂还哭啥子劲啊？难不成是喜极而泣？

我一边思索着一边追赶林小萌，这小妮子一"高兴"竟然连速度都提升了一个等级，不过她可没有我房门的钥匙，跑到我家门口还是不得不停了下来，她往地上一蹲，双手环抱着搁在膝盖上，把头埋进臂弯里，整个人一抖一抖的，看着甭提有多心酸了。

我跑到她跟前，先把大门打了开来，然后蹲下身一把将林小萌这小妮子打横抱起，看着她梨花带雨的脸庞不禁一阵心疼，我隐隐约约地似乎明白了些这小妮子的心意……

林小萌一不哭喊二不挣扎，任由我将她抱到房内。只见眼泪止不住地从她眼眶里汹涌而出，顺着她光洁的脸庞滑落到她尖尖的下巴上，这无声的哭泣最是让人揪心。

我就这样静静地抱着这个小妮子，回忆着那儿时的过往，以及她以Sally的身份出现在我面前后的点滴，她的一颦一笑一言一行过幻灯片般在我的脑海中闪现。最终画面定格在她初三出国前的那次生日，小妮子拉过我的耳朵，在我耳边悄声说道：“哥，等我长大了，我要嫁给你……”

我心里倏然而惊，赶忙摇了摇头，童言无忌，当时的话哪能当真？

怀里的林小妮突然开口说道：“哥，放我下来。”

我赶紧将这小妮子放下，双手扶住她肩说道：“别哭了，萌萌！”

林小萌点了点头，突然一抹眼泪，展眉一笑，俏皮地说道：“人家就是想你明天要去青岛了有些舍不得嘛！”

我听林小萌这么一说，如释重负的同时心里竟然微微有些失落。

“哥，我去给你做饭，你先把去青岛要带的东西都找出来，等我做完饭再给你收拾！”林小萌蹦跶着就跑进了厨房。看着那兴高采烈的林小萌，似乎几分钟前的一切都只是我的幻觉……

30. 请问需要按摩吗

此时我已身处青岛这片海滨沃土，在机场临行送别的时候林小萌一副恋恋不舍的模样，就好像我将一去不返似的，让我颇为感动。

胡胖子、邵飞等人虽没说过要来送行，可真到我要走的时候，却一个都没落下地全体出现在了我的面前。

胡胖子很是慎重地拍了拍我的肩膀，慷慨激昂地说道：“兄弟即将远行，你的父母妻儿就放心地交给我来照料吧！”我狠狠地擂了他一拳笑骂道：“去你大爷的！”

邵飞给了我一个熊抱，说道：“最高指示——革命战士是块砖，哪里需要往哪搬，一不怕苦二不怕死，坚持到底就是胜利。”

我扫了一眼四周并没看到刘晶莹的身影，于是在他耳畔悄声说道：“刘花姑娘怎么没来啊？”我见邵飞白净的脸色顿时烧红了，于是拍了拍他很是语重心长地说道：“革命尚未成功，同志仍需努力啊！”

令我微微有些失落的是陆雯一直没有出现，不知是路上耽搁了还是羞涩于昨晚的那个吻，不好意思前来给我送行。

我下了飞机，找到了预订的下榻酒店，挨个给老妈、林小萌打了电话，汇报了一下我当前的情况，没缺胳膊没少腿，让他们不用担心。

我此行前来青岛，一是要实地勘探一下青岛的道路交通情况，特别是明年奥帆赛的几条主要路线的情况；二是疏通一下青岛这边几个管事部门的上层关系，这也是我此行最主要的目的。

胡胖子跟我说他当官的老爹已经跟青岛这边的几个头面人物礼尚往来了一番，我只要再去跟交通、土改、供电、宣传等几个部门的负责人多亲近亲近，咱这个项目要批下来应该不是什么难事。毕竟项目本身利国利民。

可说是一回事，做却又是另一回事儿了。

我在青岛整顿了一天后，就挨个儿去找四个部门的负责人，果然个个都是“人民公仆”的作派——油光的脑门、肥大的啤酒肚是他们不约而同的特点。

这四人仿佛也得到了上头的指示，也不跟我打哈哈，那官腔打得真是如出一辙：“这个项目事关市政建设，又挤在奥运会这个节骨眼上，轻忽不得，我得跟各部门领导开会讨论一下，林先生请先回去，我一有消息就会马上通知你的。”

我心说要等这帮老家伙通知那黄花菜都凉了，看来他们都是不见兔子不撒鹰的主儿，于是我只能以工作餐为名将他们约出来一起谈谈。

当然，这些都还在我的预期之内，唯一我没料到的是宣传部的人竟然对我提了一个要求。

宣传部的负责人，是个姓韩的中年人，大约40多岁，戴着一副金丝边的眼镜，他是这么对我说的：“听说林先生的妹妹就是大名鼎鼎的Sally，我女儿相当喜欢令妹啊，哪天能不能劳驾林先生将Sally也一同带来，好让我女儿一圆她的追星梦呢？”

我听韩眼镜如此一说，心里不禁一惊，一当官的想见当红明星还能有什么好事儿？女儿追星？想来只是借口吧。这让我该如何是好？

我一走出市政府的大楼顿时就有骂娘的冲动，这老色狼都松下奔联想了竟然还敢打我家萌萌的馊主意！我立马拨通了胡胖子的电话。

“喂，胡胖子，你爸这招呼是怎么打的！那帮酒囊饭袋现在竟然想来打我家萌萌的主意！有没有搞错啊！”我对着话筒当街大声咆哮起来。

“你别急你别急，究竟什么情况啊？你慢慢说。”

于是我把刚才的经过原封不动地又阐述了一遍。

胡胖子听完，思索了半天说道：“也许那姓韩的真是想一圆她女儿的追星梦呢？”

我听胡胖子这么一说气得大骂：“你脑子里那些智慧又变成脑积水了是吧？这种场合他们想请萌萌来，能有什么好？”

胡胖子赶紧在那头求饶：“我的林大爷您就别骂了，容我再好好想想，萌萌是你亲妹妹那也是我干妹妹啊，从小看着她长大的，我怎么忍心送她羊入虎口呢，我再想想办法吧。”

我跟胡胖子说完就挂断了电话，恨恨地骂道：“这死胖子能想出什么好主意来？”最后肯定还是得靠林大爷我自力更生。

晚上我一个人躺在酒店的沙发上百无聊赖地看着电视，心里仍在为韩眼镜的“潜规则”要求犯愁，这事要解决不好，那这整个项目可就全黄了。

突然我房间的电话铃声响了起来，我顺手一接就听里头一个尖尖的嗓音怯生生地说道：“先生，请问需要按摩吗？”

吓，难道这就是传说中H级别的服务电话？我这儿正烦着呢，正好拿她消遣消遣，于是我问道：“怎么个收费标准啊？活儿好不好啊？”

对方犹豫了一下，结结巴巴地说道：“先生你开个价吧，活儿嘛你试过就知道了！”

我一脸坏笑着说道：“我现在身旁这位小姐活儿很不错的，还只收了我50元……”

我话还没说完，对方就粗鲁地挂断了电话。我不禁心生埋怨：这是什么服务态度啊，大爷我要投诉你！

我这刚挂电话，正在思索消费者投诉电话的电话号码，一阵砰砰山响的敲门声立刻打断了我的思路，我眉头一皱，问道：“谁啊？”

门外的人也不回答，依旧砰砰地砸着我的门。我心说这分明就是找抽的，一脸愤怒地快速走到门边将门一把打开。

可看着门外俏立着的身影我顿时傻了眼……

只见林小萌正一脸恼怒地站在我的面前，尖着嗓子说道：“先生，我来给你按摩了！”

第四章 老衲从了师太吧

31.伤疤恒久远，一道永流传

我看着门外站着的林小萌，脑子顿时有点短路，不可置信地说道：“萌萌，你……你怎么来了？”

“我怎么不能来？我来给林先生按摩啊！让那50元的赶紧给本小姐闪一边去！我给您提供免费服务！”林小萌说着就把我推在一旁，闯进了我的房间。

我见林小萌冲进我房间后就左右搜索了一番，拢共也就30平米的空间根本不用搜索就能尽收眼底，她见找不到那所谓的“50元小姐”就问我道：“她人呢？”

我看着她一脸认真的表情，真是欲哭无泪啊，我无奈地说道：“跟你说了多少遍，你哥我不是随便的人！再说，这年头哪还有只收50元的小姐？连猪肉都涨价了，你当这小姐一身人肉是走私的水货啊！”

林小萌哼了一声，说道：“哥，今天算你走运，要真被我逮着，我……我……”这小妮子“我”了半天也没个下文，直到把小脸憋得通红方才蹦出一句：“我让姨好好收拾你！”

我哈哈大笑着扶住林小萌瘦削的肩膀，说道：“你放心，你哥我才不会干那种事情呢，就算干了，也不会让你知道更不会让你抓到啦。”说完我很是得意地哼起了荒诞的小曲：想上就上要上得漂亮，就算没套来为我保障……

“你！”林小萌被我气得握紧了粉拳就作势要打，我忙一把挡住她正色道：“你这小妮子怎么巴巴地跑青岛来了？事先也不跟我打个招呼！你那么多工作就不做了？欧阳胜天这小白脸怎么突然就那么放任你了？你明天就给我回去，真是胡闹！”

“不嘛，我不回去！我来的时候跟欧阳打过招呼了，他原本不放，听我说是要来帮你的忙，他就点头答应了。”林小萌小嘴一撅极其不乐意地说道。

“帮我的忙？”我惊疑地问道，难道“潜规则”的事儿这小妮子都知道了？欧阳胜天这家伙也不知搞什么飞机，怎么一听说是要帮我忙就放了这小妮子呢？他要讨好大舅哥也不用做得那么露骨吧？

林小萌自知失言赶紧一捂嘴巴，摇了摇头又开口说道：“我是说来找你，不是来帮你。”

吓，真是个傻丫头，明显的此地无银三百两，我岂能相信。我开门见山地问道：“是不是胡胖子告诉你的？！”

林小萌见瞒不过，犹豫了半晌只能点了点头，说道：“胖哥说我要不陪你去赴宴，你们这个项目就得泡汤，他说对方只是有家属想见我一面，不会出什么问题的。”

我听林小萌说完，顿时气得差点咬碎了满口牙，恨不得立马把那死胖子拖过来大卸八块当猪肉卖，“让林小萌赴宴”就是他小子想出来的“好办法”，真是没辜负他那一大脑袋的脑积水。

我拉着林小萌在床沿坐下，柔声说道：“项目的事情你就甭操心了，我宁可项目黄了也不会带你去赴那几个老不死的晚宴的，你明天就给我买张机票回去，你看看你，最近在媒体露面的次数都大幅度减少，这可是会影响你人气的啊！”

林小萌眼神温柔地看着我，眼光中渐渐地流露出怜爱的神色，接着长长叹了一口气。她一手拨开额前的秀发，一手抓起我的手掌覆盖在她额头那道淡淡的疤痕上，轻轻说道：“哥，也让我为你做点什么吧。”

林小萌说这话的时候，双颊如抹了层胭脂，在房间灯光的映射下艳若桃李。

看着眼前如水的佳人一脸深情地望着自己，我呆呆地无言以对，仿佛眼前坐着的并不是我林某人的亲妹妹，而是我相恋多年的红颜知己，我心里倏然而惊，难道这小妮子当真爱上我了？

林小萌见我呆呆地看着她，抿嘴一笑，换了个话题说道：“哥，今天怎么没看见陆姐姐来送你，你真要做她的男朋友吗？”

小妮子问这话时脸上不自禁地透出些焦虑，似乎我做不做陆雯的男朋友对她来说是件极其重要的事情，这更坐实了我的怀疑。

为了打破这有些尴尬的气氛，我顿时又使起了自己那插科打诨的本事，笑嘻嘻地说道："陆雯连初吻都给了我，那你哥也得对她负责啊，穿上裤子就走人可不是你哥的作风。"

"你怎么知道那是初吻？"林小萌不服气地问道。

"那么生涩的吻自然是初吻了。"我兀自狡辩。

没想到林小萌却接着说道："哥，萌萌的初吻不也是给了你吗？你怎么就不对我负责？"

啥？！这话可以乱说的？！我怎么一点印象都没有了！难道我小时候就已然如此无耻地连自家妹子都不放过了？

林小萌见我似乎已然忘记了那些陈年往事，也不介意，微微一笑说道："哥，你自己好好想想吧，实在想不起来，我以后再告诉你。"林小萌顿了一顿又接着说道："话说回来，哥，你不觉得陆雯姐姐太主动了点儿吗？"

"想你哥我玉树临风风流倜傥，她情不自禁也是情有可原的嘛，怎么，你还不信你哥我的魅力了？"我厚着老脸自夸道。

林小萌听完就不再作声，静静地坐在床沿上，似乎在思索着什么。我看了看时间说道："也不早了，你哥我再给你去开间房，你好好休息一晚上，明天就回去吧。"

林小萌也不说什么，任由我给前台打了个电话，又替她在隔壁开了间房。

送走了林小萌，我刚想洗个澡好赶紧睡觉，正脱了上衣准备脱裤子，没想到房门又被"咚咚咚"地敲响了。

我心说林小萌这小妮子也不知道又有啥事情，我也懒得再穿上衣了，径直走到门边将门打了开来……

32. 第一个愿望

我刚把房门打开，一个娇柔的身影就一下子倒在了我的怀里，我顿时感到手足无措，这演的究竟是哪一出戏码？白骨精色诱唐三藏？

我将房门一关，双手堪堪举在两侧，不敢碰到怀中之人丝毫，战战兢兢地问道："陆雯，你怎么来啦？"

倒在我怀中的不是别人，正是陆雯，不知这丫头弄的什么玄虚，大半夜地陡然跨越时空般地出现在我的面前。

陆雯听到我的声音，在我怀里微微仰起头来，但见她双颊潮红，醉眼迷离，樱桃小口微张，一股辛辣的气味传入我的鼻端，我大惊道："你怎么喝酒了？还醉成这样子？"

陆雯一声苦笑，卷着舌头说道："我没醉，真的，不骗你。"说完又整个人瘫在了我的怀里，柔腻的脸颊贴着我赤裸的胸膛，乌黑的秀发轻轻磨蹭着我，弄得我一阵心猿意马。

"我不是随便的人！"这个坚定的信念在此时发挥了它应有的强大作用，我看了看怀中已然任我摆布的美人，强自摄住心神，扶住陆雯就坚定不移地向床边走去！

各位看官看到此处，一定拍着桌案大骂你丫真禽兽，我只能再重复一遍：我真不是随便的人……

其实我的想法很单纯，就是扶着陆雯让她赶紧去床上躺下休息，除此之外别无他念，盗亦有道，何况淫贼乎？

陆雯软绵绵地靠在我怀里，任由我扶着她向床边走去。

没想到我扶着陆雯刚走到床边，这小丫头突然一使力，将我一把推倒在了床上。嘴里笑骂道："你们男人就没一个好东西……"

此时，陆雯的一颦一笑在微醺的醉意和昏暗的灯光作用下，显得分外妖娆。

我赶忙从床上坐起，没想到陆雯伸出纤纤素手又一把将我重新推倒在了床上，自己随即也上了床……

她的双腿半跪在我大腿的两侧，两只手撑在我的头边，上半身紧紧地贴着我，我都能闻到从她口中轻吐出来的酒气，混着她诱人的体香，别有一番动人心魄的味道。

"我说陆雯啊，你醉了，赶紧休息吧……"在这样一个醉酒的美女面前，我实在有些疲软，不知该如何应对。

陆雯妩媚地一笑，说道："难道你不喜欢我？"

吓，这小丫头真是喝糊涂了，竟然都说起胡话来了。

陆雯说完仰起了上身，我以为她终于准备放我一马，未曾想她突然宽衣解带，猛脱起自己的衣服来，她的表情极其痛苦，好像是有人在强行撕扯她的衣服一般，只听她嘴里不停喃喃：“不要逼我……”

我没逼你啊！明明是你在逼我！我心里那个冤啊，深切地体会到了老一辈无产阶级农民代表窦娥同志的苦衷。

眼看着陆雯就要被自己非礼了——算上bra一共才三件衣服已然脱掉了两件。

就在这最后的马其诺防线也将被瓦解的紧要关头，究竟是我的理智阻止了我，还是我阻止了我的理智？答案是毋庸置疑的，但见我一把抓住了陆雯的双手，阻止了她的下一步行动。

陆雯醉眼迷离地看了我一眼，说道：“你干吗？”

我干吗？我还问你干吗呢？我没好气地说道：“你喝醉了，赶快睡吧！”

陆雯微微一笑，说道：“你还记得你曾答应过我，要满足我提的三个愿望吗？”陆雯说这话的时候，似乎清醒了几分，说话也不大舌头了。

我点了点头，说道：“我记得。”这丫头，怎么突然提起这茬子事儿了？

“我现在要提第一个愿望了……”陆雯说着眼眶里竟然有些湿润，轻轻地喘着粗气，似乎在下很大的决心。

一个酒醉的陆雯能提出什么好愿望来？要是提出个让我非礼她的愿望，我是否应该人道地满足她一下？

可陆雯这小丫头却迟迟不再说话，只是静静地看着我，脸上时而欢喜，时而痛苦，时而无奈。过了好半晌，她突然整个身子一侧倒在了床上，就此人事不省……

靠，这也行？

我坐起身来，将陆雯扶正，看着她黑色蕾丝bra下那雪白的傲人双峰，不禁大大地咽了口唾沫，暗骂了自己一句：要阻止她也等她把这件脱了再说啊！我真是最没胆的淫贼！

我拉过被子替陆雯盖好，此时屋外传来了淅淅沥沥的雨声，我往躺椅似的沙发上一靠，今晚就在这儿凑合一宿再说吧。

雨点啪嗒啪嗒地砸在窗户上，伴着陆雯均匀的呼吸声，成了我最好的催眠曲。

第二天天刚泛起鱼肚白，我就醒了过来，一夜未曾熟睡不禁让我觉着有些头疼。看了看床上的陆雯，如睡美人般兀自睡梦正酣，只是她的双眉微微蹙着，似乎在梦中也遇到了什么烦心的事儿。

我走到窗边伸了个懒腰，老天爷依然下着雨，不知在为谁哭泣。

"哥，快开门，我给你买早点来了！"屋外突然传来林小萌的声音。

哈，这小妮子大清早就去给我买早点，真是难为她了，我刚想去把门打开，一眼却瞥到了床上的陆雯，这要被这林小萌看见那还得了！可不开门却摆明了此地无银三百两，怎么办？

我赶忙用被子将陆雯整个人一盖，又拾起她地上的衣服胡乱塞在了被子下面，这才慌慌张张地跑去开门，林小萌已然在屋外头喊了三遍了。

我打开门，林小萌一张挂着雨珠的娇嫩脸蛋顿时映入眼帘，一滴滴水珠顺着她的秀发、脸庞滑落在地上，我不禁埋怨她道："酒店就有早餐，何必冒雨出去买？"

"酒店里的不好吃嘛，哥，你看，这豆浆我已经让他们多放糖了，你肯定爱喝。"林小萌一边说着一边走进了我的房间……

33."兄妹情"

"你快趁热吃，再不吃就凉了。"林小萌说着将早餐搁在了书桌上，转身就走进了卫生间。

我暗自庆幸这小妮子观察力还好不像我一般敏锐，竟然没发现床上那么鼓鼓一大包的被子下藏着个大活人，赶忙趁着她去卫生间的工夫又将"犯罪现场"伪装了一番，待到连我自己都看不出陆雯的存在时，我才心满意足地坐在桌边吃起了林小萌准备的爱心早餐。

林小萌从卫生间出来的时候，手上拿着一块白色的毛巾不停揉搓着她满头的秀发，见我正吃着早餐，就笑问道："哥，怎么样，合你胃口吗？"

我微微苦笑，连连点头说道："到底是我家萌萌，知道我爱喝甜的，我手里这碗哪还是啥多加了糖的豆浆啊。"

林小萌惊疑道："这不是豆浆是啥，我知道你爱喝甜的，放了好多糖呢！"

"这明明就是碗加了少量豆浆的白糖！"说着我又喝了一大口，甜得连鼻子都皱了起来。

林小萌听我说完"扑哧"一乐，眼神里蕴满了柔情。

我一心想着赶紧打发这小妮子走人，再待下去保不准陆雯什么时候就醒了过来。

于是我三两口吃完手中的鸡蛋灌饼，又皱着眉头将手中的豆浆糖水一饮而尽，然后对林小萌说道："我吃完了，走吧，这就送你去机场，你今天就给我回去！"

林小萌仍然是一百个不情愿，说道："那你这项目怎么办？我要不跟你去赴宴，那帮老家伙能答应吗？"

"项目是你哥的事儿，你就别瞎操心了！我总会有办法的，大不了跟他们玩把断背，凭你哥我玉树临风的形象，也不见得就弱于你了！"我边宽慰着林小萌，边推着她一点点向门外走去。

林小萌显然还想挣扎一下，支支吾吾地似乎想说些什么，可我只是一个劲地推着她往屋外走。眼看着已然到了门口，我连房门都打开了，就在这大功即将告成之际，房间里突然传来一声沉闷的"唔……"

我心知这是陆雯所发，三魂六魄顿时吓丢了一多半，但坐以待毙可不是我的风格，我赶紧以手掩口作了个打呵欠的动作，希望能以此蒙混过关。

林小萌转过头来警惕地问道："哥，刚才是什么声音？"

"声音？哦，刚才我打呵欠呢！"我极其诚恳地看着林小萌说道。

林小萌摇了摇头，说道："不对，刚才不是你的声音……"说着，这小妮子竟然又要转回房中，想要一探究竟。

我赶忙一把拉住了她说道："哪有声音啊，一定是你听错了，别耽搁时间了，快走吧！"

林小萌朝着房间四周张望了一番，见并无什么异常，正要放弃，突然床上再次传来一阵响动，只见那一大团皱巴巴的被子被陡地掀了起来，一个穿着黑色蕾丝bra的美女从被子中坐了起来，正睡眼惺忪地打量着周遭的一切。

林小萌自然认出了眼前这个“大变活人”的主角正是陆雯，她呆呆地盯着衣衫不整的陆雯，又转过头来看了看正尴尬的我，双眼里充满了无助……

我一见这小妮子的眼神，心里没来由地一痛，张口就说道：“萌萌，绝对不是你想的那样！你哥我可什么都没干啊！”

陆雯此时已然清醒了过来，看了看林小萌，又看了看我，最后低头发现自己上身竟然只剩一个bra，一边拉过被子遮掩上身一边就大声惊叫起来。

我一个箭步蹿过去，赶忙捂住陆雯的小口说道：“别叫了，你昨天晚上喝醉了，是你自己非礼的你自己，跟旁人一点儿关系都没有，真的！”

陆雯黑漆漆的眼珠子骨碌碌一转，似乎也想起了什么，朝我点了点头。

我松开已然红晕扑面的陆雯，又看了看站在一旁一言不发紧咬下唇的林小萌，心里那叫有苦说不出啊！

“哥，送我去机场吧。”林小萌突然开口说道，说完就转身向门外走去。

我看了一眼床上的陆雯，她的头一直低着，见我要走方才抬起头来，眼神娇羞地看了我一眼说道：“我在这儿等你。”

走到门口的林小萌听见陆雯这话顿时一个趔趄，我急忙赶上前去扶住了她，回头朝陆雯点了点头，然后带着林小萌走出了房间。

出了酒店，我跟林小萌坐上了一辆计程车。一路上林小萌一句话也不说，只是默然地望着车窗外，我有心跟她解释，又怕言多必失，解释成了掩饰。

“司机师傅，劳驾您带我们去海边。”林小萌似乎改变了去机场的主意，也不管我是否同意，就私自对计程车司机说道。

啥？去海边？我虽不知林小萌究竟想干什么，但此时也不忍再阻拦于她，心说就随她去吧，反正时间尚早，也不用担心会错过了航班。

不一会儿，我和林小萌就来到了青岛的海边。看见大海的林小萌似乎又恢复了些往昔的神采，顾不上天空中仍然绵绵密密的细雨，脱了鞋子就向海边奔去，不时还回过头来大声招呼我：“哥，快来！”

雨天的海边少有游人，我脱了鞋拎在手中，向林小萌追去。

林小萌此时站在海浪与沙滩的交汇处，用手指在柔软细滑的沙滩上画了一颗大大的“心”，海浪扑上来的时候，正巧将那“心”的一半抹了个平整，只留下了残缺的一半。

林小萌怔怔地看着，直到那另外半颗“心”也被海水抹平，她方才直起身来。

“萌萌，你怎么啦？”我看着眼前有些异样的林小萌，不禁心生怜惜。

林小萌朝我甜甜一笑，并不回答我，海水一次次扑打着她光洁的脚丫，她转过身去面朝大海，任由雨水吹打着张开双臂，微微闭起双眼，海风拂起她的长发，衣袂飘扬间她突然开口朝着大海的深处声嘶力竭地呼喊：“我们……为什么……为什么……是兄妹啊！”

林小萌的声音愈来愈嘶哑，似乎她浑身的力量都耗尽在了这声长长的呼唤之中……她的呼喊充满了无尽的痛苦、无奈与感伤。泪水与雨水交织在她柔美的容颜上，肆意流淌。

我站在林小萌的身后，看着她瘦弱的身躯在海风中不住地颤抖，听着她这声痛彻心扉的呼喊，我要是再不明白她的心意，那连我都不会放过我自己！可是明白又有什么用呢？毕竟我和她是兄妹，这层永不可改变的世俗关系终将横亘在我们之间，无法逾越……

“萌萌……”我有心想安慰林小萌几句，可此时我自己的心中也是无比的酸楚，更不知该如何去劝慰林小萌了。

林小萌转过身，静静地看着我，她的眼神里充满了无限的爱恋与数不尽的忧伤，然后一声不响默默地纵体入怀，紧紧地搂住了我。

我就这样一动不动地任由林小萌抱着，海风很大，雨水冰凉，但我却感到莫名的温暖。

林小萌突然踮起脚尖，在我的嘴角边轻轻地一吻……

34. 抉择

林小萌乘坐的飞机带着刺耳的轰鸣滑过我头顶灰蒙蒙的天空时，我的耳畔仿佛又响起了她在海边的那一声声呼唤，心里顿时没着没落的。

我现在亟须梳理一下自己的心绪，面对林小萌突如其来的表白，我实不知该如何应对……

我对于林小萌的感情究竟是亲情还是爱情？我原本一直坚定地认为我与她之间的彼此照顾依赖那是天经地义的，是出于兄妹之间一种本能的感情，但现在的我却改变了原有的观点，也许我和她早在彼此尚未意识到这份感情的时候已然深深爱恋，只不过林小萌将它热烈地表达了出来，而我却一直以兄妹情为借口在不自觉地逃避……

如若真是如此，那今后我又该何去何从？

当我回到酒店的时候，陆雯已然穿戴整齐，坐在沙发上乖乖看起了电视。她见我回转，就随手关掉了电视问我道："把林妹妹送走了？"

我点了点头，重复道："人是送走了……"我原本想说：可心走没走就两说了。但转念一想我又何必跟陆雯说这些，于是硬生生地将后半句话吞回了肚里。

陆雯也是个机灵丫头，见我欲言又止，就知其中必有隐情，但见我不愿说，她就故意把话题岔了开去——含羞带笑地问我道："我昨晚是不是……喝醉了？"

"没错，还不是一般醉！"我帮陆雯确定了一下。

"那我有没有说什么胡话，或者做些什么出格的事儿？"陆雯脸现惊慌地急急问道。

"让我想想啊。"要按我平日的脾气有此调戏陆雯的良机自然是不能错过的，但今儿个林小萌的事情却压得我心头郁郁，连调戏美女这样的乐事都提不起一丝劲儿来。

于是我语气平和地对陆雯说道："胡话倒是基本没有，你就提了一句要跟我说你的第一个愿望来着，不知道这算不算胡话？"

陆雯听我这么一说脸刷地就红了，摇了摇头嗫嚅道："这个不算……"

"至于出格的事儿嘛……这个……这个就不好说了……脱衣服睡觉这种事情你每天都要做的，理论上来说应该算是再自然不过的事情吧，不过……你昨天晚上做这事儿的时候不巧我就在你面前……"

"啊……"陆雯还没等我说完就发出一声娇呼，双手捂面，耳根羞红，头埋得都快碰到自己的胸部了，真不知该夸她胸大还是脊椎骨够软……

过了良久，陆雯才慢慢抬起头来，嗔道：“你当时怎么就不阻止我？你明明就是成心的！你个色狼！”

“色狼？人嘛，本来就是从禽兽进化过来的，你这么说倒也没冤枉我。不过昨天晚上我可真的是再君子不过，将‘坐怀不乱’这个成语演绎得可谓淋漓尽致啊，要不是我及时阻止了你，你今天早上起床的时候估摸整个人都是光溜溜的……”我微微苦笑着对陆雯说道。

“哼！假撇清！禽兽不如！”陆雯低下头小声嘀咕了一句，声音虽小却让我听了个一清二楚。

嘿，听这小丫头话里透出来的意思竟然是埋怨我没吃她豆腐！这女人啊，真正是搞不懂，你要去轻薄她吧，她骂你色狼无耻，你要不去招惹她吧，她又说你没眼光……

“好啦，我色狼也罢禽兽也好，咱不讨论这个，你怎么大老远也跑青岛来了啊？你不上课了啊，我看啊，你也赶紧给我回去是正经！”我对着陆雯说道。

“我……我……我找你有事！”陆雯支吾了半晌突然说道。

“什么事？”

“就是我昨天晚上跟你说的，我的第一个愿望！”陆雯此时脸上的表情似乎是下定了某些决心，异常坚毅。

我看着陆雯心里感到阵阵好笑，提个小愿望竟然还要靠喝酒来壮胆，这丫头太有创意了！

“好啦，啥愿望你就快提吧，你现在就是我的阿拉丁，我就是你的神灯，话说你有见过我这么帅气的灯吗？”我自嘲似的说道，心里头只想赶快满足了这丫头好打发她走人，林小萌的事情已经够我烦的，这个陆雯也不让我消停，再加上那韩眼镜的过分要求，我已然是一个头两个大，不堪烦扰。

此时陆雯的眼神清澈如水，兴不起一丝波澜，她就如此目不转睛地盯着我，檀口轻启，缓缓说道：“我的第一个愿望是——要你做我的男朋友！”

啥？让我做她的男朋友？我没有听错吧？我掏了掏耳朵不可置信地说道：“劳驾你再重复一遍。”

“我要你做我的男朋友！”陆雯不动声色地又乖乖重复了一遍。

我原料想这个从我们伟大首都跋涉了千山万水而来的愿望定然极具挑战性，但这个也太夸张了一点儿吧？！

虽说那次相亲之后，我和她的关系的确亲密了不少，但还不至于到做男女朋友的份上吧，那天临行前夜的那一吻尚可归结成心情激荡的结果，可现在陆雯这丫头却如此直白地对我提出了这么个愿望，难道她当真爱上我了？

我看了看眼前的陆雯，她皓如美玉的脸庞上一脸的慎重并不像是在开玩笑，她见我久久没有反应就焦急地问道："你不答应？"

说实话，面对陆雯这样优秀的女孩，要说不心动那纯是扯淡，如来佛见了她都得动凡心，又何况我这一介凡夫俗子。

但如今我的心里已然有了林小萌这个羁绊，再面对现在的陆雯，顿时感到了一阵迷惘。

同一天里明白了两个女人的心意，不知该说我是艳福不浅还是背到极点……

林小萌和陆雯的身影不停地在我脑海中盘旋纠缠，一个是青梅竹马两小无猜的亲妹妹，另一个则是天降奇缘西瓜绣球的大美女，我究竟该如何抉择？

35. 千万零一个未解之谜

那天在陆雯对我提出她的第一个愿望后的四分之一炷香的时间里，我的脑细胞被极其惨无人道地毁灭了将近一多半，最终我告诉陆雯：不是我不想满足她这个愿望，而是幸福来得太快，我这单薄的身板儿有些承受不起……我的言下之意就是你得让我考虑一下，咱又不是强买强卖，急不来的。

陆雯这丫头也不是笨人，当时她的眼神中闪过一瞬的失望与落寞，然后点了点头说道："那等你能承受的时候就告诉我一声，我会一直等着的……"

听了这话，我心里那个美啊，看看，啥叫境界！我这就叫境界——能公然拒美女于千里之外还令其死心塌地地等我，放眼如今这个唯美女是从的天下又有几人能够做到？

陆雯在当天晚上被我急急地送上了回京的飞机，临行的时候她突然问我工作是否顺利，当时我正为林小萌走后该如何应对韩眼镜那帮酒囊饭袋而发愁，就顺便跟陆雯发泄了一下满腹的牢骚。

陆雯听罢也是无能为力，只能劝我放宽心，要相信船到桥头自然直的道理。我感激地看了她一眼，这丫头，就关心我的程度而言就比林小萌差了那么一点点。

等我送走了陆雯回到酒店，心说今晚应该能睡个囫囵觉了，未曾想辞旧迎新——陆雯前脚刚离开了青岛，胡胖子又心急火燎地杀了过来。

晚上12点多的时候，我正倒头欲睡，没想到手机不合时宜地响了起来，我一看是胡胖子打来的，心说丫保证又是喝多了，深更半夜打我电话保准是把我的号码和哪个小姐的弄混了，为了避免这家伙持续性地扰我清梦，我直接就按下了关机键……

事情的后果是可想而知的，胡胖子迫不得已另行开了一间房间，第二天一大早他就带着满肚子怨气来踹我的房门。

我睡眼惺忪地打开房门，一看竟然是胡胖子，顿时也气不打一处来，张口就骂道："你个脑满肠肥的死胖子，竟然能想出让林小萌来青岛的馊主意，你对你这干妹妹还真够照顾啊！"

胡胖子本来是想找我兴师问罪的，未曾想却被我先将了一军，一扫先前的嚣张气焰，谄媚地说道："您老先别急啊！林小萌当真不是我让她来的！"

"吓，你还敢狡辩了你！是不是仗着自己皮糙肉厚就不怕大爷我修理你了？"我说着将胡胖子拖进房中，紧紧关上门，做好了关门打狗的准备。

"你听我说，你这一走，林小萌甭提多关心你了，但又怕打扰你工作，所以她只能来找我问你的情况，那天我也就顺口跟她提了下那档子事儿，没想到她当天下午就坐着飞机跑你这儿来了。唉，我胡胖子真是羡慕你，有那么关心你的一个妹妹……"胡胖子说完，脸上的赘肉就堆出个艳羡的表情，贼猥琐。

"还关心我呢，我都为这事儿愁死了。"于是我将林小萌和陆雯纷纷对我表白的事情跟胡胖子完整地复述了一遍。

胡胖子听完满脸的不可置信，就跟当年他蹲在马桶上看完了那本《千万个未解之谜》一般，搔了搔头道："真的假的？就凭你小子能有如此大的魅力？我真该给《千万个未解之谜》的出版社去封信，请他们做个修订版——《千万零一个未解之谜》，把你这个也收录进去！”

“我正愁呢！你说我咋办？”我对胡胖子的疯言疯语早已习惯成自然，自不跟他计较。

胡胖子听我问得慎重，叹了口气很风骚地“淫”了一句：“问世间情为何物，呃……”他好似是忘了这诗的下半部分，只得话锋一转接着说道：“说实话啊，林小萌对你那点感情也就你自己愣头愣脑地没有发觉，当局者迷旁观者清，我们可都看得一清二楚，不夸张地说这小妮子小时候就一根筋地维护你，当时她为什么老和王二毛他们争吵？你有没有想过？”

“为什么？不就因为他们老是招惹林小萌吗？”我脱口说道。

胡胖子很不屑地叹道：“根本不是那么回事儿。是因为王二毛他们背地里都骂你是野种，这小妮子气不过啊。”

“这帮王八蛋，打不过我就诋毁我！对了，他们骂我的时候，你小子又跑哪去了？”我鄙夷地看了胡胖子一眼问道。

胡胖子那张老脸竟然也破天荒地红了一把，嗫嚅着说道：“你也知道嘛，当时我皮还不够糙肉也不够厚，要为兄弟出头也不能急在一时啊，咱这是保存有生力量，留得青山在不怕没柴烧！”

“吓，说的比唱的还好听，我印象里每次我跟他们打架的时候，你小子也就见事不好地扯着嗓门喊一声‘快逃’，然后就撇下我和林小萌独个儿亡命天涯了。难道是我记错了？”

“我这是为了吸引敌军火力！你没看电影里那些个吹冲锋号的战士总是第一个扑街的嘛！”胡胖子梗着脖子狡辩道。

“好了好了，不跟你算这些陈年旧账了，那陆雯这丫头难道你们也早已看出她喜欢我来了？”

“扯淡！林小萌会喜欢你尚可归结为你俩小时候的确彼此过于照顾依赖，她渐渐对你产生了感情；至于陆雯嘛，我看她八成就是忽悠你，逗你玩呢！你跟她才交往了多少时间，又没正式追求过她，她这么一个万人迷的女孩凭什么单单就对你青眼有加啊？”胡胖子摆了副情圣的嘴脸，振振有词地说道。

听胡胖子的分析确有些道理，我心里一动，难道陆雯当真在耍我？

胡胖子见我沉思，接着说道："你不会真对林小萌动心了吧？这乱伦虽然刺激可不是那么好玩的啊……其实依我看这两个女孩都不错，但都不适合你！"

"靠，我有那么差劲吗？想我玉树……"我刚想吹嘘几句陈词滥调就被胡胖子打断了话头，只听他说道："得了得了，你那几句话胖爷我早听得耳朵生茧了，我说她们不适合你倒不是说你不配。"

"那是什么？"

"就你那拔棵'野火烧不尽春风吹又生'的小草都养活不了的人，你凭什么养女人啊？"胡胖子嘿嘿乐着说道。

"去你大爷的！"我狠狠踹了胡胖子一脚，心说这死胖子的肉又增厚了不少啊。

我跟胡胖子一同吃了中饭，就开始商量起如何应对那帮老色狼的美色勒索，胡胖子也是苦无良策，又怕我一个人面对那帮老家伙要吃亏，所以才巴巴地从北京赶了过来。

我跟他合计了好几个方法，但最终都被我们自己否定了。说不得，只能到那天见机行事了。

三天后。

我跟胡胖子惴惴地坐在预定的酒店里等待着那帮老色狼的到来。看着身边的胡胖子，我心里着实有些没底，人家让我带个美女，我却请来了一个胖子，这反差着实有些强烈，要搁我身上我也肯定不乐意，今天这关看来不好过啊……

36. "顺利"

此时离我们跟那四个"酒囊饭袋"约定的时间还差了整整十五分钟，胡胖子望着桌上的八盘凉菜咽了口唾沫。我看这家伙一脸馋相就对他说道："瞧你这点出息，八盘凉菜就把你馋得跟三年自然灾害那会儿似的，你要饿就先吃吧，当官的都爱摆谱，等那四个老家伙来不知要猴年马月了。"说完我就夹了一筷子凉拌三丝塞进了嘴里。

胡胖子见我都动了筷子，自然是不甘落后，赶忙去夹那堆成金字塔形的橘汁瓜条。他筷子还未碰上那瓜条，脑门上就挨了我一下暴栗，他惊愕地转过头来对我怒道：“打我干什么？只准州官放火，不准百姓点灯？没这么霸道的啊！”

“你看我吃的那是三丝，吃掉一点他们也看不出来，再瞅你，竟然去夹那瓜条，你把最顶上的那根夹走了，瞎子都看得出来是被人偷吃过了！”我没好气地对胡胖子说道。

“你当你胖爷傻啊，我哪是只吃那一根，我是准备把一侧的全吃了！这样它不还是个金字塔形吗？”胡胖子鄙夷地看了我一眼，摇头晃脑得意之极地说道。

就在我跟胡胖子僵持着互不相让的时候，包厢的门被穿着旗袍的服务员小姐推了开来，她婀娜多姿地摆了个请的造型。四个油光着脑门，腆着大肚子的中年人便走了进来，这四人不是别人，正是我们今天邀请的正主——四个酒囊饭袋的老色鬼！

此时胡胖子的手里依然拿着那双筷子，他尴尬地看着走进来的那四个老鬼，脑子顿时不好使了。

我心里那个恨啊，谁说脑袋大的人比一般人要聪明啊，纯是扯淡，脑袋大注定了他想办法要比常人慢半拍，谁让他脑袋周长长啊，那脑细胞在胡胖子脑袋瓜里跑一圈的时间，都能在我这儿跑两圈了！

我赶忙站起身来一拍胡胖子对他大声呵斥道：“让你尝尝这菜味道如何，要是不好咱赶快换，你看你磨叽的，客人都来了还没尝过一口！”

然后我又转过头谄笑着对那四个老鬼说道：“您四位可来得真是准时啊！不瞒您说，我跟领导吃饭也不是头一次了，可像您四位这样准时的还是头一次遇见，学生我很是佩服啊！”所谓千穿万穿马屁不穿，我如此口是心非地猛拍四个老家伙的马屁，就是希望待会儿别因林小萌的缺席而使整个项目泡汤，至少现在先把他们逗乐呵了再说。

胡胖子在我的圆场之下也赶忙放下手中的筷子，站起身来与四个老家伙一一握手，自我介绍道：“华特广告公司总经理，胡羽林，以后还请四位多多关照！”

“你就是胡斐的儿子吧，我跟你爸早些年一起上过党校，算来也是老相识了。”管土改的钟主任微笑着对胡胖子说道。

“那敢情好啊，我爸果然没说错，我来之前他就跟我提过，说是青岛有好多他的老相识老战友，让我一定要多亲近亲近！”胡胖子说着就给每人递了根烟。

我边让服务员赶紧上菜，边给那四个老鬼斟满了酒。当轮到韩眼镜的时候，我心里不由得一阵紧张，深恐这老家伙跟我提林小萌的事情，当时要林小萌来赴宴就是这老色鬼出的馊主意。

可韩眼镜只是朝我点了点头表示感谢，就再没别的言语。难道他将要林小萌来赴宴的事情给忘了？

不过他要不提，我自然乐得装傻。

饭桌上的四个老家伙可比上次见他们时要平易近人了许多，看来拿人手软吃人嘴短还真是颠扑不破的至理。我和胡胖子更是将自身忽悠的本事发挥得淋漓尽致，我和他的这第一个项目，也就在这一晚上的觥筹交错推杯换盏间被敲定了下来。

晚宴结束后，我和胡胖子本想拖着四个老家伙换个地方继续腐败一番，没想到四个酒足饭饱的老鬼此时却演起了两袖清风的戏码，死活也不肯去了。我和胡胖子无奈之余只得给他们一人送上了一份大礼，再三答谢后就将他们各自送上了专车。

看着他们的专车绝尘而去，胡胖子咂吧了一下嘴，大着舌头说道："没想到谈得那么容易，早知道胖爷我又何必如此心急火燎地赶过来呢，我看你一个人勉强也应该能够应付了。”

我狠狠瞪了胡胖子一眼，懒得跟他抬杠，此时我的心中隐隐有些不安，总觉着这次谈得太过顺利也不见得是什么好事儿。

我把我的忧虑跟胡胖子一提，这小子连连摆着手说道：“多虑！你就是天生操劳的命！咱哥俩出马这事情能不顺利吗？再说，你没听那姓钟的说嘛，我爸当年跟他可是老相识，他自然得照顾我这个故人之子了！”

我知道胡胖子现在还略微有些醉意，跟他说什么都是白搭，于是顺手招了辆的士，就把胡胖子塞了进去。

一路上，胡胖子不停地用刚吃下去还未来得及消化的晚餐去污染青岛的大街小巷，我边拍着他宽大敦实的背脊边骂他：“你丫就知道浪费国家粮食！”

胡胖子听了这话从车窗外缩回脑袋，乐呵呵地笑着对我说：“你都说了嘛，那粮食是国家的，又不是我家的……浪费一下又何妨？”

靠，瞧我交的这都什么狐朋狗友啊！我心里正暗骂自己当年怎么就瞎了眼跟胡胖子成了铁哥们儿，我的手机却在此时响了起来。

我拿起一看，是林小萌打来的，犹豫了一番后依然按下了接听键。

“哥，你今天那个项目谈得怎么样啊？”电话那端传来林小萌动听的声音，原来她还惦记着这事儿啊。

“刚谈完，都谈成了，我就跟你说嘛，让你别担心，你哥我肯定能摆平！”

林小萌在电话那端呵呵一乐，继而换了副落寞的口气说道：“哥，我跟你说，我要离开你一段时间了……”

“离开，去哪？出什么事儿啦？”我乍听林小萌说要离开我，心里不由得一阵紧张，赶忙追问道。

“哥，你别紧张啊，我要去韩国办个唱，大约要去一个多月的时间吧！”林小萌似乎对我的紧张很是满意，连语气都轻松了不少。

“我紧张啥，我是怕某些人舍不得我啊。”

“哼！我才不会不舍得呢！哥，我明天就要走了啊，等不及你回北京了……”

林小萌的语气里充满了失望，我赶忙安慰她道：“一个月后不就又能见面了吗，出门在外可不比家里，一定要照顾好自己啊！办个唱又那么辛苦，可别累坏了！”

“嗯，我明白，哥，你一定要多给我打电话啊！我会想你的……”林小萌说着说着又儿女情长起来，现在的我内心里非常惧怕跟她谈论这些，赶忙将话题岔了开去。

到达酒店的时候，我跟林小萌仍然唠唠叨叨说个没完，但边打手机边扶胡胖子绝对是个不可完成的任务，我不得已先跟林小萌挂断了电话。

这天晚上我做了个奇怪的梦，梦里，林小萌大声哭喊着“哥”，她瘦弱的身影越飘越远，我拼了命地追赶着她，可四肢乏力，一切都显得那么徒劳……

37. 一万只千纸鹤（一）

几个星期后的周末，我和胡胖子登上了返回北京的班机。与青岛市政府这边的几项合作协议经过数周的反复商榷后最终敲定了下来，合同也已签署完毕，土改、宣传等部门的四个老鬼在那次晚宴之后似乎变得特别照顾我们，这使得合同的签署变得异常顺利。

接下去青岛这边铺设电缆、架设指路名牌灯箱的活儿只要交给胡胖子公司里那几个员工去联络实施就可以了，我则不必事事亲历亲为。

我和胡胖子走出机场，远远就看见邵飞在接机口那翘首等待，他的身边还站着个亭亭玉立的少女，不过由于距离过远，尚看不清是谁。

邵飞也看见了我们，毕竟胡胖子这块头儿摆在那儿，实在是显眼不过。邵飞朝我们挥了挥手，小跑着来到了我们的面前。

胡胖子看着邵飞哈哈一乐，用无比豪迈的口气大声说道："我胡汉三又回来啦！"

邵飞和我轻轻一拥，开心地说道："你这知识青年去接受贫下中农再教育可有什么成果？"

"别提了，几个老家伙难伺候着呢！"胡胖子抢先一步跟邵飞抱怨道。

"最高指示——什么叫工作，工作就是斗争。我们是为着解决困难去工作、去斗争的。越是困难的地方越是要去，这才是好同志。可见，你还要多多锻炼啊！"邵飞拍了拍胡胖子的肩膀老气横秋地说道。

"他哪是去工作的啊，跑那陪人喝了次酒，接着就每天出没于青岛的酒吧、歌厅，重担全让我一个人挑去了！胡家胖子是块砖，哪有美女往哪搬！"

我说完，三人皆哈哈大笑起来，引得周围旅客纷纷侧目。

说了这么好半天话，才突然想起打听邵飞身边那个亭亭玉立的女孩究竟是何方神圣。

邵飞不好意思地嘿嘿一乐，朝着依然站在远处的那个女孩招了招手示意她过来，然后转过头对我和胡胖子笑着说道："你们都认识，陆美女的同学，刘晶莹！”接着又压低声音神秘地说道：“不过现在是我的女朋友啦！”

嘿，这小子，竟然在我们离开的这段时间里攻占了这个刘家高地，这在邵飞的生命中可是具有里程碑式意义的！

胡胖子由于事先毫不知情，乍闻之下不禁又是错愕又是艳羡，甩了邵飞一记熊掌说道：“胖爷我不想再看兄弟你重蹈昔日的覆辙，教你个乖——恋爱不是请客吃饭，不是做文章，不是绘画绣花，不能那样雅致，那样从容不迫，文质彬彬，那样温良恭俭让。恋爱是暴动，是一个GG推翻另一个MM的暴烈的行动。你小子得赶紧将生米煮成熟饭，不然人家一旦受够了你的‘文革’腔可又要跑啦！你的明白？”

邵飞正要回答，刘晶莹已然来到了我们跟前，她朝我和胡胖子横了一眼，说道：“什么生米煮成熟饭，我可警告你们两个坏家伙，可别把我家的老实人带坏了。”然后又挽着邵飞的胳膊娇声说了句：“亲爱的，最高指示——千万要警惕资本主义的糖衣炮弹！”

敢情这两人都好这口，真是天造地设的绝配了！

邵飞是开着胡胖子的北京Jeep来的，此时我们就坐在车上，由胡胖子负责将我们各自送回家中。

一路上我和胡胖子听着邵飞和刘晶莹两个活宝用最高指示打情骂俏，那个汗啊就如滔滔江水绵绵不绝……

刘晶莹跟邵飞说着说着，突然像想起什么要紧的事情，转过头来对我说道：“我差点忘了，陆雯让我给你捎个口信。”

听刘晶莹提起陆雯，我不禁心头一颤，我原本没打算让陆雯来接我，所以就没告诉她回来的日期，看来陆雯还是从刘晶莹的口中知道了我的归期，可这丫头既然知道了怎么又不来接我呢？

“什么口信？”我好奇地问刘晶莹道。

“陆雯说，在你答应她的第一个愿望前，她不想再见到你，但只要你答应，无论何时都可以去学校找她。”刘晶莹顿了顿又补充道：“她现在每天都会叠一只千纸鹤，她说她要叠一万只，如果叠完的时候你还没去找她，那她就不再等你了……”

啥？一万只千纸鹤，每天只叠一只？那这丫头下半辈子算是跟千纸鹤死磕上了……

我讪讪一笑，胡胖子很是鄙视地看了我一眼，对刘晶莹说道："你回去跟陆美女说，这小子有什么好，别吊死在一棵树上了！比他强的多了去了，就比如……比如胖爷我！让陆美女好好考虑考虑！"

"你呀真是身在福中不知福，追陆雯的男生多了去了，不只我们一个学校，附近的几所高校都有很多男生喜欢她呢，不夸张地说，把这帮傻孩子全淹死在长江里，葛洲坝都得熄火啦！"刘晶莹一脸打抱不平地教育着我，就好像我有多么不识好歹一般。

其实陆雯的心意的确很是让我感动，毕竟让她这样一个优秀的女孩如此待我确是委屈了她，可我也的确无法就此立刻答应她，心里总有些牵绊阻挠着我……我也很清楚地意识到，这个牵绊其实就是林小萌，但毕竟她是我林乱的妹妹，这个身份是无法改变的……

"让我再好好想想吧……"我轻声地叹道。

临别的时候，邵飞提议明日晚上哥几个凑一块儿喝个酒扯个淡，他还有些正经事儿跟我们商量，这得到了我和胡胖子的一致响应。

我直接回了我老妈家，将从青岛带来的一些土特产给她老人家送去。

陪我老妈吃过午饭，我依然肩负起了洗碗刷筷这一神圣的使命，我妈坐在客厅的沙发上对我大声说道："萌萌去韩国了你知道吧？"

"我知道，她走之前跟我通过电话了。"

"萌萌真是个好女孩儿啊！走之前又来看了看我这个老太婆，你以后的女朋友要有萌萌一半的好我就放心啦！唉……当年……是我对不起她……"我老妈似是自言自语般叹着气说道，此时我已走进了客厅。

我在犹豫是否要将林小萌对我表白的事儿告诉她，但思考再三为避免她老人家抓狂，我最终还是放弃了……走一步是一步吧。

38. 一万只千纸鹤（二）

第二天我在家好好休整了一番，晚上不等天黑透就奔赴我、邵飞、胡胖子三人喝酒闲聊的老地方。

说是老地方，其实就是邵飞家楼下的一个小铺子。我们三人都觉得要喝酒扯淡就得挑这种小铺子才来得有味道，类似三里屯那些酒吧都是让白日里的宅男宅女们用以互泡的地儿，根本不适合我们。

赶到那家小店的时候发现这俩家伙竟然到得比我还早，邵飞的身旁宛然还坐着个刘晶莹，都周一了这丫头还从学校里溜出来，这两人还当真是如胶似漆啊！

桌上已然摆开了几盘下酒菜，邵飞和胡胖子正喝得起劲，见我到来就赶忙招呼我道："你小子也有迟到的一天，今天我们可是逮着报仇的机会啦！"

我走到桌边二话没说就自罚了三杯，然后恨恨地对这俩正偷笑的家伙说道："你们就偷着乐吧，下次罚你们的时候我给你们上二锅头！"

"没有下次啦！"胡胖子很是得意地说道。

"没有下次？"我愕然不解地问道，不知胡胖子这话是什么意思。

"邵飞这小子要开家饭店，这不正跟胖爷我商量着嘛，我们刚讨论到要紧关头就被你小子打断了！你已影响了人民群众的工作热情，快，自觉点儿，再罚三杯！"胡胖子说着就又给我满上了一杯酒。

我没搭理胡胖子，一屁股坐在凳子上就转过头问邵飞道："开酒店这种事情你找胡胖子商量这不是对牛弹琴吗，不对，对牛弹琴这词儿不恰当……"

胡胖子在一旁哼了一声："你也知道不恰当。"

我嘿嘿一乐接着说道："应该是羊入虎口，正对了这胡胖子的胃口，到时候这小子每天上你那胡吃海喝，你再厚实的家底也供不起他那肠胃啊！"

刘晶莹听罢扑哧地笑出了声，胡胖子脸色通红讪讪地有些挂不住。邵飞乐着又将他的计划跟我详细地说了一遍，原来这小子准备开个红色主题的特色饭店，要说这饭店的主题还真是够新鲜的，不过这种主题的酒店生意能好吗？我不禁将我的疑问说了出来。

"最高指示——调查就像'十月怀胎'，解决问题就像'一朝分娩'。我早已做了很详细的市场调查，这种酒店在上海、广州已开了很多，既然开在那些城市都能获利，那在咱这个政治文化的中心更是没有问题啊。”邵飞自信满满地说道。

“肯定能成功的嘛，我胖爷就看好这家酒店！多说无益，来，干了！”胡胖子大咧咧地说道，他似乎已看到他未来脑满肠肥的光明前途，我们三人的酒杯啪的一声在空中碰到了一块儿。

酒过三巡，我们仨都喝得有些面红耳热，我一口干了杯中的啤酒问刘晶莹道：“陆雯还在折千纸鹤？”

“你以为呢，她这几天心情一直不好，郁郁寡欢的，我跟她做了两年同学也从没见她如此过呢。”刘晶莹说着无奈地叹了口气，又很是不满地看了我一眼。

“我说你啊，还犹豫个啥，陆美女多好的女孩儿啊！林小萌对你始终是镜中花水中月，完全不可能的嘛！你当乱伦是你这种小屁孩玩得了的？”胡胖子很是不屑地对我说道，他也是除了当事人外少数几个知道些内情的人。

“林小萌？乱伦？”邵飞在一旁惊讶道。

“好啦，让我自己好好想想吧！来，喝酒喝酒。”我眉头紧锁地招呼他们俩喝酒，心里其实也知道胡胖子说得的确很有道理，毕竟我跟林小萌的身份摆在这里，无论我与她之间是亲情还是爱情，终究只有兄妹的情分。

想到这儿，心头不禁更是烦闷。

胡胖子、邵飞也是知情识趣的人，又是多年的兄弟，自然明白我的心意。二人闭口不再跟我提这档子事儿，尽捡些没相干的事情在那儿东拉西扯。

胡胖子见我依然愁眉不展的，为了分散我的注意力，就对我说道：“我跟你说，我爸帮咱们调查了一下，说是青岛的这个项目的确还有人在帮咱们，那天那个老色鬼没见到林小萌之所以不生气，估摸着就是得到了上头的关照。”

我听胡胖子这么一说，心里一惊，顿时不再考虑儿女情长这档子烦心事儿，疑惑地问胡胖子道：“还有人在帮咱们，那是谁？”

胡胖子无奈地摇了摇头表示他也不知道。

“还有人在帮忙，不知这人是出于什么目的，不过既然是帮咱们，那应该没什么恶意吧？”

胡胖子说：“我让我爸再好好去打听打听，一有消息就告诉你。”

我和胡胖子正聊着，刘晶莹的手机突然响了起来，她独自走到屋外去接电话。可没一会儿工夫，她就慌慌张张地跑了回来，对我说道：“不好了，我同学刚打来电话，说是陆雯突然发高烧了！”

“那快送医院啊！”我一听这丫头竟然发起了高烧，不禁也很是着急。

“不是我同学不想送，是她不肯去啊！”

“不肯去？她拿自己小命开什么玩笑？”我讶然道，心说这丫头实在太胡来了。

“她说……除非你送她去……”刘晶莹说完就握住了一旁邵飞的手。

啥，陆雯这丫头实在太有才了，她不会是故意玩苦肉计吧……

胡胖子猛地一拍我后背，嚷道：“救人如救火，胖爷我开车送你过去，别等那陆美女嗝屁着凉了你再后悔一辈子！”

“大家都去，我还得领你进宿舍呢，不然那楼妈肯定不会放你进去的。”

“最高指示……”邵飞在这当口还没忘记他的最高指示，我拦住他的话头扯着他一起上了胡胖子的车。

39. 一万只千纸鹤（三）

我们一行四人赶到陆雯学校的时候，已经将近晚上九点，女生宿舍楼的管理员，也就是刘晶莹口中的楼妈死活都不肯放我进去。

这个烫着一头贵妇发型脸色蜡黄的中年妇人一手叉腰，一手指着女生宿舍楼门口写着“男生禁入”的牌子理直气壮地说道：“不能进！都大晚上了进女生宿舍干吗？”活像个茶壶的形状。

刘晶莹苦苦哀求着楼妈，说是事态紧急让她行个方便，但楼妈显然是那种拿着鸡毛当令箭的主儿，屁大点儿的权力都要把它发挥得淋漓尽致。

看着楼妈神气活现的样子我实在是忍不了了，高烧这病可轻可重的，胡胖子小时候要不是发了次爆了体温计的高烧，估摸着现在脑子里智慧还能多些。

陆雯要有个三长两短那我可真是罪愆不小，谁有闲工夫再跟她这楼妈啰唆，忍无可忍的我黑着脸一言不发地就朝宿舍楼里闯了进去……

“喂，喂，你给我站住！你给我出来！谁让你进去的！你快出来！我叫保安了啊！”被我一把推开的楼妈，在情急之下只能祭出保安这个最后的杀手锏。

我虎着脸对着尚站在楼外的邵飞和胡胖子嚷道：“最高指示——如果他们要打，就把他们彻底消灭！”

楼妈显然没见过我这样的人，闯女生宿舍还闯得如此嚣张跋扈，为我逼人的气势所慑，楼妈也就装模作样地又在我屁股后头喊了几嗓子就彻底熄了火。

刘晶莹快步跟在了我身后给我指路，当我们登上宿舍楼的电梯时，一电梯的女生都用看珍稀动物般的眼神瞅着我，有些跟刘晶莹相熟的就悄声跟她打探，当得知我这个闯宿舍楼的淫贼竟然是陆雯的心上人时，看我的眼神难免又有些异样。

在刘晶莹的带领下，我来到了她们位于十楼的宿舍，推门而入，打开宿舍的台灯，整个宿舍空空荡荡竟然看不到一个活动的人影，只有第四张床位的下铺上躺着个人，身上盖着厚厚的被子，想来就是陆雯了。

我心说陆雯的室友还真有良心，竟然将她一个发高烧的病人独自留在了宿舍里。刘晶莹在我背后推搡了我一把，朝陆雯的方向努了努嘴，给我递了个赶紧过去的眼神，然后她就走出了宿舍轻轻掩上了门。

待到刘晶莹离开宿舍，我快步走到陆雯的床边，此时她正恬静地在床上沉睡，她原本皓如美玉的脸庞染上了一片血红色，呼吸微微有些急促，不禁让我很是心疼。

我轻轻坐在她的床沿上，伸手到她额头试了试她的体温，触手滚烫，这丫头病得着实不轻，得赶紧送她去医院。

“陆雯，快醒醒，我来了。”我在陆雯的耳边柔声唤她。

但我连叫了三声这丫头竟然一丝反应都没有，我心里一阵着急，难不成已然休克了？想到这儿，我赶紧将陆雯的被子一掀就想将她抱下楼去。

可我一掀开陆雯的被子，顿时傻了眼，暗骂自己今晚真是有点喝大了，哪有人穿戴整齐躺被子里的？此时陆雯的身上只有一件贴身小背心和一条蕾丝的内裤，除此之外别无他物。

陆雯姣好的胴体在昏暗灯光的映射下散发着诱人的气息，不禁让我的喘息也有些加重起来。我狠狠掴了自己一巴掌，暗骂自己真是精虫上脑，都不看看现在是啥光景，竟然还动这歪脑筋。

陆雯的衣服就叠在床脚，我赶忙俯下身扯过衣服就手忙脚乱地想替她穿上，可我刚一搂住陆雯将她扶起，这丫头竟然嘤咛一声在我的怀里醒了过来……

靠！老天爷你又玩儿我……

陆雯渐渐睁开眼，当发现抱着她的人是我时，她的眼神中闪过一线的欢愉，然后这丫头又紧跟着发现——自己正几乎全身赤裸地躺在我的臂弯里，一声娇呼，赶紧扯过被子紧紧将自己掩盖了起来，背过身去对我说道："你……你怎么来了？我又怎么……躺在你怀里？"

我心说我能不来吗？再不来你这丫头就得变成天使去陪上帝了，但就刚才的一幕我还是先解释一下比较好，不然岂不是给我高大光辉的形象抹了黑，于是我对陆雯说道："你可别误会，刚才我以为你晕过去了呢，迫不得已想替你穿上衣服好赶紧送你去医院，你要是就刚才那样送到医院去，估摸着医院的男医生都甭看病了，光蹲墙角擦鼻血了！"

我说到这儿突然省悟我怎么还有心跟她开玩笑啊，送医院才是当务之急啊，于是又赶紧催她道："我到门外等你，你赶紧把衣服穿上，然后我们就去医院！"说着我就朝宿舍外走去。

"我不去医院。"陆雯赌气似的说了一句。

吓，这丫头又闹什么别扭呢？我转过身问她道："你不是说如果我送你去医院的话你就去嘛，我这不是来了嘛，怎么又不去了？别闹了啊，快起来！"

"没错，我是说过你送我去我就去，但我同样也说过，只要你一天不答应我的第一愿望我就一天不见你！"陆雯这丫头竟然突然从床上坐了起来，大大的眼睛满是委屈地盯着我。

我看着眼前楚楚可怜的陆雯，一瞥眼又看见了挂在她床头的那一串千纸鹤，心里突然一动……轻轻地叹道："那你现在究竟要我做什么？"

“不是我要你做什么，而是你究竟想做什么？”

吓，这丫头，竟然变得如此咄咄逼人，王老虎抢亲要有她这气势恶势力早就得逞了！

看着眼前泫然欲泣的陆雯，再想想她的良苦用心，“珍惜眼前所有”这句歹毒的话突然在我的耳畔响起……

第五章 哭吧哭吧不是罪

40. 一万只千纸鹤（四）

我跟陆雯就这样互相静静地看着对方，我不知道陆雯在想些什么，而我的脑海里则不断闪现着自与她相识以来那些嬉笑怒骂的片段。

从西瓜砸顶那次偶遇开始，我和她的生活轨迹总会在某个特定的时间产生交点，两人的关系也越来越密切。

此时我感到酒意微微有些上涌，看着陆雯那一脸委屈与倔强的表情，我定了定神对她郑重地说道："我答应你……"

"答应我什么？"陆雯此时显得异常的激动，连说话的嘴唇都微微有些颤抖。

"答应你的第一个愿望！"我说完这话后陡然想到了现在正远在韩国的林小萌，也许真的如胡胖子所说的那般，林小萌于我终究只是那镜中花水中月罢了……

两行泪水沿着陆雯光洁的脸颊迅速滑落，陆雯跌跌撞撞地下了床一下子扑进了我的怀里！她将头深深地埋在我的颈侧，哽咽道："你这个坏人！一定要我逼你才肯说吗？我知道，如果把我换做林小萌，估计你早就……"

我心下自也感动于陆雯的这份真情，在答应她的那一刹那我也早已做好了要做个称职男友的打算，但当听到她提及林小萌时，胸臆间仍然迅速涌上一阵酸楚之感，我不愿在陆雯面前将其表露出来，于是拍了拍她瘦弱的背脊笑说道："要亲热也不急于一时啊，就不知道这发烧会不会通过皮肤接触而传染？"

陆雯听我调笑，将我一把推开，又缩回到床上的被窝里头，拭去兀自挂在眼角的泪滴，嗔道："你这人，刚正经不到半分钟，也不知道我为什么就那么喜欢你……快出去，我换衣服。"

我本想说你都是我女朋友了还不让我免费参观一下，但此时那股酸楚之感已在我胸臆间迅速蔓延开来，让我顿时提不起任何调戏的兴致，于是我点了点头对陆雯说道："那你快点儿，我在外头等你。"

待到陆雯穿好衣服我将她扶下楼，邵飞胡胖子他们已然等得很不耐烦了。胡胖子见我终于出来，戏谑地说道："你这人也忒磨叽，不知道救人如救火啊，怎么去了那么久？你都干什么了你？"

"废话少说，赶紧开你的车！"我骂了这死胖子一句，就扶着满脸羞红的陆雯坐进了后排的座位。

车外的三个家伙看着我和陆雯此时亲密无间的举止自然都已心中有数，个个露出了意味深长的笑容。

胡胖子麻利地滚进车里，把着方向盘对仍站在车外的邵飞说道："你小子还留这儿干吗？等那帮子保安拉了人来揍你啊，赶紧上车吧！"

听胡胖子这话的意思看来他们刚才确有和保安发生过冲突，不过凭着胡胖子那皮糙肉厚的身板儿想来不会吃亏。

邵飞明知胡胖子说得很在理，但在刘晶莹面前又不肯示弱，大声说道："反动派都是纸老虎，我怕他干啥？我这不是正在请示我家领导的去留问题吗？"

刘晶莹担忧地看了一眼陆雯问道："雯雯，要我陪着去吗？"

陆雯温柔地看了我一眼，又对刘晶莹说道："不用了，你早点儿歇息吧，有他陪着我呢，今天可要多谢你了！"

刘晶莹看了看躺在我怀里一脸幸福的陆雯也笑道："瞧你一副幸福小女人的模样，真让我羡慕呀，那我就不去做你们的电灯泡了。"然后又冲着我说道："喂，你可要照顾好我们雯雯啊！"

此时，我躺在医院病房的躺椅上陪陆雯挂着点滴，陆雯看我一脸愁眉紧锁的模样，问道："你在想什么？"

其实我正在担心林小萌，不知她要是听闻了我成为陆雯男友的这个消息，会闹出多大的动静……

当然我可不能对我的新女友说我正在想另一个女孩，于是我笑着摇了摇头说道：“没想啥。”

陆雯不屑地白了我一眼，愤愤地说道：“当面撒谎！”她顿了一顿，接着说道：“我知道，你在想林小萌……”

吓，这丫头，才刚成为我女友不到一小时的时间，竟然就已具备了“心有灵犀”这一超自然的能力，不简单啊。

陆雯见我并不回答，就知道被她说中了，她重重地哼了一声，脸上闪过一瞬愤恨恼怒的神色，继而又转为了自伤自怜，叹道：“我知道我终究还是无法取代林小萌在你心中的位置……”

“你是我女友，她是我妹妹，这不能比的嘛！”我赶忙安慰陆雯道。

“你真当她是妹妹吗？她又真当你是哥哥吗？”陆雯这话顿时将我问得哑口无言，嗫嚅着不知该如何回答。

我和陆雯顿时都陷入了沉默，看着背过身去不再理睬我的陆雯，我突然觉得自己真不像个男人，跟自己的亲妹妹纠缠不清，又间接地伤害了陆雯这样好的女孩。说真的，我都觉着该把我自个儿拖出去毙了，也算为民除害了。

此时，我突然觉得该是我表个态的时候了，让陆雯明白我的心意，也让我坚定自己的心意。

于是我伸出手去握起陆雯那只没插针的手，郑重地对她说道：“陆雯，我林乱平生撒过的谎不计其数，但只要我认真应承下来的事情我就从来没有食言过，我今天答应你做你的男友，不，我恳请你做我的女友。今后，如果你因为琐事心情糟糕，我可以弹着吉他将为你写的歌谣轻轻传唱；如果你在发呆、读书、看电视，我不会打扰你，我可以在一旁静静为你画幅肖像画，虽然我很爱摄影，但依然觉得给女孩照相不如为她画幅画；如果你对这些风花雪月都不甚感冒，那我建议你也别宅在学校或者家里，毕竟适当的运动还是有益健康，我可以陪你进行任何的体育活动，打个球游个泳，或者折中地去电玩中心投个篮玩个架子鼓，兴致高的时候还能做你陪练的沙包。当然，如果你觉得以上这些项目都像言情小说一样不靠谱，那么诸如逛街、看电影、仰望星空这些最最基本的功能我自然也具备，逛街的时候我不仅是你的提包跟班，同样也能在你添置新装备时多少给些还算靠谱的建议；看电影的时候，我不会对任何一个影星评头论足，因为我对他们都不感冒，相反我会跟你讨论电影里的配乐是否与电影本身郎才女貌；仰望星空的时候，我不仅会把外套替你披上，还会指着天南地北告诉你属于每个星座的神话。陆雯，做我的女友，你，愿意吗……”

陆雯背向别处的身子一点点地转了过来，她看着我绽放出一个如花的笑靥，娇笑着说道：“我能……不愿意吗？”

靠，这幕场景也太“韩剧”了一点儿吧，我俩身旁一正打点滴的老太太都哗哗地流下了感动的泪花……

41. 挥“慧”剑，斩情丝

陆雯这丫头心情一好病也好得出奇的快，这才刚两天的光景已然回复到能用手刀劈开板砖的地步了，实在可喜可贺可畏可怖。

我白天在自己的公司里忙活着，晚上就早早地下了班，坐公交车赶到陆雯的学校等她出来一起吃晚饭。

胡胖子怂恿我自己买辆车，又何苦每日去挤那移动桑拿房似的公交车，我轻蔑地看了他一眼，说道：“刚有几个臭钱就想脱离人民群众，骚包！”

这天跟陆雯一同吃了晚饭，伴着秋冬的寒凉，我牵着陆雯温暖的手闲逛在学院路上，这小半截的学院路已反复被我俩压了多遍。正走着，陆雯陡地停了下来，转过身面对着我笑吟吟地说道：“我突然想起一件事。”

“什么事？”我好奇地看着陆雯，她今天戴了顶水蓝色的绒线帽，帽子的两侧各悬挂着两个长长的绒线球，晃来荡去，显得万分可爱。

“嗯……你……好像还没主动……亲过我吧？”陆雯双颊晕红，那双美丽的大眼睛正蕴满笑意地盯着我。

啥，这丫头难道要我当街做这少儿不宜的举止？这馊主意还真是和谐啊。

陆雯也不顾我是否答应，已然微微闭起了双眼，她长长的眼睫毛轻轻抖动，红唇微翘，分外诱人。

我虽说不是啥随便的人，但煞风景的事情是不愿做的，再加上陆雯的魅力也不是我一介凡夫俗子所能抵挡，我伸手捧起她的脸蛋，低下头去，轻轻吻住了她。

陆雯小口里吐出“唔”的一声，两手紧紧攥着我的衣襟，显得分外陶醉，等等，她眉毛怎么皱得如此紧，难不成是陶醉过头都有些痛苦了？

送陆雯回到学校后，我也独自返回了自己的狗窝，躺在客厅硬邦邦的沙发上，看着空荡荡的天花板，林小萌的音容笑貌再次浮现在我的眼前。我突然觉得该是让林小萌知道我已成为陆雯男友这个事实的时候了，虽然这样做似乎有些残忍，但与等她回国后自行发现相比，我宁愿自己告诉她……

我拿起电话，毫不犹豫地按下了韩国的国家代码，首尔的地区代码，再加拨了她入住酒店的座机号码的前七位，就在我按这最后第八位数字的时候，我迟疑了，林小萌那天在海滩边画下的那颗被海浪冲刷残缺的爱心陡然浮上心头，难道贼老天的安排早已注定了今日的一切？

电话刚响一声，对方就已然接了起来。

“喂，哥，是你吗？”林小萌迫切的声音出现在电话的那一端。

“是我，你怎么知道的？”

“我怎么知道的……亏你还好意思问，所有打到这儿来的电话我都是这么问的！”林小萌在电话那头不乐意地说道。

我听着这话心里微微有些伤感，更拿捏不住是否要告诉她我已成为陆雯男友的这个消息。

“哼！你怎么不说话，让你每天给我打电话你才打几个？都有一个星期没打给我了，你都在忙什么？快老实交代！”林小萌在电话那头咄咄逼人地说道。

“先别说我，你最近好吗？演唱会的事情怎么样了？”

现在的我内心突然变得极其矛盾，当我再次听到林小萌声音的刹那，打电话前的那股要告诉她真相的勇气早已被抛到了九霄云外，此时我只想着如何岔开话题，拖得一刻是一刻。

“我很好啊，演唱会正有条不紊地筹备着呢，一共要在首尔唱两场，到时候可能会累一些吧，这两天主要是跑媒体，做些访谈之类。不过……”

“不过什么？”我听竟然有“不过”，不禁担心起来，深怕她遇到什么困难。

“没什么，欧阳这家伙应该会去解决的，哥你就不用担心了。”林小萌宽慰我道。

“欧阳跟你一起去的？”

“是啊，他好歹是我经纪人嘛，我日常的工作都是他安排的啊。”

我拼了命地搜寻着各种话题跟林小萌东拉西扯，就是为了延迟那最终时刻的到来。说着说着，林小萌忽然问道：“哥，你是不是有什么事情要告诉我？”

“没……没有啊……”我听林小萌这么一问顿时紧张起来，连说话都有些不自然了，心说难不成她已然知道了？

“骗人，哥，我还不了解你，你这人最不喜欢煲电话粥了，平时打个电话能有多简短就说多简短，只有当你心里头有事的时候，你才会啰里巴唆说个没完，还记得你小时候考试考得差，跟姨打电话汇报成绩的时候就是现在这个样子！快说，究竟是什么事儿？”

我长长叹了口气，这个小妮子实在是太了解我了……

我平静了一下此时已根本无法平静的心情，用尽量平和的口气对林小萌说道：“萌萌，我新交了一个女朋友，陆雯……”

我不知林小萌听到这句话时脸上是什么表情，我只知道电话的那端此时死一般的寂静，没有大哭大闹，也没有闷声抽泣，似乎林小萌就此凭空消失了一般，不觅芳踪。

过了良久良久，电话那头方才传来林小萌微弱的声音：“哥，这是什么时候的事情？”

“一周前……”

听完，林小萌又一次陷入了沉默……

“哥，其实临走前的那天晚上我做了个梦，我梦见我离你越飘越远，你在我的身后拼命地追赶，可最终仍没能抓住我……哥，我的梦成真了呢，可惜，这不是个美梦……”林小萌梦呓般的声音让我感到一阵钻心的疼痛，相同的梦境更是让我惊讶万分。

“哥，我累了，我要休息了……”林小萌轻声说完就挂断了电话。

我原本想安慰她几句，可话到嘴边又不知该从何说起。

电话那端传来“嘟、嘟、嘟”的忙音，这原本苍白无力的声音重重地砸在我的心上，让我顿感无力，缓缓挂下电话。

我的手静静地定格在空中，这个挂断电话的瞬间似乎被我绵延的思绪凝固在了时空的尽头，翻山越岭，沧海桑田。“哥……我们……为什么……为什么……是兄妹啊……”林小萌凄清的呐喊似乎被海风吹拂着再次鸣响在我的耳边，我的舌尖又尝到了她咸涩的泪水，回过神来，方才发现，我，竟然哭了。

42.“解放区”

自那天跟林小萌通过电话后，她就再也没有跟我联系过，我知道这回我是深深地伤了她的心。

愧疚之余不禁担心这是否会影响她的演出。经多方打听，从欧阳胜天那了解到林小萌现在一切正常，与往日并没有什么异样，这才感到一丝的放心。

这个小妮子毕竟也长大了，掩饰心情这种艺人必须掌握的技能对她自是驾轻就熟，我不知该为此感到高兴抑或忧伤。

总说时间匆匆流淌，光阴似箭，而我却认为时光就像龟兔赛跑中的乌龟，虽然只是慢慢地前行，但它一步也不会停留。

邵飞的酒店此时已然进入了装修阶段，这天他把我和胡胖子两人生拉硬拽到他的酒店，说是要帮他参谋参谋，但至于要参谋什么他却没有明言，搞不清他这葫芦里卖的是哪家的药丸。

我跟胡胖子怀着两颗火热的好奇心，随这小子穿过红旗造型的大门走进了酒店的大堂。

这酒店拢共只有一层，没想到占地却不小，走到里头竟然别有洞天。一进入大堂，首先映入眼帘的就是高高挂在正前方的十个大字“共产党万岁万岁万万岁”。再瞧那酒店四周的墙壁上皆绘满了诸如“革命战士向前进”、“天安门前太阳升”一类的红色主题壁画。

抬头一看那天花板，好家伙，密密麻麻写满了大字，我和胡胖子踮起脚尖定睛一看，无非都是些“最高指示”、“毛主席教导我们”之类常挂在邵飞嘴边的口头禅。

饭店的餐桌一律是20世纪六七十年代的淳朴造型，凳子则是清一色的木质长条板凳，桌上搁着筷子筒，一切都是照旧式的风格装潢，整个大堂看上去就像是个早些年开批斗大会的会场……在共产党万岁十个大字下方则是很大一块儿空地，不知邵飞这家伙留着这块地是干什么用的。

“你这大堂虽然个性，但也忒寒碜了点儿吧，想就凭这个忽悠咱京城的老少爷们我觉着还欠点儿火候。”胡胖子撇了撇嘴很是不屑地说道，这家伙走南闯北不知吃穷过多少饭店，眼光自然是毒辣的，经验自然是老道的。

“急个球！这只是大堂的装潢，我还没使出我的杀手锏呢！”邵飞说着“啪啪”拍了几下巴掌。

随着邵飞掌声一落，整个大堂内顿时响起了《保卫黄河》这首雄浑嘹亮的革命歌曲，从大堂的后头更是转出十来个身着革命战士服装的妙龄少女，这时我才明白大堂中的那块儿空地敢情是用来演出的！嘿，邵飞这小子，想象力还真不是一般的丰富。

看着一帮“革命小将”在空地上卖力地跳着革命舞蹈，邵飞得意地说道：“她们既是演员又是服务生，服务前必得高喊一句‘最高指示——为人民服务’，我再在门口安插俩持枪的哨兵，倍儿有面子，怎么样，很有当年闹革命的感觉了吧！”

胡胖子呆呆地看着眼前的一切，过了好半晌才反应过来，大声叫好地赞道：“看不出你小子真有两下子！这酒店被这样一整太他娘的有特色了！我改天帮你找几块好地段的灯箱广告，打那么一水儿的广告，保你火！”

我心里不禁也赞叹邵飞的奇思妙想，但想他找我和胡胖子来是帮忙的，可参观到现在他都没说要帮什么忙，于是问他道：“你小子找我们来不会就是光炫耀的吧，有啥事儿就赶紧说，趁我们胖爷高兴，跟你玩把儿断背也无妨啊！”

“去你大爷的！找你们来主要是想让你们帮我出个主意，起个名字！”邵飞看着我们说道。

“起个名字？你不就姓邵名飞吗？怎么，难不成你想改姓？你家老子还不削了你？”胡胖子果然没辜负他那一脑子积水的智商，傻乎乎地问道。

“要改姓也该你改，改姓蠢，叫做蠢胖子！我让你们来是帮我想想我这厕所该取个什么名字，方能和我这红色主题酒店配套，我都想了好几天了……”邵飞没好气地瞪了胡胖子一眼无奈地说道。

现在很多酒店的厕所都整得很有特色，敢情这小子是在愁这个。

我眼珠子骨碌碌一转立马计上心来，对邵飞笑道：“名字我是已经想好了，保你贴切，不过，这可不能白给，邵老板有啥好处啊？”

“靠，你还好意思问我要好处，你和陆雯的好事儿还不多靠了我家那口子撮合！有话快说，有屁快放！”邵飞轻蔑地哼了一声，愤愤地说道。

“嘿，你这小子，有了老婆就嚣张跋扈起来啦，好吧，这次就算还你老婆一个人情，免费告诉你吧。”

“是什么名字？快说！”

看着邵飞急切的模样，我一字一顿地说道：“解——放——区！”

说完，邵飞和胡胖子互相看了一眼，然后大笑着朝我竖起大拇指道：“你小子，实在是高啊！”

从邵飞酒店出来后，再去公司已然没啥太大意义了。我想起又有两个星期没去看过我老妈，正好可以去瞧瞧，顺便告诉她老人家我已交了女友的事儿，也省得她再四处给我张罗相亲的对象。

到我妈家时，她老人家正在收拾茶儿，看我来了不禁连连顿足地说道：“你这孩子怎么就不早来片刻呢！”

“早来片刻？为什么啊？”我疑惑地问她道。

“你爸刚走啊！你们都多久没见面了啊！你这个没良心的！”

我妈看着我无奈地叹了口气，扶了扶她的老花镜继续说道：“你爸待你是真的好，你要创业，他早早就给你备下了创业的资金，虽然你没用吧，你再看萌萌，她公司的老总找你爸投资，按理说你爸看在萌萌的面子上总要投点儿吧，而你爸呢，竟然连一个子儿都没给。”

“这怪老头，不知在想些什么！”我嘴里嘟囔着，心说萌萌公司的老总不就是欧阳胜天的老子么，敢情他在我家怪老头面前吃过闭门羹啊，怪不得欧阳小白脸第一次见我的时候就一脸的怨气……

“他是不想让萌萌继续做这行，另外听他说他也不喜欢那个老总的为人，你爸就是这样，从来不跟不喜欢的人合作。”

“吓，那他愿意投资我说明他很喜欢我喽？”我笑嘻嘻地说道。

“废话！我跟你说，过两天无论如何你得见次你爸，他今天来我这儿还一直念叨你呢。”我老妈说着眼眶竟然都红了，我心里奇怪我这个不着家的老子究竟有多大的魅力能让我妈一直这么为他付出，几十年如一日，还真是不简单啊……

正说着，茶几旁的电话突然发出了“叮铃铃”的响声，我妈接起电话刚听得两句，脸上已是大惊失色，手一松，话筒就滚落在了地上……

43. 花开如梭（一）

看着我老妈惊慌失措的样子，我顿时感到心里一阵哆嗦，边去拾地上的话筒，边急急地问我妈道：“妈，出什么事儿了？”

不等我妈回答，我已将听筒贴到耳边，大声地对着话筒说道：“喂、喂、喂！”但听筒里只是传来嘟嘟的忙音，对方显然已经挂断了电话。

我只得再问我妈道：“妈，究竟出了什么事儿？”

我老妈缓缓地转过头看着我，此时她老人家的脸色已然变得煞白，口唇翕动讷讷地说道：“萌萌，出事了……”

啥？我乍听之下顿感到呼吸一窒，胸口似乎被一个巨大的木桩狠狠舂了一下，只觉得眼前发黑，连脑子都不好使唤了。

我扶住我妈颤巍巍的双肩急道：“萌萌出什么事了？怎么会出事儿呢！”

“具体我也没听清，只说她出大事了，让我们赶快去趟韩国……”我妈说着就用手捂住了脸，一副痛苦的模样。

我心里那个急啊，绝对已到了抓狂的临界点，但好歹我还知道现在必须先搞清楚事态的来龙去脉以及严重性，在这儿干着急只能是浪费时间。于是我深深地吸了口气，稍稍稳定了下激动的心神，拿出手机颤抖着拨通了林小萌所住房间的电话，在一连响了十来声确定无人接听的情况下，我只得无奈地将其挂断。

见林小萌那儿打不通，我就接着给欧阳胜天打了个电话，他总该知道究竟发生了什么吧！

欧阳胜天接得倒快，连声问道："喂，是乱哥吗？是乱哥吗？"从欧阳胜天的语气里可以听出此时他也很是着急。

"是我，欧阳，我妹妹是不是出什么事儿了？！"

"乱哥啊……我对不起你，更对不起林小萌啊……你快来吧，首尔的塞弗兰斯医院，你上飞机前给我打电话我好安排人去接你！我们见了面再说，我……我……太对不起林小萌了！"欧阳一听是我，顿时大声哭诉道，听他这口气似乎此时连死的心都有了，这不禁让我更加担心林小萌现在的情况。可欧阳胜天这家伙就是死活不肯告诉我，只说你赶快来，手机里说不方便，让我委实也没有办法。

跟欧阳胜天挂了电话，我立即又给胡胖子去了个电话，将情况跟他简单一说，让他赶紧给我兑点韩元出来，越快越好。胡胖子在电话那头一听是林小萌出了事，顿时也急了，赶忙说道："你在家等着，我这就过来。"

去韩国的护照和签证我倒是本来就有，而且也还没过期，正好能派上用场。

我安顿好老妈，让她别急，我一个人去韩国就足够了，人多了倒是添乱，然后收拾了些随身的行李就跑到小区门口去等胡胖子。

还好此时并不是下班的高峰时间，路上还不算堵，二十分钟后胡胖子就出现在了我的面前。他带着我直杀首都机场，路上他塞给我一个信封说道："里头是120万韩元，胖爷我一下子也汇不了太多，你就先拿着这点凑合吧，到了那儿不够我再给你汇过去。"

"也用不了那么多，到时候我刷卡就完了。"

"其实也没多少，就1万元人民币的样子，现在咱人民币可值钱呢。你先拿着吧。"

胡胖子终是一片兄弟情意，我拍了拍他宽阔的肩膀，看着他憨憨的笑容，心里沉稳了不少。

路上我给陆雯打了个电话，心说这事儿总还是让她知道一下比较好。

我拨通了陆雯的电话，对她说道："喂，雯儿，我晚上不跟你一起吃饭了啊，我要去韩国几天，这就要走。”

陆雯一听我竟然要去韩国，惊讶地说道：“你怎么突然去韩国了？出什么事儿了？难道林小萌让你过去？”

我听这丫头话里头还微微透着些醋意，只得无奈地说道：“林小萌出事了，具体是什么情况我也不清楚，所以我得马上赶过去！”

“她出事了？”陆雯的声音突然提高了几个分贝，透着一股子惊惶的味道。

“是，所以我这不心急火燎地往韩国赶嘛，你乖乖等我回来吧，别担心。我现在快到机场了，就这样吧，等我到了那儿再跟你联系！”说完我就挂断了电话，陆雯的一句“路上小心”被我直接扼杀在了尾音里。

晚上7点35分的时候，我随着缓缓前行的人流朝着登机口走去，回头跟站在后头的胡胖子挥手告别，大声说道：“记着我给你的卡号，我钱要不够你再给我汇点儿过来。”

胡胖子将两只熊掌拢在嘴边，回答我道：“你小子就放心吧，可要把我干妹妹好好地带回来啊！到了韩国遇到什么摆不平的事儿，就报你胖爷的大名，谁不服气就让他到咱首都来找我理论，你胖爷我怕过谁来？”

我微微一笑，林小萌的事情梗在心头，让我也无心跟这死胖子扯皮，走过登机口的刹那，我回头又看了胡胖子一眼，这家伙正伸着胳膊在那揉眼睛，这死胖子，也是个感性的人啊……

44. 花开如梭（二）

晚上9点多钟的时候，我乘坐的飞机安全抵达了首尔机场。我拎着行李走出机场，在机场出口处看见一个黑衣黑墨镜的大汉，正举着“迎北京林乱先生”的纸牌在那儿四处张望，估摸着这就是被欧阳胜天派来迎接我的同志了，远看酷似是黑超特警组的特工人员。

我一坐上“黑特工”的专车，就迫不及待地向他打听起林小萌的情况，他告诉我Sally小姐究竟出了什么事情他们做手下的也并不知情，只是听说她病了。

我心说欧阳胜天让我去医院找他的时候我就想到是林小萌病了，但林小萌这小妮子从小就身体倍儿棒吃嘛嘛香，走的时候还好好的，怎么可能就突发恶疾呢；再者，如果林小萌是生病的话，那欧阳胜天为什么要跟我一个劲儿地说对不起？就算他疏于职守没有照顾好林小萌，那也不至于让他如此啊。

我见从这“黑特工”口中查探不出一丝端倪，郁闷之余只得老老实实地任他载我去医院，只要到了医院，那一切就真相大白了。

“黑特工”将车飙得就跟后头装了俩火箭喷射器似的，才不到半炷香的光景，他已载着我抵达了目的地——位于首尔南部的塞弗兰斯医院。这是家私人诊所类型的医院，但里头的硬件设施相当豪华。

“黑特工”将心急火燎的我送到位于医院6层的5号病房外，就转身离开了。我扫了一眼四周的环境，这层的病房显然在档次上要比一般病房高了一个等级，不说这设施就单看这一层才那么5间病房，就可想而知这病房的级别，但是级别越高就愈发让我担心，你说要是一感冒发烧何至于住这种病房啊。

欧阳胜天此时就在病房外左右徘徊，见我到来，赶忙赶上几步，双膝一屈，一下子就跪在了我的面前！

我见这家伙一见面竟然行如此大礼，也着实感到吃惊，心底里更是担忧林小萌的安危，要不是这小妮子出了天大的事故，欧阳胜天这种傲气凌人的家伙岂会对我卑躬屈膝。

我一把将他从地上拉起焦急地问道：“萌萌是不是在里面，究竟出了什么事？你小子快说！”

欧阳胜天竟然先抹起眼泪来，只听他哭道：“我对不起萌萌啊，她……她……”

“她到底怎么啦？！”我急得直想揍这小子，心想我跟他在这儿废话个什么劲啊，赶快进去看萌萌才是正经。于是我一把将欧阳胜天推在一旁，抬腿就冲进了5号病房，欧阳胜天见状想拦我，已然晚了一步。

我冲进病房，只见房间里头空荡荡的，并没我担心中的那些心跳检测仪、氧气瓶、输液管等医疗器具，相反，却只有一张病床。

林小萌此时就躺在病床上，她的身上盖着厚厚的被子，我赶上几步来到她的床边，只见她那双昔日美丽灵动的大眼睛此时已然失去了往日的神采，正睁得大大的，呆呆地注视着空旷的天花板，对我的到来似乎也视而不见。

她的床头边点着一盏昏黄的台灯，在灯光的映射下，我看见林小萌原本活泼美丽的脸蛋此时看不出任何喜怒哀乐，就如死灰一般没有一点儿生气，她的嘴唇更是苍白得不见一丝的血色。

“萌萌，你怎么啦？！”看着林小萌现在的模样我的心紧紧地揪了起来，痛彻心扉是什么感觉，那就是我现在的感觉。

林小萌不仅没有回答我，就连眼珠都不曾转动一下。如今，只有她那微弱的呼吸声让我知道，我眼前的萌萌至少还活着……

“萌萌，你看看我啊！我是你哥啊！你到底怎么啦？”我情急之下轻轻晃动起林小萌的双肩，嘶哑着嗓音大声叫道，但是林小萌依然一点儿反应都没有……

难道她成了植物人？我念及此，整个人只觉着眼前一黑，摇摇晃晃地再也支撑不住，一下子跪倒在了林小萌的病床前。

“哥，等萌萌长大了就要嫁给你。”

“哥，带我出去兜风吧！”

“哥，我们为什么是兄妹呢？”

林小萌昔日的欢声笑语柔情蜜意将我原本甚是坚强的心脏击得片片粉碎。

我颤巍巍地从被子下拉出林小萌的小手，她白玉无瑕的纤细胳膊上似乎有些淤痕，我也没有在意。只是将她的手紧紧裹住，微有些哽咽地说道：“萌萌，你醒醒啊，哥都来看你了，你怎么还能睡啊！以前你见到哥不都有说不完的话吗，你那么喜欢在哥怀里撒娇，哥现在来了啊，你倒是跟哥说话啊，别把哥一个人晒在这里，好不好！从小到大，哥都想保护你，不想让你受一点儿的伤，可这次我无能，我无能啊，竟然让你出了这样的事情……我知道，你累了，那咱就休息一会儿，只准一会儿啊，我看着时间，你最多再睡一个小时，一定要醒来啊！来，咱拉勾，拉了勾可就不准耍赖了啊！”我说着就用小指与林小萌的小指轻轻地勾在了一起，想起我小时候总是违背我和她之间的诺言，心里更是刀绞般疼了起来。

我就这样跟林小萌拉着勾，她的眼眶里突然涌出了一道泪水，沿着她光洁的脸颊无声滑落，让我心酸不已。我突然反应过来——她既然会流泪，那就说明还有意识啊，正想招呼医生赶快过来救死扶伤，欧阳胜天却走到我身旁轻声说道："乱哥，萌萌她，她不是你想的那样的……"

我转过头惊诧地看了欧阳胜天一眼说道："什么不是我想的那样的，萌萌她怎么会成为植物人的？你他妈快告诉我！"

"乱哥，她不是植物人！"欧阳胜天皱着眉头很是无奈地说道，然后硬是把我拖出了病房，紧紧关上了房门。

此时我的心情已然糟到了极点。我一把揪住欧阳胜天的衣领说道："萌萌到底怎么啦？为什么我跟她说话她一点儿反应都没有！"

欧阳胜天见我太阳穴边青筋凸起，一副凶神恶煞的模样，很是胆怯地轻声说道："林小萌她是受刺激了……"

"受刺激？"我听欧阳胜天如此一说，心中着实惊讶，萌萌究竟是受了多大的刺激竟然能让她连我这个哥都不认了。

欧阳胜天突然提起手掌左右开弓地"啪啪啪"狠狠扇了自己几个耳光，直打到他自己双颊红肿，才看着我说道："乱哥，是我一时疏忽，萌萌……萌萌她……她……被人强暴了！"

45. 花开如梭（三）

"你……你……你说什么！！"我大惊失色地看着眼前的欧阳胜天，实在不相信他刚才所说的会是真的。"欧阳，你再说一遍，萌萌她……她怎么了？"

"乱哥！是我混蛋，我没照顾好林小萌，你要打要骂就尽管动手吧！"欧阳胜天一脸懊恼愁苦的表情，说完整个脑袋就耷拉了下去。

"你，你刚才说的是真的？"

"乱哥，再借我仨豹子胆我也不敢拿这事来骗你啊！"

我只感到此时我的脑海中已然是一片空白，我实在无法接受这个残酷的事实，我拼命摇晃着欧阳胜天，近似疯狂地喊道："你说，说你是在骗我！你他妈快说啊！萌萌怎么可能，怎么可能……"

欧阳胜天根本不敢抬起头来看我，只是任由我拼命摇晃着他。

“是他妈谁干的，老子现在就去剁了他！你快说，是他妈谁干的啊？”此时的我已几近疯狂，双眼通红暴怒异常，早已失去了理智。

“乱哥，你冷静一下，听我跟你说。”欧阳胜天嗫嚅着说道。

“冷静？你让我怎么冷静！我他妈还怎么冷静得下来！那里头躺着的是林小萌啊，是我这世上最疼爱的人啊！竟然受到了这样无法挽回的伤害，冷静？滚他妈蛋的冷静！”幸好这层的其余四间病房并未住人，不然估摸着早已被我此时的大声咆哮吓得一命归西了。

“要怪还得怪我……”欧阳胜天显然也没料到我竟然会有如此大的反应，已然不知该如何应对了。

“对！没错！就得他妈怪你！你是萌萌的经纪人，老子不怪你怪谁！你怎么照顾萌萌的？”我越骂越火，根本克制不住此时的自己，伸手一拳就将欧阳胜天重重地捶翻在了地上。

欧阳胜天蹲坐在地上，一手捂着脸颊，眼神中闪过一瞬恼怒的神色，但随即隐去，又变得愁眉苦脸起来。

我本想再上去补两脚，此时我就觉着心中有一团火正在熊熊燃烧，一股苦闷之气憋在胸口，急需发泄一下。

“哥……”突然我的耳旁似乎响起了林小萌微弱的呼唤，这声音虽轻，于我却比那声震九天的响雷更惊心动魄。

我忙不迭地撇下地上的欧阳胜天，推开病房的门就冲到了林小萌的床前，一把抓起她的手急切但不失温柔地问道：“萌萌，你是在叫我吗？”

林小萌并没有直接回答我，她的头轻轻点了一下，虽然幅度很小，但也算作应答。

此时我看着眼前憔悴的林小萌，眼泪再也止不住地流淌了下来，都说男儿有泪不轻弹，只是未到伤心时。我现在伤心，我现在很伤心，我现在伤心得恨不得自己从来没有过林小萌这个妹妹！

但怕影响林小萌的情绪，我一扭头，伸袖把眼泪一把揩尽，回过头来又强作笑颜道：“萌萌，怎么了？冷了？饿了？还是想听哥给你讲故事？”

林小萌缓缓抬起她的胳膊，我此时细细一看，她那原本白皙无瑕的皮肤上有着多处紫青的淤痕，这都他妈是哪个丧尽天良的禽兽留下的痕迹！我刚止住的眼泪又有夺眶欲出的趋势，我心底里暗暗发誓，要是不让那个禽兽付出血的代价老子誓不为人！

此时林小萌苍白无力的手轻柔地摩挲着我的脸颊，我的手掌覆在她的手上，只见她口唇翕动却没发出任何声响，突然，林小萌的嘴角一弯，她笑了，她竟然笑了，笑得如此的凄美，伴着她凄清的眼泪，轻声说道："哥，我想回家……"

"好，等你养好了病，咱就回家！"

林小萌听罢慢慢合上了眼帘，长长的眼睫毛上沾着泪珠，泪水依然在不断地流淌，这无声的泪水最是伤情。

跟林小萌的一番交流后，我的情绪稍稍得到了些稳定。我替这小妮子掖了掖被角，走到病房外，看着已然直立起身的欧阳冷冷地说道："说吧，这究竟是怎么回事儿！"

欧阳胜天吞吞吐吐地跟我交代了整件事情的来龙去脉：林小萌此次韩国个唱的最大赞助商是一个叫朴金明的男人，他一直都对林小萌心存好感，在林小萌的首场演出前这个姓朴的男人就曾多次想单独约会林小萌，欧阳胜天虽怕得罪了这个赞助商，但也看出他对林小萌心存非分之想所以都帮林小萌一一婉拒了。前天晚上是林小萌的首场演出，演出非常成功，在演出结束后，朴金明又找到了欧阳胜天，说是想给林小萌开个庆功会，起初欧阳胜天并没有答应，但对方言明并非只是单独约见林小萌一人，欧阳胜天这才勉强答应了下来。庆功会上林小萌不知是由于高兴还是别的缘故，多贪了几杯，没多久就醉得不省人事，欧阳胜天派人将林小萌送回了房间，之后继续应酬生意上的事情。没想到林小萌直到第二天中午依然未从房间里出来，他担心林小萌，请服务员打开林小萌房间后，发现林小萌兀自昏迷未醒，而她全身早已是衣衫不整，惨剧已然发生。惊怒之下的欧阳胜天立即全面对外封锁了消息，并临时取消了林小萌之后的演出，接着就急急地打电话把我催了过来。

我听完欧阳胜天的叙述双眼中如欲喷出火来，咬牙切齿地说道："你确定是那姓朴的干的？"

“有胆量干出这事儿的肯定是那姓朴的！我问过楼层的服务员，林小萌回房后姓朴的曾来找过她，乱哥，你再看这个。”欧阳胜天说着递给我一张化验单。

我也无心细看化验单上密密麻麻的数据，单据上方的韩文我更是无从辨认，于是问道：“这是什么？”

欧阳胜天犹豫了一下说道：“这是……残留精液的DNA检测报告，我私底下已找人将它跟韩国公民DNA库中朴金明的DNA进行了对比，被证完全吻合……”

我双拳紧握，一字一顿地说道：“证据确凿，为什么不报警？”

“乱哥啊，林小萌这身份你让我怎么报警啊，要是报了警，林小萌以后还怎么做人？再说那姓朴的在首尔也是有实力有背景的人物，真要报警也不见得能起什么作用啊……”欧阳胜天一脸无奈地说道。

我心知他说的的确是实情，我倒不是怕那姓朴的家族实力，为了萌萌哪怕是个太子党，老子拼得一身剐也要把他拉下马。但关键还是得替林小萌的名誉着想，这事儿发生在韩国，欧阳胜天将消息封锁得也比较得当，这样一来萌萌回国后的生活还不至于受到很大的影响，但一旦报了警，这种涉外明星遭强奸的案件是一定会被炒得沸沸扬扬的，到那个时候萌萌就真的没法活了……

但如就此放任那个禽兽逍遥法外，我无论如何也咽不下这口气，我对欧阳胜天说道：“欧阳，把那姓朴的手机告诉我。”

欧阳胜天一惊道：“乱哥，你要干吗？”

“不干吗，只是找他谈谈！”

46. 花开如梭（四）

那天欧阳胜天极不情愿地将朴金明的手机号告诉了我，并反复叮嘱我千万别意气用事，这朴金明绝对不是好惹的。

我可不管那么多，找来欧阳胜天手下的一名韩国翻译，就让她替我给那个姓朴的王八蛋打了个电话，就说我是林小萌的哥哥，想请他出来喝杯茶。我原以为这家伙一定会借故推脱，未曾想他却极其爽快地答应了下来，只是说最近几天有些忙，希望能延后数日，着实有些出乎我的意料。

这些天我一直寸步不离地守在林小萌的病床前，面对着她憔悴的容颜，我的眼中却总是浮现那个爱哭爱笑爱撒娇爱玩闹，终日跟在我屁股后头娇声喊着“哥”的林小萌，有时看着看着我就会不自觉地流下泪来，我总觉得在陪伴林小萌的这几天中我已流干了我这一世的泪水。

林小萌依然很少说话，她总是闭着双眼，似乎是在沉睡，其实我知道，她只是不愿醒来，醒来面对这个残酷的现实。

有时我会拉着她的手，同她讲些儿时的趣事，她只是静静地听着，俏丽的脸庞上偶尔会闪过一瞬对儿时美好回忆的向往，稍纵即逝，终归寂寞。

有时在深夜的睡梦中我总是被林小萌的惊呼惊醒，这小妮子双手死死地揪着床单，梦呓一般地唤着“哥”，但只要我一握起她的小手，她就会一点点地趋于平静。

为了能让林小萌更快地恢复，我又嫌医院的伙食不够有营养，就特地拖着那名叫金米娜的韩国翻译带我外出买些更有营养的食品。于是，我每天都会从外头给林小萌带回一保暖壶韩国著名的参鸡汤，只有一勺勺地喂着这小妮子喝下去，我才能稍感放心。

金米娜总是当面夸我，说是林小萌能有我这么一个哥，一定非常幸福。金米娜并不知道，她如此普通的一句夸奖却是在我的伤口上撒下了一把盐——想着林小萌的现状，我就觉得我这做哥的实在是无能，一颗心脏就像是那被洗衣机拧了无数遍的衬衣——死死地绞在了一起。

欧阳胜天在这几天中也对林小萌极尽照顾，似乎是在弥补他所犯下的罪愆。

这天我喂林小萌喝完了鸡汤，收拾了一番后，就准备去会那个姓朴的王八蛋，我看着床上的李小萌柔声说道：“萌萌，哥有事出去，你好好睡一觉，等你睡醒，哥就回来了。”

说完我就准备转身离开，未曾想林小萌突然伸出手来轻轻地拽住我的衣袖，她的头微微摇动，似乎是不想让我离开。

我不得不又反身安慰林小萌道：“萌萌乖，我就出去办点事儿，很快就回来！真的，我保证！”我说着又替林小萌重新盖好了被子，轻轻抚摸了一下她的秀发，递给她一个安心的笑容。

我跟朴金明相约的咖啡屋，就在离医院不远的地方。我没有拉上金米娜跟我同行，一是我不想让她从我言行中判断出林小萌的实际情况，二是我去会朴金明压根就没打算跟他多废话。

来到那家咖啡屋，店里并没多少顾客，靠窗的第一个位置上坐着个戴眼镜的青年人，西装革履，一副文质彬彬的模样，他的身后立着两名彪形大汉，跟林小萌的“黑特工”不同，他们穿的都是便衣。

看着相约位置上坐着的青年，我着实感到几分惊讶，难道这就是那天杀的朴金明？在我的想象中他应该是个满脸横肉颈戴金链的中年人，没想到竟然是如此一副儒雅的书生模样，不过别以为你长相正派了老子就会放过你，揍的就是你这种衣冠禽兽！

朴金明见我进店后直向他打量，也已猜到了我的身份，他站起身来假惺惺地伸出手要与我相握。我心说这家伙真他娘是不见棺材不掉泪，难不成还想和我握手言和，做他娘的春秋大梦。欧阳胜天给我的那份DNA检验单我找萌萌的医生核对过，虽然用英语交流有些不甚方便，但至少我已知道那检验单千真万确不带一丝假的，这朴金明此时竟然还在惺惺作态！

我从小因为林小萌的缘故可谓身经百战，自然深谙先下手为强后下手遭殃的道理，想到林小萌就毁在眼前这王八蛋的身下我还如何按捺得住，大骂着大爷让你血债血偿就不顾一切地冲了上去，挥拳就朝着朴金明殴去。朴金明看着我凶神恶煞的模样，目光中流露出惊讶与恐慌的神色，连闪避都忘却了，被我一拳重重地打在了左颊上。

我正待挥出第二拳，却已被他背后的一名大汉伸手架在了空中。我早料到这两大汉不好缠，但反正我今天是豁了命也要让朴金明见个红，所谓软怕硬，硬怕横，横怕不要命，大爷今天就让你们见识见识啥叫不要命！

我左手被架，右手抄起桌上的烟灰缸就向那大汉脑门上砸去，那大汉往后一躲，避开了这下烟灰缸砸顶之祸，我顺势跨前一步，烟灰缸毫不停留地又朝着朴金明砸去。眼看着即将得手，我突然感到小腹一痛，另一名大汉已然一脚踹了上来，这下力道比较猛恶，迫得我腾腾地倒退了数步，只感到肚子里一阵翻江倒海连站都站不住，一下子半跪在了地上。

两名大汉得理不饶人，见我势弱冲过来就要揍我，我心知跟这两个专业的死磕肯定讨不了好去，心里顿时那个悔啊，早知道就应该跟陆雯多学几招古墓派的精妙武功，哪怕只学会那招手刀劈砖，要摆平现在这情况也已绰绰有余啊。

想起病床上林小萌凄苦的神情，我心里的仇恨又迫使得我重新站了起来，我势若疯虎般地不顾两大汉的痛击直扑朴金明，瞄准他的裆部大喝一声："大爷让你进宫服侍老太后去！"就猛地一脚踹了过去。

朴金明顿时被我这一脚踹翻在了地上，疼得左右打滚，两大汉见他倒地再也顾不得继续揍我赶忙围过去照看。两大汉的拳脚皆是极为沉重，此时我身上也已多处挂彩，根本无力再战，眼睁睁地看着两大汉架着朴金明快速走出了咖啡屋钻进了专车，绝尘而去。

我在地上喘息了片刻，就拖着伤痕累累的身子回到医院，心里还惦记着答应过林小萌我要早些回去的。

47、花开如梭（五）

之后的几天，林小萌开始一点点地好转，期间我担心那个朴金明会来打击报复，所幸一切皆是风平浪静，根本没有再见过这家伙的身影，难不成这家伙已然屈服在了我的浩然正气之下？

欧阳胜天曾来找过我，问我是否找过朴金明的麻烦，我只是嘿嘿冷笑着告诉他，我就是跟那姓朴的互相交流了一番。欧阳胜天听罢眉头紧锁，不知究竟在担心些什么。

当林小萌开始愿意外出的时候，我就从医院找了辆轮椅，每天推着这小妮子在医院楼下的庭院间转悠。日复一日，林小萌的心情开始一点点地好转起来，她已开始主动跟我交谈，只是往日的那份天真活泼再也不复存在，她的语气总是淡如止水，就仿佛一个出家修道的方外之人。

这天我推着林小萌缓缓向医院外行去。

坐在轮椅上的林小萌仰起头问我道："哥，我们这是要去哪儿？"

我看着她神秘一笑，自得地说道："哥带你去个好地方，到了你就知道了。"

要搁以往，林小萌定然会死缠烂打地问出个所以然来，而现在的她只是浮起一丝淡淡的笑意，欣然任由我推着她向目的地行去。

此时，冬日暖人的阳光洒在我和林小萌的身上，身周围虽皆是皑皑的白雪，依然不能让我们感到丝毫的寒冷。我们沿着大路走了没多久，就转上了一条小道，又前行了大约十五分钟的路程，终于抵达了我们此行的目的地。

一个被巨大的透明玻璃罩笼罩的花圃展现在我和林小萌的面前，花圃中丛丛的花朵皆有着层层叠叠的花瓣，颜色都是清一色的纯白，在四周围雪景的衬托下，白花与白雪交融，晃得我和林小萌都分不清究竟何是花哪是雪了。

林小萌看着眼前这巨大而美丽的花圃，脸上显现出激动的神色，嘴角一抿，酒窝微现，终于露出了一个冰封许久的会心笑容。当我看到她这笑容的刹那，我突然感到有一股暖流迅速地流遍了我的全身，使我感到一阵温暖。

“哥，这是木槿花吗？我只是听说过，却没仔细地辨认过。”林小萌拉起我的手，好奇地问道。

“没错，这正是韩国的国花——木槿花，你看，无论是天再寒，还是地再冻，她们都会不畏严寒地竞相开放！”我对林小萌语重心长地说道，盼她能明白我今天带她来看这木槿花的真实用意。

林小萌听我说完，不再言语，又怔怔地看了会儿木槿花，叹道：“她们能如此开放，是因为她们有一个暖房在保护着她们……”

林小萌这番话中话听得我心里一阵颤动，赶忙想跟她解释，这木槿花即便没这温室的保护，11月份依然是可以开花的。但林小萌没等我发话已然接着说道：“哥，我听说这木槿花朝开暮落，花期只有短短的一天，真正是花开如梭呢……”

我听林小萌越说越伤感，心里不禁一阵沮丧，本想借着这木槿告诉林小萌要坚强，可未曾想却适得其反，林小萌竟然自行悟出了一套“花开如梭”的寓意，无端平添了几分她的凄苦。

林小萌牵着我的手，将头慢慢地靠在我的胳膊上，轻轻地哼起了一首歌，虽没有歌词只有简单的旋律，但曲调却极尽优美抒情，婉转动人之处更如小桥流水，沁人心脾。

等林小萌唱完，我不禁好奇地问林小萌道："萌萌，这是什么歌？怎么以前从来没听你唱过？"

"这是我自己写的，还没来得及填歌词，等写好了，我一定会唱给你听的。"林小萌望着眼前的花圃，眼神里漫过无尽的忧伤，淡淡地说道。

"那歌名你想好了吗？是什么？这歌很容易让听者动情呢。"

林小萌摇了摇头，并没有回答我，过了半晌，她的眼里突然涌出了泪水，这是前几天所不曾发生过的，我不禁顿时慌了手脚，赶忙半跪到她的跟前，拉着她的双手问道："萌萌，你怎么啦？"

我不问还好，越问林小萌哭得就越伤心，但是她的眼神没有片刻离开我，只是紧紧地盯着我的脸庞，任由自己的眼泪汹涌而出。

忽然，林小萌从轮椅中探出了半个身子，一把抱住了我，由于我此时是半蹲的姿势，她的双手紧紧地箍住了我的颈项，她的粉颊摩擦着我的脸颊。林小萌在我的耳边放声大哭起来，这撕心裂肺的哭声似乎是要将这段时间中所受的委屈统统发泄出来。

我心想哭出来也好，胜于憋闷在心中，苦了这小妮子了，竟然忍了那么多天……我轻柔地拍打着她的背脊，嘴里柔声安慰道："萌萌乖，哭出来就没事了……"其实我的内心又何尝不是希望：要是真能"哭出来就没事了"那该能有多好——就让这一切如噩梦般的往事，都随着这伤心的泪水浇灌在这片木槿花盛开的雪地里吧……

林小萌痛哭良久后，拉过我的手覆在她的心口，趴在我的耳边痛彻心扉地说道："哥……你知道吗……我的心真的好疼……因为我再也不能像以前那样义无反顾地爱你了……"

贼老天似乎很是会烘托气氛地在此时降下了片片的雪花，落在林小萌乌黑的头发上恰如那夜空中的繁星点点。

48. 回家

一个多月之后，我带着从外表看似完全恢复的林小萌回到了咱伟大祖国的怀抱。

回来之前我只跟胡胖子、邵飞两个家伙打了声招呼，让他们到时来机场接一下。我没跟我老妈提起我的归期，一是想她一把年纪的还是在家等我好过她老人家亲自跑机场一趟，二是怕她将消息告诉我老子，我可不想跟他见面。

我跟陆雯也知会了一声，但考虑到林小萌看见她后定会更加伤情，就让陆雯不用到机场来接我了，等我安排好林小萌，自然会去找她。

我为了林小萌着想，没有跟任何人说明她在韩国究竟出了什么状况，只是说她病了，并且病得不轻。

那天我跟林小萌走到接机口，正想大口呼吸一下咱首都亲切但不清新的空气，就听一大嗓门远远地嚷道："胖爷我盼星星盼月亮可把你给盼回来啦！"

我和林小萌抬头一看，就见胡胖子家猪一般的身躯竟然跑出了野猪的速度！正腾腾地朝我们急奔而来。邵飞这小子更是远远地落在了他的后头，邵飞的身旁还跟着个俏丽的身影，隔得远了无法看清，但想来肯定是邵飞亲密无间的革命战友——刘晶莹同志了。

跟这胡胖子分别了一个多月，我也着实有些想他，不顾可能被他一下撞飞的危险，张开双臂就向他迎了上去。未曾想胡胖子目不斜视地直接从我身旁飞驰而过，根本把我当成了空气，直接跑到了林小萌的面前，将她一把举了起来！

林小萌一声惊呼，对着胡胖子说道："胖子哥，快放我下来！"胡胖子摇了摇他的肥头大耳说道："你不知道你胖哥多担心你，要不是林乱这小子自个儿溜了，公司的事情离不开我，你胖哥我早插上翅膀飞到你身边去啦！"

"明天我就给你弄俩翅膀，你倒是给我飞一个试试。"我拍了一下胡胖子的后脑勺，表示对他刚才将我视为空气的不满。

胡胖子放下林小萌，转过身来看着我讪讪一笑，正待找个借口搪塞，邵飞已然气喘吁吁地跑到了我们的跟前，上气不接下气地说道："只有想不到，没有做不到，毛主席他老人家实在是有先见之明哇！要不是今天亲身体会，打死我都不信胡胖子能奔出这速度来，跟发情的野猪似的！"

我正待附和一下邵飞，以便继续实施对胡胖子的打击报复，没想到刚才邵飞身旁的俏丽身影此时已从邵飞背后转了出来，我怔怔地看着她，顿时惊得目瞪口呆，喃喃地道："小雯，你怎么来了？不是让你专心上课不用来了嘛。"

陆雯薄怒微嗔地剐了我一眼，接着一下子就扑进了我的怀里，抡起粉拳就捶我的胸膛，骂道："一走就是一个多月，我想你难道还不能来接你？你也太没良心了！"

"陆雯实在想你得紧，所以我和胡胖子就把她也带过来了。"邵飞在一旁替陆雯打着圆场。

我拍了拍陆雯的背脊柔声安慰她道："好啦好啦，你来接我其实我也很开心啊！别捶了，再捶我都要受内伤了。"说完我斜眼看了下林小萌，深怕她因为陆雯的突然出现受到什么刺激。所幸这小妮子只是一脸淡然的表情，好似对这幕的发生早已有了心理准备。

陆雯撒了一阵娇后就脱出了我的怀抱，转头看向林小萌，慢慢朝她走了过去。我猜不透陆雯此时究竟想干什么，看着她一步步走向林小萌，不禁有些提心吊胆。

等陆雯来到林小萌的面前，林小萌看着她轻声地说道："雯姐姐，我是不是该叫你大嫂？"

陆雯闻听此话，轻轻一颤，眼眶竟然就此红了，她拉起林小萌的双手，一字一顿地说道："林妹妹，对不起。"陆雯此时似乎很是激动，连说话的声音都有些颤抖。我不知陆雯为何要对林小萌说"对不起"，难道就因为她成了我的女友，那也说不通啊。

林小萌的眼中顿时闪过一线痛苦之色，贝齿轻咬，接着莞尔一笑，朱唇轻启说道："雯姐姐何出此言，哥有了你这么个美丽贤惠的女友，我为他高兴还来不及呢！哥从小就没人管得住他，我姨拿他都没办法，以后还是得多靠雯姐姐照料。"

陆雯点了点头，又低声重复了一遍"对不起"，情真意切，对林小萌的负疚之情溢于言表。陆雯说完悄然回到了我的身边。我拿出纸巾替她擦去眼角边的泪水，心里也自感动于这丫头的善良。

一行人最终出了机场，由胡胖子负责将我和林小萌送回我老妈家，也好安她老人家的心。陆雯则由邵飞送回学校。

邵飞临行的时候跟我说，他那酒店已然开业，没能等到我回来，实在有些对不住我，等下周末圣诞节的时候，他做东，请我们大家好好乐呵乐呵。我心想林小萌的确需要一些乐事来分散注意力放松下心情，自然一口答应了下来。

接着，胡胖子载着我和林小萌回到了我老妈家，我老妈看见林小萌“无恙”归来，自又有番悲喜，此处不再赘述。

我送胡胖子出门的时候，这家伙很是神秘地告诉了我一个消息，说是他爸无意间得知了那次青岛之行究竟是谁暗中帮助了咱们，只不过正在进一步地查证，只要消息确凿，他会马上通知我的。

那次的事件一直都是我的一个心病，见终于有了些眉目不禁暗舒了口气。胡胖子又跟我交代了些最近生意上的进展，我虽一个多月置身事外，但见一切都安排得井井有条，也自为胡胖子的成长感到欣慰。

49. 第二个愿望

林小萌回国后休息了没多久竟然又马不停蹄地开始了工作，我和欧阳胜天都曾劝她再多休息一段时间，可这小妮子却固执己见，似乎有什么重要的事情正等待着她去完成。

这天我下了班后就按照惯例去找陆雯，准备和她一起共进晚餐。自从林小萌回国后，陆雯的情绪就一直不太好。

我在陆雯学校门口等了许久，看着一个个“法定允许色狼攻击目标”在我眼前往来穿梭，但独独未见她的身影，这可就有点儿反常了，要按平时这丫头早就应该踏着古墓派独特的诡步悄然出现在我的身边。难道今个儿睡午觉睡过了头？

言念及此，我给她宿舍打了个电话，接电话的是她的一个舍友，说是今天下午陆雯就出去了，但去了哪里则不太清楚。于是我又打陆雯的手机，“永葆青春从不衰老”的客服小姐声音依旧——“您所拨打的电话已关机”。

嘿，这丫头究竟去了哪里，把我这个玉树临风的男友就这么晾在了这里，这不是明摆着想祸害她的师姐师妹吗？

我正准备调头走人，就听见一声熟悉的呼喊“乱，等我”，扭头一看，陆雯这丫头正从远处朝我快速靠拢，古墓派的轻功在此时被发挥得淋漓尽致。

我迎上几步拉住了陆雯的双手，说道：“别急别急，我肯定等你的嘛，你下午去哪了？”

陆雯微微犹豫了一下，说道：“去见了一个朋友。”

“哦，那你手机怎么关机了？”

“电池没电了，要不然我肯定跟你先说一声，这不急急忙忙地赶回来，就怕你等太久嘛。”陆雯边说边不停摇晃我的双手，自从她做了我的女友，她就深刻地认识到对我这个既吃软又吃硬的家伙，“撒娇”的作用还是远远要大于“手刀”的。

“你是不是还要问我，那朋友是男是女啊？”陆雯睁着一双美目笑嘻嘻地看着我说道。

“电池没有，私下会友……这俩因素凑一块儿，要搁一正常男人肯定是会刨根问底啊，可惜……你林哥哥我没兴趣，我自然信得过自己的女友。”我这倒不是假撇清，实在是我这人天生就不是个爱吃醋的主儿，我大学时的女友就是因为我这个与众不同的特点而跟我分的手。

我总觉着两人既然相爱，那彼此之间相互信任是再正常不过的事儿，如果连这点都做不到又何谈别的呢？

“乱，你真好……”陆雯说着挽起了我的胳膊。

我心说她今天是怎么啦，迟到也不是什么大事啊，干吗一个劲儿地砸我糖豆？于是嘿嘿乐着问道：“你是不是做了啥亏心事儿啊？平时咋就没见你夸过我呢？”

其实我也就是说句玩笑话，可陆雯的脸上却确确实实地闪过一丝慌乱的神色，紧靠我的身体也微微颤抖了一下。这一切都被我看在眼中，心说这丫头自从林小萌回国后就心事重重的样子，难不成真有什么事儿瞒着我？不过，她既然不肯主动告诉我，那我自也不去勉强。有句经典台词叫“以德服人”，我的原则是“以信任服女人”。

陆雯说她现在还不饿，让我陪她先走走，我看着这丫头的确有些心神不宁的样子，于是就不顾自个儿五脏庙的强烈抗议，点头答应。

今年的京城到目前为止都没有任何降雪的迹象，但这并不代表室外的气温要比往年暖和，我看着陆雯被冻得通红的小脸，不禁心生怜惜。于是很是拉风地一甩我的黑色长大衣，将陆雯裹在了怀中。

此时陆雯已被我紧紧包围，这个姿势虽然比较温暖，但却不利于继续前行，于是我和她索性就这么站在原地不再移动。

陆雯微微后仰，整个人靠在我的身上，她沉默了良久突然开口说道："乱，还记得你答应我的三个愿望吗？"

吓，这丫头怎么突然提这茬子事儿？难不成她又有新的鬼主意要难为我了？我胆战心惊地说道："当然记得了，答应了你的事情我哪敢忘记呢？"

陆雯看着我继续说道："那我可要提第二个愿望了啊！"

"嗯，你尽管提，这地球上还没啥是你林哥哥办不到的！就是要那天上的月亮，我也会去跟杨利伟同志商量一下，赶明儿飞太空的时候捎我一程，就当是我为咱祖国的飞天事业作些绵薄的贡献。"我对着怀中的陆雯大言不惭地说道。

陆雯被我逗得扑哧一乐，微嗔道："就知道胡说，也没个正经的时候！我这第二个愿望虽然不如摘月亮那么困难，但对于你来说也简单不到哪去。"

啥，比摘月亮简单不到哪去……那我估摸着是豁了命也完成不了了，不禁垂头丧气地说道："到底是什么愿望，你先说来听听。"

陆雯莞尔一笑，停顿了片刻说道："我这第二个愿望就是——我要你陪我过生日！"

哈，我还当是什么"不可能完成的任务"呢，敢情就是陪这丫头过生日啊！我一把搂紧陆雯笑说道："你这愿望也忒'难'了吧，陪你过生日本来就是我分所应当啊！"

陆雯嘴角一抿说道："你先别高兴得太早，这愿望看似简单可对你来说却不是那么容易做到的。"

我看着这丫头如此肯定的模样，不禁心生疑惑，陪她过个生日能有什么困难？我又怎么会做不到呢？

“陪我家丫头过个生日，我怎么会做不到呢？”我看着怀里的陆雯很是好奇地问道。

“那你既然那么肯定你能做到，你现在就给我个保证，我生日那天无论出现任何情况，你都要陪在我的身边！”陆雯双目炯炯有神地看着我，眼中充满了渴望。

我捏了捏陆雯被冻得有些发红的小巧的鼻尖，说道：“也不知你这小脑袋瓜里一天到晚都在想些什么，这都要我保证？”

“我不管，你先给我个保证，没准儿你到时候就想要赖皮呢，我看都不用到时候，可能过一会儿你就想要赖皮！”陆雯看着我不依不饶地娇嗔道。

“好，好，好，我保证！这是你的第二个愿望嘛，我自然是得答应你的！”我说着就将右手握拳，平平举起，搁在我右侧的太阳穴边上，装出极其大义凛然的神情说道：“我林乱在此向陆雯小姐保证，在她生日的那天一定全天候陪在她的身边，寸步不离！”

“那你要是做不到呢？”陆雯笑吟吟地说道。

“做不到？不可能做不到，如果到了那天我真有别的事情，那我就找根绳子把你绑在我的身上，这样一来，不就两全其美了？”我嘿嘿乐着很是自得地说道。

“你！”陆雯小嘴一撅眼看着就要跟我急，为了避免“谋杀亲夫”这种惨绝人寰的恶性事件发生，我赶忙连声哄道：“好啦好啦，我逗你玩的，到那天我肯定陪你！九个胡胖子都甭想拉动我！”

陆雯听我如此说，这才转怒为喜，小嘴一撇道：“既然你都答应了，那就不妨告诉你我的生日日期。”

“嗯，你快说，话说回来这也是我的失职，竟然到现在都不知道自己女友的生日是哪天，真正该打。”我一脸诚恳地看着陆雯说道。

陆雯笑着剐了我一眼，哼哼着说道：“我的生日是1月1日，元旦就是我的生日！”

“哦，敢情我家雯儿的生日是元旦啊，好日子，真是好日子！这可是个普天同庆的大节日啊！人家都说元旦生美女，可不是么嘛！林小萌也是这天生日！真是无巧不成书，没想到你们俩……”我说着说着就突然意识到这回是出大问题了——林小萌可不也是元旦过生日嘛，这我要是不去陪她一起庆祝，那后果……真是无法想象啊！

林小萌现在情绪似乎刚刚稳定下来，我可不能在这种时候再去刺激她，伤害林小萌的事情我是绝对不想做，也不能做的！怪不得陆雯说这第二个愿望对我来说比摘月亮简单不到哪去，果不其然，跟这个愿望相比，那还不如发配我去摘月亮呢！看来陆雯一早就知道林小萌的生日日期，怕我不去陪她才处心积虑地布了这么个局，可她又是怎么会知道的呢？

陆雯见几秒钟前还说得兴致勃勃手舞足蹈的我突然一下子陷入了沉默，就嗫嚅着说道：“乱，你……答应过的啊……你一定要陪我的啊！可不能反悔。”

我低头看了看怀里一脸恳求的陆雯，心里那叫一个混乱啊。我不停地自问：我该怎么办？突然灵机一动，想起林小萌曾说过她生日那天要办演唱会的，何不带陆雯一起去看呢，这样一来满足了陆雯的愿望，二来也算是陪林小萌一起过了生日，真正是一石二鸟一箭双雕，我太有才了！

我将这个想法与陆雯一说，原以为定能得到她的积极响应，未曾想她却沉下了脸去，极其不乐意地说道：“第一个愿望你就完成得拖拖拉拉，这第二个愿望看来又要打个折扣，而且两次都是因为你妹妹！到底是她对你重要还是我对你重要？”陆雯说着就挣扎出了我的怀抱，沿着我们来时的路飞奔而去。

看着陆雯孤单离去的身影我顿时感到一阵自责，我既然不想伤害林小萌，那难道我又忍心伤害陆雯吗？答案是否定的。这次我既然已经事先答应了陆雯，那就应该满足她这个愿望，林小萌那边只有事后补偿她了……

这念头的产生也不过就一晃神的时间，此时陆雯尚未跑远，我迈开步子就朝陆雯追了上去。

我追上陆雯，一把将她拽进了自己的怀里，大声地说道：“我陪你！

你生日那天我陪你！咱哪都不去！成吗？”

陆雯在我怀里又是一阵挣扎，但我死命拥住了她，她也渐渐软了下来。

“你不去看林妹妹的演唱会了？”

“不去了……”我说着就想到了林小萌失望的表情，不禁感到一阵心疼。

“我不逼你，你可要想清楚啊，没后悔药的哦！”陆雯的气势咄咄逼人，看来她仍然是不放心我和林小萌的关系。

我心想也难为这丫头如此煞费苦心，其实也全是出自于对我的一片爱心，不禁心一软说道：“我已经答应过你了，那我一定做到！”

“这还差不多！”陆雯的脸上又重现了笑容，说完就在我的唇边轻轻一吻，算作是对我的奖励，我却从她的吻中感到了自己无奈抉择的苦涩……

我在心里暗暗地叹道：萌萌，原谅我吧……

第六章 家事身世皆闹心

50. 圣诞节（一）

一眨眼的工夫，已然到了圣诞节。

按照跟邵飞的约定，今个儿的圣诞节由他这小子做东，邀请我们大伙好好乐呵乐呵，地点自然就定在他那家个性鲜明的红色主题酒店，正所谓肥水不流外人田，邵飞给我们安排了一间最好的包间，三面皆围着大号的落地玻璃。

晚上7点不到，我们大伙就已然欢聚一堂，这个大伙自然包括我、胡胖子、邵飞、邵太太、陆雯以及林小萌。

林小萌是最后一个抵达的，这段时间我一直都没见过林小萌，不是我不想照顾她，而是这小妮子似乎有意地回避我。听欧阳胜天说她是正忙着新歌的演练，特别地拼命。

我看着明显瘦削的林小萌不禁心生歉疚，我一直都没机会也不忍心告诉她“我无法陪她过生日”这个残酷的消息，这就好比我小时候考试成绩不好，怕被我老妈知道，能多挨得一刻是一刻。

林小萌看到我，很是自然地走到我身边，拉起我手说道：“哥，这些天我一直都在练歌，所以也没法见你，你不怪我吧。”

“不怪，当然不怪，工作总是重要的嘛，不过你一定要注意身体！”我很是担忧地关照林小萌。

此时陆雯就站在我的背后，她突然伸出葱管般的手拧住我腰肋间的一块肉狠狠地扭了个180度，疼得我龇牙咧嘴。

林小萌显然注意到了陆雯的举止，微微一笑后松开了我的手，转过头跟陆雯亲热地打起了招呼。

邵飞见人都到齐，作为此次聚会的召集人，这家伙端起酒杯煞有介事地说道：“最高指示——我们都是来自五湖四海，为了一个共同的革命目标，走到一起来了——一切革命队伍的人都要互相关心，互相爱护，互相帮助。愿我们同志间的友谊天长地久！”说完他很是豪气地将杯中的酒一饮而尽，再加上他背后那颗闪闪红星的衬托，别说，还真有些当年红卫兵小将闹革命的气势。

胖子在一旁小声嘀咕：“在座的都他娘的是北京土著，啥五湖四海，净瞎掰！”说完死胖子就埋头对付起桌上的美味佳肴，一副如临大敌的模样，格外认真。

邵太太刘晶莹提议大家一起玩真心话大冒险，虽然是个很老套的游戏，但我们这帮人一来童心未泯，二来难得聚会大家兴致都异常高昂，除了胡胖子嘴里啃着羊棒含糊其词，其余众人俱是一口答应。

邵飞叫来一个“革命小将”服务员，让她拿了副爱国主义扑克牌，从中抽出了6张牌，其中有一张大王和一张小王，根据规则，抽到大王的可以对抽到小王的进行真心话提问，如果抽到小王的人不愿意回答，就得面对大冒险的挑战。

游戏开始后，每个人皆提心吊胆，毕竟人不多，抽到小王的概率还是很高的。第一轮抽牌结束，胡胖子很不幸地中标抽到了小王，他将牌重重地往桌上一甩大骂了一声晦气。

胡胖子亮了牌后，邵飞嘿嘿坏笑着将手中的牌在胡胖子眼前很是炫耀地晃动了一番，敢情是这小子抽到了大王。看来这回够胡胖子喝一壶了……

邵飞跷着二郎腿，斜睨着胡胖子，眼珠子骨碌碌地转着，似乎正在思考着该问个什么卑鄙下流龌龊无耻一点儿的问题，好报方才胡胖子讽刺他的一箭之仇。他寻思良久突然对胡胖子说道：“你小子从小到大那些破事儿就没我不知道的！我还真想不出该问你什么。干脆你直接玩大冒险得了，敢不？”

胡胖子这人，大半脑袋积水最是受不得激将，抬头挺胸凸肚用大无畏的口气说道：“鲁迅老先生教导我们——真正的勇士敢于直面惨淡的人生，敢于正视淋漓的鲜血，一个区区大冒险就想唬住你胖爷？门都没有！你小子尽管放马过来。”

邵飞见奸计得逞，狡黠一笑乐呵呵地说道："咱多年的兄弟我也不难为你，只要你跑我酒店大堂里扯着嗓门大喊三声'谁敢惹我'，就算你通过。"

胡胖子轻蔑地看了邵飞一眼傲然道："屁大点儿事，你就看我胖爷的吧！"说完这家伙就扭着肥屁股朝大堂踱了过去。

我们见有好戏，哪肯错过，自然都跟在了胡胖子身后，遥遥地看着他。

只见胡胖子走到大厅，特意挑了块儿人烟稠密的地盘，又很是自得地朝我们这边望了一眼，比了个OK的手势，然后深深地吸了口气，扯着他堪比冲锋号的嗓门大嚷道："谁敢惹我！"

大堂中一众食客皆是一惊，纷纷好奇地朝胡胖子望去，而我们几个早已笑得蹲在了地上。

胡胖子见众人都高山仰止般地望着自己，那得意劲儿就甭提了，从小到大丫就从没如此风光过，吐气开声紧跟着又吼了第二遍：谁敢惹我！

这声吼完，胡胖子更是尾巴翘上了天，看他那架势我猜他此时一定想边挥手边喊句：同志们好，同志们辛苦了！

可还没等胡胖子得意完，就见一个虎背熊腰的大汉从座位上站了起来，走到胡胖子身边很是不满地盯着胡胖子。胡胖子见来了个比他还生猛的主儿，竟然并不慌乱，上下打量了一番眼前的大汉，又拍了拍大汉结实的胸大肌，点了点头，紧跟着喊出了第三遍——谁敢惹我们！

此话一出，顿时震翻了一票人……

接下来的几轮游戏我都极其英明神武地避过了所有的安全牌，不是抽到大王就是抽到小王，实在可谓造化弄人……不过风水轮流转，这把我终于拿到了一张安全牌，我牢牢攥着这张安全牌幸灾乐祸地打量着其余五人，心说也该轮到我再看回白戏了。

只见林小萌看了看手中的牌面，淡淡一笑后亮了出来，竟然是小王。而抽到大王的，却是——陆雯……

51. 圣诞节（二）

我看了看林小萌，又瞅了眼陆雯，顿时感到这样的牌面实在是有些诡异，就如同贼老天在故意捉弄我一般。胡胖子斜瞥了我一眼，那眼神分明在说：兄弟你自求多福吧。

陆雯三根青葱般的手指一拧，将手中的纸牌前后转了一圈，嘴角的笑纹轻现露出一个意味深长的笑意。只听她说道："没想到竟然是林妹妹抽到了小王，这可让我不知道该问个什么问题了。"陆雯说完又扭过头对我笑道："乱，你帮我出出主意。"

"牌是你抽到的，我可没法帮你出主意，你就随便问吧，比如今天天气如何，你吃过饭了没有，这不都是咱普通人民群众时常挂在嘴边的问题吗？'好问'向来是咱中华民族的传统美德嘛！"

林小萌笑着说道："雯姐姐你有什么想问的尽管问好了，别听哥胡说，他就知道瞎掰。"

陆雯点了点头对林小萌说道："他这人的确没个正经的时候，咱都别理他。至于这问题嘛，问简单了怕是要扫大家的兴，但我也不想故意刁难林妹妹，不然某些人又要怪我欺负人了。"陆雯说着就似嗔怪似嘲笑地斜了我一眼。我顿时感到浑身汗毛直竖，只想赶紧去买份人身意外伤害的保险。

林小萌也看了我一眼，不再说话，静待陆雯的出题。

此时我额头上已然沁出了一层冷汗，心说陆雯这丫头最近这段时间一直都对我和林小萌的问题极其敏感，可千万别问出什么令人尴尬的问题，刺激到了林小萌。

我紧张地看着陆雯，她朱唇轻启，用极其平稳的口吻问林小萌道："林妹妹，你……爱你的哥吗？"

啥？陆雯怎么能问这样的问题？我将酒杯在桌上重重一顿，不乐意地轻呵道："雯儿，你……"

"我什么？我只是想帮你检测一下你两兄妹的感情有多深啊。"陆雯一副天真烂漫的表情，似乎她的这个问题的确不含任何的心计。

胡胖子、邵飞等人看着此情此景，也明白现在不适合他们插嘴，于是就索性把自己当聋子了。胡胖子一低头继续"专心致志"地对付他餐盘里叠罗汉般的美食，而邵飞和刘晶莹则装成了一副喁喁细语的模样。

林小萌似乎对这个问题并不在意，边顺着头发边漫不经心地说道："爱啊，我怎么会不爱自己的亲哥呢？"

陆雯的眼神直直地盯着林小萌，林小萌亦是如此，两个女孩的目光在半空中毫不遮掩地碰撞摩擦，根本就无视了我的存在。

过了半晌，林小萌收回自己的目光，微微苦笑了一下，语气坚定且隐含傲然地说道："雯姐姐，我知道你要问什么，你想问什么，我可以坦白地告诉你，我爱哥，不只是兄妹之间的爱……从小就是如此，我曾对自己许下要照顾他一生一世的誓言，我根本不在乎我和他之间究竟是兄妹还是别的关系，我只知道我爱他，这就足够了。如果我和哥之间不是有这么一层兄妹关系，雯姐姐，嫁给哥的那个人一定是我，而不是你……只是，现在说什么都已经晚了……"林小萌说完脸上的痛苦之色如何都遮掩不住，看得我着实心疼，显然这番话又勾起了她痛苦的回忆，这是我最不想看到的。

不过陆雯并没因林小萌这番微含挑衅的话语而感到愤怒，似乎她这个醋坛子也陡然转了性儿，她猛地喝了一口我杯中的酒，对林小萌说道："林妹妹你放心，我会替你好好照顾他的！"

林小萌眼眶微红，苦笑着点了点头，我见一场聚会怕是要不欢而散赶忙开动脑筋想岔开话题。

"快看，下雪了！"刘晶莹突然指着窗外欢声叫道，大伙儿往窗外一瞧，可不，漫天正降下绵密的雪花，今年的这第一场雪竟然赶在了圣诞节这天，真正是赶得早不如赶得巧，为圣诞节平添了一份安详宁静的节日气氛。

"我们出去玩吧！"陆雯摇着我的胳膊娇笑道。

"走走走，大家都去！"胡胖子抹了抹油光光的嘴，高声提议道。

林小萌第一个起身走了出去，我原本想赶上去安慰这小妮子一番的，刚才她的真情流露的确让我感到一阵感动。但陆雯似有意似无心地挽着我的胳膊，使我根本抽不开身。

一帮人走出"红旗飘飘"的酒店大门，邵飞张开双臂迎着满天绽放的雪花风骚地说道："最高指示——战天斗地，不畏风雪！"话音刚落，刘晶莹在他背后轻轻推搡了一把，这家伙顿时一趔趄，差点摔趴在雪地里。

胡胖子伸出熊掌搭在我的肩膀上，贴着我耳朵悄声说道："我跟你说一事儿。"

此时我正忧心林小萌，于是很心不在焉地回答他道："啥事儿，搞得神秘兮兮的，你不会又是做了啥祸国殃民的缺德事儿，跑我这里忏悔来了吧。"

"去你大爷的，胖爷我是那种人吗？"

"就你给人民群众留下的第一印象，怎么着也是一挖社会主义墙脚的蛀虫啊，快说吧，到底啥事儿？"

胡胖子哼了哼，说道："那次在青岛暗中帮助咱们的人，我老爸查到是谁了！"

我倏然一惊，赶忙问道："是谁？"

52. 一辈子

我看着胡胖子一脸慎重的模样，不禁感到更是疑惑，连连追问。

胡胖子吞了口唾沫，在我耳旁悄声说道："我说了你可别动气啊，其实这个人一点都不难猜。"

"你倒是说啊！磨叽个什么劲儿。"我听胡胖子尽说些废话不禁不耐烦起来。

胡胖子没好气地说道："我这不是怕这消息太突兀您老一下子接受不了吗，这才先给你打些预防针啊！"

"你拉倒吧，就你大哥我这心理素质，搁战争年代就是一战斗英雄，你见过有战斗英雄害怕得知秘密情报的吗？你快说！"我拍了拍胸脯不屑地对胡胖子说道。

胡胖子小心翼翼地说道："帮我们的人，就是你老爹！"

胡胖子一说完，我下巴惊得都差点掉地上，忙用手接住了。

"可不是他么，你想想，既有能力摆平这件事儿，又肯好心帮你的人，除了你爹还能有谁？这些年，他真没少暗中帮你，就你大学时捅的那些娄子，哪个不是你爹替你擦的屁股？听你胡哥一句劝，赶紧跟你家老爷子握手言和吧。"胡胖子拍了拍我的肩膀，老气横秋地说道。

我撇开他的手说道："我跟我家那老头的事儿，你少搀和，皮又痒了是不。"不过人心毕竟是肉长的，我话虽这么说，心里却不禁也念起我家老头的好来。

陆雯拉扯了一下我的衣袖，眨着大眼睛对我和胡胖子说道：“快别说正事儿了！耽误了如此美景岂不可惜？”

这时邵飞已从酒店里拿出了个数码相机，正招呼我们过去合影。他冲着我们挥了挥手，大声地嚷道：“最高指示——革命战士心连心。你们都快给我过来，我们合张影，以此见证我们之间纯洁伟大的革命友情！”

“你小子是想见证革命爱情吧，净捡好听的说！就你这忽悠革命同志的作风我看就得好好整风整风。”胡胖子搭着我的肩对邵飞笑骂道。

我们六人凑到一块儿，陆雯、林小萌、刘晶莹三个女孩半蹲着站在前方，我和胡胖子则互相勾搭着立于后方。邵飞将相机搁在一块高地上，找好合适的拍摄角度，设定好自拍的快门，就飞奔着回到了我们身边，勾搭着立在了我的左侧。

我们欢笑着大声倒数着计时——10、9、8……3、2、1，椰子！随着闪光灯的闪烁，一片皑皑的白色，一张张年轻靓丽的容颜，以及那如花的笑靥都被定格在了这一刻，沧海桑田亘古不变。

邵飞收起相机，说是改天去把照片冲印出来，到时候再发给大伙儿。

一帮人正围着相机液晶屏上的照片仔细端详自个儿是否眯了眼，表情是否自然。林小萌则突然对我们大声宣布：“再过几天的1月1日就是我的生日了，到时候我会开个人演唱会庆祝，希望大家都能来！”

“我要顶靠前的位置，最好是能挨着别的明星坐一块儿，比如林志玲之流。”胡胖子高声打趣道。

“给我个包间，没啥要求，黑一点儿就行！”邵飞说着就看了眼刘晶莹，好一阵儿淫笑。

林小萌掩嘴莞尔一笑，听到大伙儿都能来，似乎她很是高兴。

此时我看了看身旁的陆雯，她也正看着我，神色间似笑非笑，唉，我真不知该如何跟林小萌解释了……

林小萌慢慢走到我和陆雯跟前，对陆雯说道：“雯姐姐，我想跟哥四处走走，你不介意吧？”

陆雯嘴角一扬轻笑着说道：“没问题啊，我怎么会介意呢，他是你哥嘛，陪陪你自然是应该的。”陆雯说着就松开了挽着我的胳膊。

林小萌看着我说道："哥，陪我去那边走走吧。"

我朝林小萌点了点头，又看了眼陆雯，接着便陪林小萌朝一边走去。

此时地上的雪花已然铺就了薄薄的一层，鞋底与之相触会生发出轻微的"嘎吱"声。我任由林小萌领着我漫无目的地闲逛，心里正琢磨着该如何告诉她——生日那天我可能无法去看她的演唱会这个残酷的消息。

林小萌突然开口说道："哥，这次是咱俩重聚后第一次拍照吧，说起来我真得好好感谢邵飞呢。"

"傻瓜，要拍照还不容易，改天哥带你去些好点儿的景点，咱好好拍几张。"

林小萌抬头看了我一眼，笑着说道："哥，你从小就那么迁就我，会把我宠坏的。"

"谁说我从小就迁就你了？小时候经常欺负你的不也是我嘛！"

林小萌听完不再言语，似乎陷入了对往昔的沉思，雪花依然轻舞飞扬，柔和的路灯光披洒在我和林小萌的身上，在雪地里拖出两道长长的身影，在影子的尽头，我和林小萌似乎正不分彼此地紧紧依偎在一起。

林小萌沉默了半晌突然对我柔声说道："哥，我们俩一辈子都在一块儿好吗……"

我乍听此话，不禁一怔，愣了片刻后说道："好啊，我是你的哥嘛，自然要照顾你一生一世的。"此时我并不敢直视林小萌的目光，这并不表示我说这话时言不由衷，而是我生怕溶化在她如水的深情里，无法自拔……

林小萌也不再说话，只是默默地抓住了我的手。

53. 身世（一）

我和林小萌就这样在雪地里漫无目的地走着，忽然我和她的手机同时响起了悠扬的铃声。我跟她诧异地对视了一眼，然后两人各自接起了手机。

手机中传来我妈急切的声音。

"乱仔（我的小名，一般只有我老妈一人如此称呼），你爸出事了！"

我一听竟然是我家老头出了事情，刚念完他的好，这不由得让我感到一阵焦急，连忙说道："老妈，你别急，究竟出什么事儿啦！"

"先别问那么多了，你现在就来仁和医院14楼1410特护病房，快！"我老妈一连声地在电话那头儿催促道。

靠，竟然又是特护病房！

我急急忙忙挂了电话，刚想对林小萌说明下情况，没想到这小妮子竟然抢先说道："哥，王叔打来电话，说咱爸出事了，让赶紧去仁和医院！"

我点了点头，回答道："你姨也让我赶紧去呢，我们现在就走！"

我同胡胖子、邵飞他们打了声招呼，陆雯执意要跟我一起去，我跟她说要见公公婆婆也别挑这个时候啊，赶明儿再说吧。然后扯着林小萌就钻进了她的车里。

从邵飞的红色酒店到仁和医院也有段路程，林小萌将车开得飞快，看来这小妮子也很是着急。

"哥，其实咱爸前段时间身体就一直不太好，你也不关心。"林小萌边开车边对我说道，话语里难掩怨怼之意。

"你也知道我从小跟他不对路的嘛……能不见则不见。"我理亏地嗫嚅道。

"哥，其实咱爸待你是真不错！"

"这我也知道，这老家伙一天到晚弃我母子于不顾，自然心里愧疚……"我依然对我老子这种对家庭不负责的行为深感厌恶。

林小萌大有深意地看了我一眼，不再说话。她的红色"别摸我"在首都的柏油路上风驰电掣。

半个小时不到，我和她已然抵达了位于崇文门附近的仁和医院。我们急急赶上14楼，来到1410特护病房，我老妈正一脸焦虑地坐在病房外的座椅上，而王叔则在病房门口来回踱步。

我赶上几步蹲到我老妈跟前说道："妈，我来了！林忠德咋样了？"我依然不肯称呼我老子为"爸爸"，这要在平时我老妈肯定是要训斥我的，可现在这情况她也顾不得这许多，抓着我的手就说道："你爸今天跟几个商场上的朋友吃饭，没想到竟然在席间昏了过去，是你王叔把他送到医院来的。"

此时王叔正跟林小萌说着我老子的情况，听到我老妈提及他，就朝着我点了点头。

“现在几个医生正在里头看护着你爸呢，也不知道他到底得了什么病，他上次来我这儿就说他老是头晕，我当时就应该陪他来医院看看的！”我老妈检讨着自己的过失，不禁掉起了泪珠子，林小萌赶忙跑到我身边跟我一起安慰她。

我又起身跟王叔道了声谢，他拍了拍我的肩膀说道：“别再跟你爸过不去了，这段时间好好陪陪他！”

我心底里还有些犹豫，毕竟多年养成的“非暴力不合作”的习惯不是一下子就能改变过来的，但依然答应王叔道：“这个您放心，说到底我也是他儿子不是。”

正说着，两名医生就从病房里走了出来，我老妈急忙抹了抹眼泪赶上几步，拉住走在最前头的那名中年大夫焦急地问道：“医生，他怎么样了？”

中年大夫扫了我们一眼，说道：“你们都是病人的家属吧？”

见我们纷纷点头，他又接着说道：“病人现在已经醒了，导致病人昏迷的直接原因一是年纪大，二是饮酒，三是高血压，至于深层次的病因要等检查结果出来才好下定论。暂时你们还不用太担心，结果出来我会通知你们的。”

听大夫如此说，我老妈略微松了口气，不过最终结果未出来前还不能完全放心。

“你们现在可以进去看看病人，但别太打扰他休息。”中年大夫说完就转身自顾自离开了。

我们一行人走进病房，我老子林忠德此时就躺在病床上接受着身旁一名护士的看护，那小护士见我们进来就很自觉地退了出去。

我看着我老子，我跟他已然是许久未见，我印象中他的那张国字脸现在已显得有些瘦削，鬓边的头发已从上次见面时的半白半黑转成了一水儿的全白，看起来他的确苍老了许多。

他见我们进屋，就微微地笑了一下，只是笑容显得有些虚弱。我老妈快步走到他的床边，忧心地问道：“忠德，你现在觉得怎么样？”

“你不用担心，我现在感觉没啥问题。”他一边安慰着我老妈，目光却滑过我们每个人的脸庞，最终定格在我的身上。

我直视着他的眼神，感到既熟悉又陌生，他眼神已不复早些年的犀利，取而代之的是一种尘埃落定的苍茫，有如落日的感觉。

只听他开口缓缓说道：“林乱，你来啦，你能来看我，我很高兴……”

我朝他点了点头说道：“我来看你也是分所应当，你好好休息，先把病养好。”

“分所应当……”他的眼里闪过异样的神色，笑着说道：“你不再‘非暴力不合作’了？话说过来，我现在也没力气对你施加暴力了。”

“等你养好了病，恢复了力气，要让我合作也是轻而易举的事情嘛！”看着我老子一副将军迟暮的模样，我不禁心生恻隐，破天荒地跟他开起了玩笑。

“爸，哥说的没错，你保重身体要紧！”林小萌也在一旁附和着我。

我老子点了点头，看看林小萌，又看了看我，突然露出了一个很欣慰的笑容。

54. 身世（二）

我老妈和王叔都催我老子赶紧休息，我心说这病房虽然宽敞但杵了我们这么一大帮子人，我老子要休息的确还需要些两耳不闻窗外事的本领。

我老子估摸着也是被催不过，对于男人来说身边常有个女人给你唠叨既是大幸又是大不幸。他对我老妈和王叔说道：“你们俩先委屈在外头待会儿，我有些事要和林乱及萌萌说一下。”

“你要说什么事？”我和林小萌还没啥反应，我老妈却先紧张了起来，一把抓住我老子的手说道。

“没什么大不了的事，就是和小辈之间的一些悄悄话，你们俩可别偷听啊。”我老子边拍着我老妈的手，边安慰她道。

我老妈似乎依旧不放心，紧紧盯着我老子又看了半晌，最后转过头来看了眼我和林小萌，眼神很是温柔。只见我老妈叹了口气，对王叔说道：

“老王，那咱俩就出去再坐一会儿吧。”

王叔点了点头，又关照我老子：“你这老家伙，都这模样了还不消停点，有事儿就赶紧交代，然后早点休息。”

我老子无力地朝他们挥了挥手，示意他们赶紧出去。

我老妈和王叔走后，偌大一个病房就只剩下我、林小萌以及我老子。我老子示意让我和林小萌都坐在他的床沿上，理由是我们站着得迫使他将头仰高才能看见我们，有些劳累。

林小萌很乖巧地当即就坐了过去，我可没那么听话，哼哼着说道：“小时候你跟我说话的时候怎么就不蹲下来说，我仰着头看你都看了十几年了，你听我抱怨过吗？咱俩差距咋就那么大呢？”

林小萌扯了扯我的衣袖，我老子倒并不在意，呵呵笑着说道：“长江后浪推前浪，青出于蓝总是要胜于蓝的。”

其实我也就是嘴上强硬，欺负一个“老弱病残孕”五占其三的主儿可不是我的作风，我说完就已然坐了下去。

我老子此时的精神似乎好转了许多，脸色也一改方才的惨白，显现出一丝儿红润来，但他的动作依然迟缓。此时他就缓缓地伸出一只手，似乎想要抚摸林小萌的脸颊，但由于他无力直起身子，所以无论如何也触碰不到。

林小萌见状赶紧俯下身，抓着我老子的手将其贴在了自己的左颊上，说道：“爸，您有什么事要跟我和哥说啊？”

我老子并没有立刻回答林小萌，而是语重心长地对她说道：“萌萌啊，娱乐明星这个职业你自己喜欢，我这个做爸爸的也不好太干涉，不过我希望你能换一家公司，你们公司现任的老总为人实在不怎么样，有这样的老总公司肯定不能长久发展，对你自己也很是不利，我希望你就算要继续留在娱乐圈里，也得换一家经纪公司。想办法跟他们解约吧，违约金你爸帮你掏。”

林小萌点了点头说道：“爸，您说的我都理会得，您就放心，反正我和他们的合同也快到期了，我的合同是和上一任老板签的，等到期了我就走。”

“那就好那就好，其实以你在国外学的金融知识，到爸爸的公司来先打个下手，还是完全可以的嘛。”

“爸，我会考虑的。”林小萌对我老子的态度那叫一个温柔，我就不理解为什么我身边的人都这么爱戴他？连林小萌也是如此，而我却丝毫体会不到他的一丁点儿“好”。

我老子很满意地点了点头，又微微偏过头对我说道：“你的事我就不多操心了，想来你也不希望我介入，那一千万听你妈说你没要，这我也想到了，不过我立的遗嘱里已将那一千万划归为给你的遗产了，多的就一分也没有了。”

啥？遗嘱！这老头子咋连遗嘱都立好了，敢情他现在是在交代后事！念及此，我突然也感到一阵伤感，刚想安慰他两句，林小萌却抢先说道：“爸！您说什么呢？！您这病一定会好的！”林小萌说着眼眶也红了。

我老子又抚了抚她的脸颊，轻声说道：“立个遗嘱嘛，只不过未雨绸缪，你们紧张什么，我可还不想去见马克思呢。”他又继续跟我说道：“这事儿就别告诉你妈了，不然她又得跟我急。”

“你就好好养病吧，别的事你甭操心了！”看着眼前这个跟我骨肉相连的老头子，我也情不自禁地开始关怀起他来。

我老子听我关心他，似乎格外地开心，抽过贴在林小萌脸上的手就朝我伸了过来。我心说他不会也想爱抚我这张被岁月蹉跎的老脸吧，不由得一阵恶寒，赶忙伸出手去一把抓住他的手将其又塞回了被子里，说道：“都这德行了还乱动，当心着凉！”

我老子饶有趣味地看着我，突然他笑了，笑得是那么开心，眼睛都眯成了一条缝儿。

接着他又似乎笑岔了气开始大声咳嗽起来，连直不起的腰都弯了过来，林小萌赶紧轻拍他的后背，替他顺气。

“你从小就教我要做力所能及的事情，怎么年纪大了自个儿却忘了，现在你的‘力’也就刚够你休息了，还笑，赶紧躺下休息是正经！”我在一旁继续“奚落”他，但心底里确实是希望他能赶快休息。

我老子喘稳了气后，果然很听话地躺了下去，不再说话，他的双眼紧紧地盯着天花板，似乎在思考，又似乎在犹豫。

我拍了拍林小萌，示意我跟她可以出去了。林小萌心领神会地点了点头对我老子说道：“爸，那您先休息，我们出去了，帮您去买些住院必备的东西。”

我老子似乎并未听见林小萌的话语，依旧静静地躺在那里，林小萌牵起我的手，安静地往门外走去。

就在我们要打开病房门的时候，只听身后传来我老子的声音：“你们等等，我还有件很重要的事情要告诉你们。”

55. 身世（三）

我和林小萌听得我老子如此说，只得又坐回了他的床沿。

“爸，有啥事儿赶明儿你再说吧，现在休息要紧！”林小萌一边给我老子掖被角一边说道。

“你们不用担心，我的身体我自己最清楚。”

我给我老子倒了杯水，让林小萌扶他起身喝水，转而对我老子说道：“要说就先喝杯水，润润喉咙，瞧你嘴唇干的。”

我老子三两口喝完水，叹了口气又重新躺下了身子，他双目微闭，脸色显现出病后从未有过的坚毅。我心说我家这老家伙玩的是哪一出啊，就他现在这表情搞得跟重庆渣滓洞里宁死不屈的革命前辈似的，他到底想要说什么？

我和林小萌静静地等了半晌，可我老子依然未说只字片语。我心说我这老子不会是睡着了吧？岁月不饶人啊，这点倒还可以理解。

林小萌估摸着跟我是一个想法，轻轻地唤了声：“爸。”

“放心，我没有睡着。”我老子听到林小萌的声音缓缓睁开双眼说道。

“睡着就睡着呗，又没人埋汰你，还解释个啥？年纪一大把，还挺要面子。”我笑着对我老子说道。

我老子嘴角微挑，露出一个疲惫的笑容。他看了我一眼，又看了眼林小萌，缓缓说道：“你们两个都长大了，我想，有些事儿还是告诉你们比较好。”

林小萌温顺地点了点头，静候我老子的发落。

我听我老子说得很是郑重，不禁心生疑惑，心说这样的桥段要搁国产影视作品里，这病人肯定是得自我忏悔年轻时所做的错事以求他人的宽恕；要搁欧美商业片里，这病人八成说不完最紧要的下半句就吹灯拔蜡嗝屁着凉，给观众留下无尽的悬念；要搁日本片里，没准这病人会自曝身份——瞒了你们许多年，其实我就是传说中的奥特曼……

我摇了摇头，结束了自个儿的奇思妙想，只听我老子说道："我给你们说说我年轻时候的事吧。"

他停顿了片刻，眼神里流露出了别样的光彩，表情也变得很是温柔，接着说道："萌萌，不知道你妈跟你说过没有，当年我认识她的时候，她还是来华的韩国留学生，就跟你现在这么大，正是风华正茂的时候，我一见就迷上了她……"

靠，这老不正经的家伙，竟然跟我和林小萌标榜起自个儿的风流艳史！我一听顿时不乐意了，插嘴打断他说道："你都有家有室的人了，还三心二意，男人要有责任感！就这点来说，我可谓是自学成才啊！"

我老子苦笑着看了我一眼，说道："林乱，我当时可还没成家呢。"

啥？我老子迷上林小萌她妈的时候竟然还没成家？我迟疑地问我老子道："按你这么说，那我妈当年在哪挥霍青春呢？怎么着也该是她先遇到你啊。你要先看上的是萌萌的妈，又怎么会娶了我妈？"

我老子听我如此说，脸色愈发苦闷了，我看着他的表情，心说难不成又是一出现代大陆版的罗密欧与朱丽叶，有情人无法终成眷属？敢情他跟我妈的感情都是假的啊？靠，那我更不能饶恕他了！

"林乱，其实……"我老子说到这儿似乎又犹豫了，"其实"了半天，都没说出个下文来。

"其实啥啊，你倒是说呀！"此时我已然有些急了，但内心里却突然生出个模模糊糊的念头，我也说不清这个念头究竟是什么，只是影影绰绰，它似乎近在眼前却又远在天边，但我能明显感到——我打心眼里恐惧这个念头……

我老子定定地看着我说道："其实，我当年娶的就是这个韩国留学生，也就是日后萌萌的妈……"

我老子的这句话于我宛如晴天霹雳，我顿时感到手脚冰凉，嘴唇情不自禁地颤抖，颤颤地说道：“你说什么？你娶的不是我妈吗？你是不是老糊涂了？还是生病病得失忆了？”

林小萌听到这话时，并未表现出如我一般的惊讶，她伸过手来紧紧地抓住了我。

“我没有老糊涂，更不是失忆……”

霎时，我明白了当年胡同里的小孩儿都骂我野种的原因，敢情我真他娘的是野种啊！真是一语惊醒梦中人，原来我一直被瞒了二十多年，这白日梦做得还真他娘长，我原以为我爸和林小萌她妈是搞破鞋，可事实却是完全相反，敢情我才是那搞破鞋留下的“后遗症”。怪不得我老子当年总是隔了好些天才回我妈这儿一次，搞破鞋自然是得偷偷摸摸啊！我还以为他夜不归宿是在外头寻花问柳，原来全他娘的不是这么一回事儿！哈哈，我实在蠢得太可笑了，真他娘的太可笑了！

我老子见我激动地立起了身子，双拳紧握，浑身颤抖，他又立刻说道：“林乱，你坐下，你先别激动，等我把话说完。”

“别激动？”我冷笑，接着我指着我老子大声骂道：“你当年怎么就不把我扼杀在套子里？生出来干吗？”

“哥！”林小萌起身安慰我道，“你先别急，等爸把话说完，也许爸的确有迫不得已的苦衷呢。”

“搞破鞋能有什么苦衷？难不成还有人拿刀架丫脖子上让他上的床？我他娘怎么就没碰过这种好事？”此时我已然是失去了理智，毕竟在我面前矗立了二十多年的“真相”如今轰然坍塌，换谁一下子都无法接受。

“林乱，你别误会！”我老子显然也有些急了，可他现在力气实在有限，只能稍稍提高了说话的声音。

“误会？你说我误会？”我双目血红地盯着我老子说道。

“你就是误会了……”我老子说着又大声咳嗽起来，林小萌赶紧地给他拍背顺气。好一会儿，我老子才缓过气来，他平静了片刻后，看着我说道：“林乱，我想现在该是告诉你的时候了，其实你并不是我林忠德的亲生儿子！”

56. 身世（四）

真是一波未平一波又起。

“你……你再说一遍……我不是你的亲生儿子？”我双目圆睁，紧紧地盯着我老子，此时我脑子里已然混乱得跟糨糊有一拼了，刚明白了自个儿“破鞋遗留症”的宿命，没想到转眼之间又不是这么一回事儿了，难不成我连“破鞋遗留症”都不如，竟然是垃圾箱里捡回来的？

我老子叹了口长气，忧心地看着我说道：“我原本打算是让你妈告诉你的，就是怕你这脾气太急躁，可你妈不肯说，只能由我告诉你了……”

我刚想继续追问这究竟是怎么回事，就看见刚还在给我老子顺气的林小萌此时的表情那叫一个凄苦，她全身僵硬，一言不发，只是呆若木鸡一般地坐在我老子床沿上。原本靓丽青春的脸庞上，笼上了一层深深的忧伤。

我自然明白林小萌现在的心情，正如她晚上曾对陆雯说过的——她和我之间如若不是有这么一层兄妹关系，那嫁给我的那个人一定是她……可万万没有料到我跟她竟然真的不是兄妹……但现在说什么都已然迟了……

林小萌失魂落魄地问我老子道：“爸，你说的可是真的？这究竟是怎么一回事儿？”

我老子自然也注意到了林小萌的异样，但他还以为是兄妹情分在作祟，倒也不是十分在意，拍了拍林小萌的手背就对我们说道：“林乱，你先静静，就你现在这状态我实在不好跟你多言，总之你是我林忠德的养子……”

此时我已不知是该喜该悲，这让我厌恶了十来年的老头子竟然只是我的养父……那他于我来说可谓是有着莫大的养育之恩，怪不得我老妈如此爱戴他，每次见了他就跟见了恩人似的，这可不就是“恩人”嘛！

但让我现在说一个“谢”字我却也万万说不出口，正准备一走了之，先找个清静地儿冷静冷静再说。

我这厢正准备夺门而出，可已然有人先我一步——但见林小萌一把拨开我，红着眼眶就冲出了病房。

我看了眼我“老子”，他正拿眼神示意我赶紧去追林小萌。我自然明白若任由现在心情激动的林小萌独自乱闯，那再要发生些什么我真是万死莫赎了，两相权衡，我自己这点儿身世问题顿时如土鸡瓦狗一般被我抛到了脑后。

于是我对我“老子”说道：“咱俩的问题还没完，不过谢谢你能告诉我真相！”

说完我就转身去追林小萌。刚跑出病房，我老妈就急急迎了上来，关切地问我道：“萌萌这是怎么啦？你爸都跟你们说了些什么？”

“妈，没什么，您甭操心。你先进去陪他吧，我去追萌萌。”我安慰我老妈道。

所幸老天爷这次还算是厚道，帮了我个小忙——把林小萌截在了电梯的门口。

我急匆匆地赶上前去，一把拉起蹲在地上的林小萌，令我诧异的是我原以为本该泪流满面的林小萌此时竟然一脸的漠然，只是眼角边隐然还有些泪痕。

“哥，我还能叫你哥吗……”林小萌仰起头看着我问道。

“你喜欢怎么叫就怎么叫，我永远都是你的‘哥’。”我安慰着身前的林小萌，想起自己的身世，也不由得感到世事无常，实在是太让人捉摸不透，根本不是我这一介凡夫俗子所能驾驭的。

“哥，我们出去走走吧……”林小萌轻声提议道。

我点了点头，是该出去走走，我们都需要好好地冷静冷静。

雪，下得愈发的大了，由于是圣诞节的原因，路上的行人倒也并不见少。林小萌载着我驱车在京城二环上兜了一圈又一圈，看得出她现在的心情很是混乱。

最后这小妮子竟然将我载回了家。期间胡胖子、陆雯都曾打电话过来询问我“老子”的病情，我只告诉他们别担心，情况还算稳定，就匆匆挂断了电话。

刚一进屋，林小萌就一言不发地拉着我来到了阳台上。还记得小时候我跟她总是在雪天玩得不亦乐乎，然后坐在她家或者我家的阳台上傻傻地看雪花，当时是那么的无忧无虑啊。

林小萌出神地望了会儿窗外漫天飞舞的雪花，突然梦呓般地说道：“这些雪花落下来，多么白，多么好看。过几天太阳出来，每一片雪花都

变得无影无踪。到得明年冬天，又有许许多多雪花，只不过已不是今年这些雪花罢了。”（向万能的金庸老先生致敬）

我听闻此话，倏然而惊，这小妮子真是越来越多愁善感了……

“哥，其实姨和我爸的关系，我早有怀疑……”林小萌转过头对我说道。

“可我却傻愣愣地根本没意识到。”我苦笑着回答林小萌，心说这就是传说中的“当局者迷，旁观者清”吧。

“可我万万没想到……哥……你竟然不是我爸的亲生……”林小萌说着将阳台上的窗户一下推开，夹杂着雪花的冷风顿时扑面而来，我赶紧解下外套想要披在这小妮子身上，她此时心情如此动荡，若再着凉，那是一定会生病的。

我将自己的外套披在林小萌的肩头，可我还没抽回手，这小妮子已然回过手来，覆盖在了我的手背上。她转过身，双瞳如点漆一般在黑夜中闪闪发亮，我再定睛一看，原来是蒙了一层泪花……

这小妮子娇呼一声扑进了我的怀里，头深深埋在我的胸口，这时她方才痛哭出声，抽抽噎噎地道：“为什么……哥……你说这是为什么……老天爷是不是在捉弄我啊……”

我无言以对，只能边抚着她的秀发边柔声说道：“萌萌，进屋去吧，当心着凉……”

我话还未曾说完，林小萌柔软的樱唇已然贴了上来，幽香扑鼻，我不由得感到一阵意乱情迷，但我可没被冷风吹昏了头，心底里尚明白此事万万不妥，毕竟我是有女友的人。

于是我轻柔但强硬地推开林小萌，说道：“萌萌，你累了，赶紧休息吧！”

林小萌此时的双眼里充满了无助，她嘴角微抖，鼻翼轻皱，看得我心酸不已，心里暗暗呐喊：萌萌啊，别怪哥，天意弄人啊。

“哥，你今晚能不能别走……”

第七章 她拿她爱赌明天

57. 烦

在我现在的印象里，那天晚上我和林小萌之间究竟发生了什么，已然变得模糊不清。我只记得我躺在不甚柔软的沙发上，听林小萌不停地说着小时候的事情。

2007年的圣诞节就这么过去了。

第二天，我“老子”病情的化验结果都出来了，所幸只是虚惊一场，他老家伙的身体无甚大碍，只是年纪大了身体各个零部件都有些老朽，需要做些定期的保养。

我老妈这几天给我打了好几个电话，我自然明白她一定是知道了我已知悉自己的身世，怕我自己一个人拧巴。其实她大可不必如此，我这个人天生乐天，很多事情睡一觉也就过去了，只不过这件事情需要多睡几觉罢了。

我没有把我和林小萌不是兄妹的消息告诉陆雯，这醋坛子要是知道这个消息，那还得了？怕是要三令五申将我禁足，不准我再见林小萌了。

这天晚上我约了胡胖子和邵飞二人，酒过三巡，我一点点将我的身世都抖落了出来。其实我倒也并非想从他俩那里寻求啥安慰，指望这俩人会安慰我，不如指望明儿的太阳打西边出来，我只是想找人说道说道，这事儿憋心里有些闷得慌。

也许是酒能压惊的缘故，这两人听我唠叨完，竟然并不如何吃惊。

邵飞放下酒杯，一个劲儿地摇头，喃喃说道：“真是没想到，敢情林叔叔只是你的养父啊，那他待你还真是不薄！”

“何止不薄？简直是深厚啊！我小时候见你不管如何顶撞他，他都很少跟你急，跟我老子动不动就用扫帚拿我当靶子使上一回少林盘龙棍相比，当真是不可同日而语，当时我对你那叫一羡慕啊，恨不得重新投个胎，转账到林大叔他老人家膝下。”胡胖子在一旁替邵飞补充道。

我听胡胖子如此说，回忆我“老子”的一言一行，现在自然就有了些眉目，我“老子”以往与我相处时的言行的确处处昭示了他“养父”的身份，只是当时我一来年幼，二来有些认定的事情不是那么容易被推翻的，导致我一直都未曾意识到这点。

“我看你也甭多费心了，你就继续姓‘林’吧，林大叔这个养父跟亲爹相比，就差了些心狠手辣，你还有啥不知足？”胡胖子继续在我耳旁叨叨。

“你以后准备怎么办？”邵飞关切地问我。

“什么怎么办？我还能怎么办？只能认命呗。”我将杯中酒一饮而尽无可奈何地说道。

“我是指你和林小萌。毛主席他老人家教导我们做人做事都不可三心二意，你不会抛了陆雯不管不顾吧。”

其实，我也一直在愁这个问题，我承认，要说我对林小萌没有感情，那纯是自欺欺人。但我对贼老天发誓我绝对没有想过要抛下陆雯，这种不负责的事情我是做不出来的。

于是我对这俩家伙说道：“你们当你大哥我是什么人？枉费了咱兄弟多年，我不是随便的人，这还要我重申多少遍？陆雯现在是我的女朋友，是你们的大嫂，俗话说，不以结婚为目的的谈恋爱都是耍流氓！我怎么可能抛弃了她？”

“我还不了解你，向来是说的比唱的还好听。还记得小时候咱俩一起犯错，哪次你不是狡辩得天花乱坠，把所有过错都推到了我头上？我现在算是明白我咋长那么敦实了，敢情是环境所需哇，我要不是有那么宽厚的肩膀，怎么替你背那么多的黑锅！”胡胖子在一旁继续对我冷嘲热讽。

“你小子真是命犯桃花，这么好的花姑娘，别人一辈子想碰一个都碰不到，你却一下子遇俩。你可千万不能对不起她们啊，不然十三万万兄弟姐妹肯定都不会放过你！”邵飞语重心长地对我说道。

我点了点头，邵飞这话在理，但做起来还真有些困难。就拿转眼即至的元旦来说，我如果陪陆雯过生日，显然就又要伤林小萌的心了。

“好了，你俩也甭装着一副‘儿女情长匹夫有责’的嘴脸，也不怕遭雷劈。多学学胖爷我，男人嘛，事业为重！”胡胖子很是自得地说道。

“你是不得不以事业为重。”我被胡胖子奚落了一晚，终于等到了打击报复他的机会。

我们三人今儿个晚上都比较节制，也没多喝，又侃了半天的大山就各自滚回了自己的狗窝。

临走的时候我对邵飞千叮万嘱，千万别把这事告诉刘晶莹，要不然刘晶莹铁定会告诉陆雯，到时候可就没我好日子过了，这故意隐瞒事实真相的罪行按“陆雯律”可是要“腰斩”的，陆雯这丫头的破坏力有多大，我想就用不着我多废话了。

三天后的元旦，我将自己好好拾掇了一番，站在穿衣镜前看着穿得颇为正式的自己不禁感觉有些不伦不类，陆雯昨晚来电话告诉我，说是晚饭要和她家人一起吃，这实在是让我有些措手不及，这丫头怎么突然急着让我见父母了？

我至今仍没敢把我去不了演唱会的消息告诉林小萌，心说只能走一步算一步了，希望到时候这小妮子别注意到我的缺场，虽然我明知这不太可能。

万一瞒不住，我已做好了对她撒一个善意的谎言的准备，这样做虽说有些不厚道，但我只能宽慰自己——believe（相信）中间不是还有个lie（撒谎）么，这说明信任也是建立在谎言的基础上的。

林小萌自从那天一别后也一直没有联系过我，估摸着正为自己的演唱会忙得不亦乐乎。

我收拾完正准备出门，潜意识里突然觉得还差了些什么东西，但费尽心思检查了一遍自个儿——钥匙、钱包、手机样样都没离身，按说应该不差东西了啊。可就在我跨出家门的一刹那，我想起来究竟是差了什么，顿时大汗淋漓，敢情这几天我有些昏了头，竟然忘了给陆雯准备生日礼物！

58. 生日礼物

我低头看了眼手表，指针和分针相夹着一个完美的90度——现在是自制京城时间9点整，离跟陆雯相约的时间还差不到一个小时的时间。要在这段时间里给陆雯准备一份体面的礼物，无疑这比让我林某人七步成诗还难上不少。

对于陆雯，我还是比较了解的，礼物是轻是重我想这丫头是不会太在乎的，但礼物有没有那肯定是大大地在乎的，我这要是空手而去，按“陆雯律”我还不如打个车直奔八宝山，挖个坑把自个儿埋了，也省得给首都医护工作者添乱了。

我现在恨不得把手表上的指针往回拨那么儿圈，或者像那恐龙特急克塞号中头戴保暖头盔，被人当炮弹使的主儿大喊一声：“时间静止！”

可现实毕竟是现实，丫总是那么的残酷，我现在只能硬着头皮去见更为残酷的陆雯，说不得到时候又得靠我的三寸不烂之舌想方设法蒙混过关了。

按照事先的安排，我得先去陆雯的学校接陆雯，然后两人甜蜜地逛个街，最后回陆雯家赴个家宴。

为了出行的自由方便，昨个儿我就事先向胡胖子借他那辆北京吉普，但这家伙硬说我跟他这车不搭调，恁是给我寻了辆白色的“别摸我”，嘿嘿乐着说你小子开这车那就是名副其实的“白马王子”啊。

我心说这年头“白马王子”有屁用，“白摸王子”才是王道啊。当然，说归说，车还是要开的。

我开着“别摸我”来到陆雯的学校门口，本想着总得等这丫头一会儿，但未料到平日总要迟到那么片刻的陆雯今个儿到得格外地早，都不用我朝她鸣笛示意，她已然施展着轻功向我的方向奔来。

陆雯今天披了件纯白的兔毛短款小袄，里头穿着长袖T恤，下身则着冬日流行的蓬蓬裙以及黑色的打底裤，她这身行头典型的要风度不要温度，不过靓丽程度的确不是乱盖，我身旁几辆车中的色狼纷纷向我投来艳羡的目光。

我打开车门，把陆雯迎了进来，然后握住她的手说道：“穿那么点儿也不怕着凉，你看你手都凉成啥样了！”

“这不等你来温暖嘛。”陆雯笑呵呵地对我说道，的确是光彩照人。

我看陆雯今个儿似乎兴致很高的样子，自然不想立刻告诉她我没准备生日礼物这个扫兴的消息，顺便拖延一下我自个儿在这人世苟延残喘的时间。

可越是怕什么吧，就越来什么！陆雯一脸诡笑地向我摊开她白如凝脂的手掌说道："快拿来！"

"真正的勇士，敢于直面惨淡的人生！"我将鲁老先生的至理名言在心中默念了一遍，顿时勇气倍增，就跟吃了大力丸似的，突然计上心来，装傻问陆雯道："拿来？拿什么来？你林哥哥我还有啥没给你的？难不成你想……"我顿了顿，邪邪一笑继续说道："白昼宣淫可不是我的作风啊，我不是随便的人！"

"还装！快拿来，你究竟给我准备了什么礼物？"陆雯拽着我胳膊左右摇晃，撒娇地说道。

一个气质型的大美女跟你撒娇是什么感觉？我可以坦白地说是酥到骨子里的感觉。但我这大尾巴狼可还得继续装下去，于是作恍然大明白状对陆雯说道："原来你说的是生日礼物啊。"

陆雯狠狠点了点头，双眼中流露出期盼的神色，笑吟吟地说道："你到底准备了什么？快拿出来嘛！"

"我准备了一个惊喜！"我一本正经地说道，肚子里却暗自偷笑，我这说的可是大实话啊，我给陆雯准备的的确是一份惊喜——一份没有生日礼物的惊喜，换言之，这"惊喜"的心情就是我的礼物。

"那，是什么惊喜？"陆雯继续纠缠我，双臂勾着我的颈项，整个人都快腻在了我身上。

"一份大大的惊喜！"我煞有介事地正视着陆雯说道，既然我想瞒天过海，那这烟雾弹务必是要使足的。

"那快拿出来！"陆雯迫不及待地说道，脸上的表情就跟年少的孩童向父母索要礼物一般。

"在给你这份礼物前，我得先问几个问题。"我把着方向盘坏笑着说道。

"快说快说！"

"你现在是否感到心情悸动？你现在是否觉得迫不及待？你现在是否充满了无限的渴望？昨晚你是否辗转反侧彻夜难眠？"我将问题逐一对陆雯进行讯问，每问一句，陆雯就乖巧地点了点头。

最后我一拍巴掌，笑说道："着啊！这就是林哥哥我给你准备的生日礼物——一份混杂着期盼、向往以及惊喜的心情！"

我怕陆雯一下子理解不了，就继续解释道："我准备的礼物再好，也肯定不比你想象中的那般完美，我可不想看到你看见生日礼物后流露出失落的表情，所谓无招胜有招，无声胜有声，我迫不得已只能出此下策，送你一份缥缥缈缈新鲜热辣的心情，祝我家雯儿天天能有好心情！"说完我不禁也为自己的急智感到自得，娘的，没想到我如此能忽悠，这要跑到中央电视台去，那些个名嘴铁定都得下岗哇。

陆雯听我说完先是一怔，随即明白了我的"良苦用心"，掩嘴笑道："没准备就没准备，还整了那么一大套歪理！也真是难为你了。"

"这怎么能算没准备呢？按你这么说那些练到'无招胜有招'的高手岂不是都等同于全无武功的废人了？你林哥哥我这叫境界，你的明白？"说完我长叹一口气，故作寂寥状骚骚地感叹道："唉，这做人和练武一样，上了一定境界再要下来可就不容易啰。"

陆雯扑哧一乐，伸出葱管般的纤指点了我一下，笑骂道："就你歪理多！"

靠，要不是仗着歪理多，我现在铁定已经上八宝山给自己挖坑去了，哪还敢来赴约啊？！

生日礼物的风波能如此消于无形，也算是功德圆满。我陪着陆雯又好好在京城几个挥金如土的商厦里腐败了一把，也算对她进行了一些小小的补偿。

只不过我想起林小萌晚上的生日个唱就觉得心里似乎堵了什么，给这小妮子打电话想先祝她生日快乐，可没想到她的手机竟然关了机。

将近黄昏的时候，京城冬日的夕阳已然被鳞次栉比的摩天高楼挡得没了影，我驾车带着陆雯回了她家，陆雯家离我家其实不太远，重游我被西瓜砸顶的故地，此时已是别样一番心情。

见对方父母这种事情，是个人都会感到些紧张，哪怕淡定如我者也不例外。此时我双手拎着时常在广告里露面的那些孝敬老人家的补品，有些惴惴地跟陆雯站在她家的门口，等待着她父母的检阅。

59. 陆父

陆父是一个颇为瘦削的中年男子，梳着一个普通的西装头，眉毛有些下耷，双目倒是炯炯有神，只不过两相一凑合眉宇间就显得有些苦大仇深。他看见我顿时堆出个笑容，一边请我落座一边问我道："你就是小林吧？"

"叔叔好，我就是林乱，独木成林的林，添堵添乱的乱。"我对陆父自我介绍道。

要说我这个自我介绍，原本可不是这样的，我老妈教我写自己名字的时候也一并教给我——你这是森林的林，纷乱的乱。但到了上小学的时候，由于我过分活泼的性格经常得以充分的发挥，我班主任就找来我老妈，说你家两口子给你儿子取什么名字不好，偏取个林乱——独木成林的林，添堵添乱的乱，这不说明他是个调皮起来能以一当十的主儿么，往小了说这是给班级学校教育工作的开展带来不便，往大了说你这分明就是给首都人民群众找不痛快啊！

自那次之后，我的自我介绍就摇身一变成了现在这般模样。

陆父点了点头，转头对陆雯说道："小雯，快去给林乱倒杯水。你说你这孩子怎么那么不懂事。"

陆雯横了他爸一眼，说道："他不渴，倒什么水？"

我心说陆雯对她老子还真是横啊，果然是谁拳头硬谁就是老大。陆父这做爸爸的当年也不知咋想的，女孩子要陶冶情操可以学个琴跳个舞，非别出心裁地让她去练武，这不是跟自己过不去吗？于是我对陆父说道："叔叔，我不渴，您甭跟我客气。"

"好好，我不跟你客气，都是一家人的确也用不着客气。"陆父说着就自个儿先乐了起来。

我一听这话，当时那个汗啊，就如滔滔江水一般。

"爸，你又胡说什么呢？"陆雯露出些娇羞的小儿女姿态，对她爸微嗔道。

"怎么，我还说错了？男大当婚女大当嫁！要搁早些时候，你这年龄已然是当妈的人了！"陆父继续说笑道。

吓，这陆雯的父亲还真是够开放啊，一点儿都不保守，对于这个年纪的人来说还真是难得。不过我跟陆雯的事情的确还没到谈婚论嫁的地步，于是我对陆父解释道："叔叔，结婚这种事情儿戏不得，你也希望你的女儿能有个好归宿吧，我和陆雯还需进一步相处！"

陆父点头对我说道：“没错没错，你和雯儿的确还需要多了解，不过可别让我这个老头子等太久，我还想抱孙子呢！”

连抱孙子都整出来了，我算是对陆父彻底五体投地了。

陆雯此时自顾自去准备晚饭，我跟陆父则继续闲扯，方才刚进屋时的那份忐忑已然烟消云散，我又恢复了我谈笑风生的本性。

男人嘛，除了聊感情就是聊事业。陆父对我自主创业的做法大加赞赏，说这也是他年轻时的梦想，可惜当时他未能实现。他一聊起我的事业似乎兴致颇高，给我提供了很多的经验意见，倒是让我受益匪浅。

我又跟他打听了一下林小萌在公司里的情况，陆父说他是管公司财务一块儿的，所以对林小萌的情况也不是非常清楚。

聊了半晌，我跟陆父告了个罪，就跑到厨房去慰问一下与我亲密无间正奋斗在第一线的革命战友——陆雯同志。

说实话，跟陆雯交往至今，我还未曾尝过她的手艺，从她的背后看着她娴熟地切菜、翻炒，不禁让我生出一丝温馨的感觉。

我慢慢贴近她，伸臂搂住了她只堪一握的小蛮腰，在她耳边打趣道：“没想到我家雯儿还真是上得厅堂下得厨房啊。”

陆雯显然早已知道我就在她背后，也是，凭她的功夫就是背后有只苍蝇都能感觉出来，何况我这个比苍蝇大好几倍的主儿。她用那没握菜刀的手拍了我手背一下，微嗔道：“我爸就在外头呢，你给我老实点！”

“你爸不是想抱孙子么，我要老实了那他老人家就该失望了。”

“少贫嘴，你要真闲得慌，就来给我打个下手。”陆雯一边说着一边对一根茄子施展她的玉女素心剑法，刀光飞舞之下，茄子已然被片了个齐整。

“对了，一直想问你来着，怎么只见到你爸啊，你妈呢？”其实我在来之前就曾在脑海中勾勒过陆母的形象，能生出陆雯这样一个大美人来，那陆母一定也不是凡品啊。

陆雯听我这么一问，不禁浑身轻抖了一下，手中刚刚提起的菜刀也停在了半空中，不再落下。

我看陆雯这反应就知其中肯定有什么隐情，陆雯一直没跟我提起过，估摸着也是她不愿提及。

好半晌，陆雯才轻声对我说道："乱，你别问好吗，总之，我妈早已不在我的身边了。"

我陡然感到手背上似乎有水珠落下，敢情这丫头竟然哭了，在我的印象里，我还真没怎么见过陆雯落泪，赶忙紧紧地搂住了她，在她的秀发上轻轻一吻，算是安慰。

晚上吃饭的时候，陆父殷勤地拿出了他珍藏的好酒，说是要和我一醉方休。我跟陆父觥筹交错之际，陆雯则一直默默地坐在一边，看着依然有些伤心。陆父似乎早已习惯了如此模样的陆雯，也不见怪，只是继续和我推杯换盏。

席间我接到胡胖子的电话，只听他在电话那头吼："你小子跑哪去了？萌萌的生日个唱就快开始了！你咋还不来！"

我将我现在也是分身乏术的窘境告知了胡胖子，他一听又说道："陆雯也是今天的生日？他娘的怎么会那么巧？那萌萌这儿你就不过来了？"

"你帮我跟萌萌解释一下，就说我身有要事，可能要晚些过来！"

"你丫动动脑子好不好，你跟陆雯同时不出现，萌萌怎么可能猜不到你在干什么！你让我怎么解释？"胡胖子没好气地说。

"我现在正陪陆雯她爸吃饭呢，没时间跟你多说，总之你帮我想个辙遮掩一下，我尽量赶过来！"

"你丫快点儿吧，萌萌刚还问我你来了没有呢！这小妮子似乎还特意为你准备了一首歌！"胡胖子的语气里微微透着些羡慕的味道。

"好了，我知道了！"

"你小子赶紧的吧，挂了啊。"

60. 无奈

跟胡胖子挂了电话，我又回到饭桌上。

林小萌那弥漫着忧伤的双眼不时浮现在我的脑海里，不由得让我感到一阵愧疚与自责。我不停地将桌上的美味佳肴像流水一样塞进自个儿的嘴里，力图撑死我这个没心没肺的家伙。

陆雯看着接完电话后就变得有些异样的我，柔声问道："乱，你怎么了？吃慢点，当心噎着。”

“你做的饭菜太可口了，让我欲罢不能啊！”我俩腮帮子里塞满了饭菜，张嘴含混地说道。

“没错，没错，小雯在厨艺上的确有一手，只可惜我没那么好的口福，她可不常给我准备那么丰盛的晚饭。”陆父也在一旁插嘴说道，说完又自顾自干了一杯酒，嘴里发出“嘶嘶”的声响。

陆雯没有搭理她老爸，继续对我说道：“要真是好吃，你就多吃点，我还担心你肚子里别塞满了心事，那就该食不下咽了。”

我停箸看着陆雯，心说敢情这丫头什么都明白啊，于是无奈地摇了摇头，对陆雯说道：“我也不瞒你，刚是胡胖子打来的电话，催我去林小萌的演唱会呢。”

陆父自然是感觉到了我和陆雯关系的骤然紧张，也知此时不适合自己插话，自斟自饮把自己当成了一个局外人。

“那你准备怎么办？究竟是去还是不去？”陆雯伸手抢过她父亲的酒瓶，说着就给自己倒了满满一杯酒。

我无奈地苦笑了一下，放下手中的筷子。对陆雯说道：“咱别说这个了成吗，总之我今天是陪你过生日，这是我早答应过你的，我肯定做到。”说完我拿起桌上的酒杯，伸到陆雯的面前，笑着说道：“来，我敬你一杯，祝我家雯儿生日快乐！”

陆雯深深地看了我一眼，不禁看得我心里有些发毛，她一仰头将杯中的烈酒一饮而尽，然后将酒杯重重地敲在桌上，顿时发出玻璃与玻璃相撞时清脆的声响。接着，她一扭头就奔进了自己的房间，屋门发出很不友善的撞击声。

我尴尬地抽回依然伸在空中举着酒杯的手，下意识朝陆父瞧了一眼。陆父也正看着我，他似是安慰我一般说道：“小雯的脾气原本是很好的，可自从她妈妈走了之后，就彻底变了样子，小林啊，你可别放在心上。”

我赶忙点头，说刚才都是我不好，惹得陆雯又生了气，我怎么可能跟她计较。

陆父点了点头，说道：“就让她一个人静一静吧，过一会儿就会好了，来来，咱俩继续喝酒。”

此时我早已无心喝酒，以还要开车为由跟陆父告了个罪，拿起筷子继续执行“撑死自个儿”这一艰巨但不太光荣的任务。

在我伙同陆父一块儿无聊地扼杀时间的过程中，邵飞、胡胖子又轮番对我进行短信轰炸，一个催我赶紧出现，一个追问你到底还来不来。林小萌的演唱会此时早已开始了，其实在我的内心深处，我是多么希望能赶到演唱会的现场，看着我疼爱的林小萌裙舞飞扬，听着她甜润的歌喉，在青色的夜空悠扬回荡。

这么说也许有些对不起陆雯，但这的确是我最真实的想法。毕竟我最不希望看到的，是林小萌那因失望而受伤的眼神。

陆雯将自个儿在房间里闷了将近两个小时，快到八点半的时候，她方才从自己的房间中推门走了出来。我仔细看了眼陆雯洁白晶莹的脸庞，上面并没我想象中的泪痕，不知是否已被她擦拭隐去。她看着一脸惊讶的我面无表情地说道：“走，跟我去个地方。”

“去哪？”我好奇地问道。

“跟我走就是了，难不成还怕我把你卖了？”陆雯不由分说牵起我的手就往屋外走去，也不跟她爸打声招呼。

我回头跟陆父说道：“叔叔，那我跟陆雯出去了啊，改天再来拜访您！”

陆父那一声“路上注意安全”的叮嘱被急急关上的房门无情地闷在了屋里。

我发动了汽车，又转过头对坐在副驾驶的陆雯问道：“雯儿，咱们究竟是去哪？”

“去一个你想去的地方！”陆雯双目炯炯地盯着我，续道：“你问问你自己，究竟是想去哪？”

我的瞳孔一阵收缩，愧疚地对陆雯说道：“雯儿，你不必如此……”

“我怎么了？满足你的心愿还不好吗？”陆雯的语调依然平淡，只是我却从中体会到了几许的凄苦。“别婆婆妈妈的，快开车吧，去晚了演唱会就该结束了，到时候你后悔都来不及。”

我心说我再要犹豫，难免会被陆雯瞧不起，再说我也的确是想去演唱会的现场。于是不再言语，拧了钥匙，将白色的“别摸我”发动了起来。

我们一路直奔林小萌的个唱所在地——工人体育场。不一会儿来到工人体育场外，体育场里鼎沸的人声遥遥传来，看来里头很是热闹。

未曾想体育场外也是不遑多让，一块大号的液晶屏幕架设在体育场的入口处，上面正直播着体育场内的一切，液晶屏幕下方站满了热情洋溢的少男少女，看来这是主办方为那些没买到入场券的粉丝特意准备的。

液晶屏幕上，林小萌穿着一身洁白的裙装正抱膝埋头坐在舞台特意搭制的多级阶梯上，两束高悬的追光灯分别从左右照射着她，顿时使她在一片黑暗中绽放出耀眼的光芒。

正当我目不转睛地盯着液晶屏幕，我的手机又不合时宜地响了起来。接起一听，仍然是胡胖子打来的，他语气焦急地说道：“你真不来了是吧？我看你也甭来了，这都要唱最后一首了，这首可是萌萌特意为你谱写的！你胖爷我讲义气，浪费些电话费，你就通过手机过个干瘾吧！”

我正想告诉胡胖子我就在体育场外头，可这家伙已然自说自话地将手机搁置在一旁充当起了收音机。

我听着手机里传来观众的一阵惊呼，赶紧抬头再看那液晶屏，此时摄像机的镜头正定格在林小萌缓缓仰起的脸庞上，她朝着观众微微一笑，晶莹的双目中溢满了莺飞草长的忧伤。

61. 不管你的爱有没有明天

林小萌慢慢站起身，裙摆轻扬，抖落了一地的星辉。

她拿起麦克风对着人山人海的粉丝说道：“非常感谢大家能来我的生日个唱，也非常感谢大家一直以来对我的支持！这将是我今晚演唱的最后一首歌曲，这也是我自己创作的一首歌曲，歌名叫作《不管你的爱有没有明天》，我想将这首歌献给一个一直守护在我身边的人，虽然他今天并没有来到现场，但我相信，此时他一定正挂念着这个演唱会，挂念着我。”

林小萌说到这里，场内场外的观众已然开始沸腾起来，纷纷猜测林小萌口中的“他”究竟是何方神圣。

陆雯转头看了我一眼，牵着我的手捏得愈发地紧了，她长长的指甲深深地掐进我手背上微微隆起的筋肉里，不过此时我已感觉不到太多的疼痛。

“我想如果他能听到这首歌，我希望他能明白我的心意。”林小萌说完放下麦克风，静静地立在舞台的中央，舞台上的灯光逐渐暗淡下去，变得更加的柔和，音乐点点滴滴地向四周弥漫出来。

我一听到这婉转抒情的前奏，立刻就想到了林小萌曾在韩国哼唱过的那曲歌谣，当时她说她还没有填词，看来现在的这首《不管你的爱有没有明天》就是她的完成之作。

一连串柔美的滑音过后，林小萌甜润的歌喉悄然响起，原本喧闹的演唱会现场霎时万籁俱寂。在这样安静的氛围中，衬着冬日月光的凄清与寒凉，林小萌的歌声宛如天籁，从远方飘来，回荡在每个人的心间，漾出温柔的涟漪——

萧索的秋风
卷起似水的童年
牵着你的手
感到莫名的安然
多想对你诉说
那永不褪色的依恋——
当你的掌心
氤氲起她的温暖
昔日的流年
有我刻骨的思念
多想对你倾吐
这命中注定的无奈——
回忆化作无忧的笑靥
儿时的梦境
风轻云淡——
泪水连成无尽的思念
凋零的心愿
沧海桑田——

在林小萌演唱第一节的时候，背景音里透出两个少年银铃般的欢声笑语，男孩仿佛正迎着春日的和风踩着脚踏车，女孩就坐在脚踏车的后座上，她天真的欢笑与脚踏车的铃声相和，组成了一首属于童年的歌谣。

我的眼前顿时呈现出这个男孩与女孩无忧的童年，从最初的反目到之后彼此的互相照顾，上下学的脚踏车、一分为二的棒棒糖、为她打架而千疮百孔的“战袍”都是这些儿时画面中不可或缺的组成部分。

当第二节歌声响起时，我下意识想看一眼我的掌心，但我做不到，因为我的掌心此刻正如歌中所唱“氤氲着陆雯的温暖”。

未曾想我低头下觑的目光却与陆雯的目光不期而遇，她的眼神中似有暗影浮动。

在一段歌曲的反复之后，整首歌曲的旋律渐渐拔高，高潮部分呼之欲出。一般的流行歌曲每每一到高潮，五花八门的装饰音就会层出不穷，以掩盖歌曲本身的苍白。但林小萌的这首曲子则完全不同，高潮部分的旋律依然是那么的纯净，纤尘不染，将她创作这首歌曲时的心情还原得淋漓尽致——

将对你的思念静静掩埋
花开如梭
默默绽放
至死不渝的爱恋——
不管你的爱有没有明天
我会坚信
那些誓言
终将在人世流连——

高潮过后，音乐渐渐止息，这时背景音里传来一个女孩娇柔的声音，只听她满怀期待地说道：“我们俩一辈子都在一块儿好吗……”

一个男中音沉稳地回答道：“好……”

我乍听之下，立刻分辨出这一问一答分明就是我和林小萌的声音，思绪又回到了那个圣诞节的夜晚，不知这小妮子用了什么方法竟然将当时的一问一答录制了下来，还放到了歌曲里，以此作为整首歌的结尾。

陆雯自然也听出了我和林小萌的声音，小脸顿时气得煞白。我刚想跟陆雯解释，以免她断章取义产生误会，就看见摄像机的镜头再次定格在林小萌靓丽的脸庞上，她的双目中已然噙满了泪水，一滴泪珠顺着她的脸颊滑落到她尖尖的下巴上，不由得让我感到一阵心酸。

“你们还真是兄妹情深啊。”陆雯鼻腔里哼哼没好气地对我说道。

“雯儿，不是你想的那样的。”我正苦于不知该如何措辞与陆雯解释，就看见镜头中林小萌脚下突然一个踉跄，摔倒在了舞台上。

台上台下原本被歌曲打动而沉浸在一片温情之中的粉丝顿时爆发出关心的呼喊。此情此景让我自然而然产生一种冲进场内抱她起身的冲动，但陆雯死死地拽着我，我只能眼睁睁地看着液晶屏幕上无助的林小萌。

最终许久不见的欧阳胜天走上台来，搀着林小萌步入了后台。

我不知为何，突然感到一阵意兴阑珊，对依然气鼓鼓的陆雯说道：“雯儿，走吧，我送你回家。”

陆雯也不言语，径直朝着停车场的方向走去。

一路上我跟陆雯之间的气氛多少有些尴尬，无论我如何解释，陆雯一直对我不理不睬，看来她的确很是生气。

将她送回家后，我拨通了林小萌的手机，手机里依然传来客服小姐无论冬暖夏凉都从不改变的声音——您拨叫的用户已关机。

这小妮子怎么还关机？究竟是出了什么事情？我原本打算第二天直接去她家里看她，未曾想自从那夜之后，林小萌竟然突然失踪了……

第八章 三个愿望情难了

62. 失踪

林小萌的失踪不禁让我担心不已，这小妮子虽然小时候自由散漫了一些，但也不至于都那么大了还玩离家出走啊，她究竟出了什么事情？我拨打她的手机则一直都处于关机的状态。

我问遍了胡胖子、邵飞等她可能联系过的家伙，回答则都是清一色的“不知道啊，萌萌失踪了？怎么可能呢！”

胡胖子还很乌鸦嘴地说了一句“不会是被人绑架了吧……”，被我直接骂了个含恨而死。不过骂归骂，我心里的确隐隐担心。

就在萌萌失踪的第二天，我找到了她的公司，心说也许欧阳胜天会了解一些我不知道的情况。

我刚跟公司的前台通报了姓名，还没等前台通报，欧阳胜天就突然从不知哪个犄角旮旯冒了出来，看见我就跟落水的蚂蚱看见救命稻草一般死死地拽着我说道：“乱哥，我正要找你呢！走，咱们上去说。”

我跟着欧阳胜天步入了电梯，迫不及待地问欧阳胜天道：“欧阳，萌萌……”

欧阳胜天一把抓住我，扫了眼电梯内的其他人，给我递了个噤声的眼神。我看着欧阳的这个表情，心里不由得一惊，难道萌萌又出事了？！

来到欧阳胜天的办公室，刚进屋，欧阳胜天劈头就问了一句：“乱哥，萌萌怎么会失踪的？她失踪之前有跟你说过什么吗？”

我听欧阳胜天有此一问，顿时明白敢情他也不知道林小萌究竟是出了什么事情。于是我对他说道：“我也不知道啊！这不才来找你，想看看你这儿有什么消息。”

欧阳胜天坐在办公桌前，手里握着一支英雄牌的钢笔，不停敲打着木质的桌面，他摇了摇头说道：“我也不清楚究竟是出了什么情况，自从那天演唱会结束我把林小萌送回家后，我就和她失去了联系！不过我已经封锁了这个消息，公司里也鲜有人知，所以我刚在电梯里才阻止你说出来。”

我点了点头说道：“萌萌走得很突然，我们家里人都对此毫不知情。”

“乱哥，你先别着急，关心则乱，林小萌那么大的人了，也会照顾自己，你别老是把她当成那个没长大的小姑娘。也许她只是一个人外出散心了……”

我心说关心则“乱”这个词语还真是适合我，不过林小萌失踪我能不着急吗？我对欧阳胜天说道：“你说的情况我也考虑过，要不是考虑到可能是这种虚惊一场的情况，我早就报警了……”

欧阳胜天赶忙打断我说道：“乱哥，事情还没啥眉目之前，你可千万不能报警啊！”

“这也是为了萌萌着想？”我反问欧阳胜天道，语气里已透出些不满。

欧阳胜天无奈地点点头说道：“乱哥，你也知道，我们这行里有些事情是绝对不能对外公布的，假如……我是说假如啊，林小萌这次是真出了些什么事情，你这一报警，那林小萌可就彻底毁了。这可不同于一般的绯闻啊。”

“可相比之下，肯定是萌萌的安全重要啊！算了，你得考虑公司的利益，我不勉强你，但是如果三天后林小萌依然没消息，我只能选择报警！”

欧阳胜天听我如此说，一副为难的表情，但见我虎着脸他也不敢再多嘴。

正当我和欧阳胜天僵持不下，彼此有些尴尬的时候，欧阳胜天办公室的门被推了开来。我心说他这公司里竟然有如此不懂礼数的主儿，连敲个门都不会，怕是个实习生吧。

扭头一看，竟然是个中年人，涂满了发胶的头发泛着油光，一张国字脸上双目熠熠，再配上鹰钩鼻，削薄的嘴唇，按相术上的说法——这是一副典型的薄唇黑瞳鼻翼削尖的伪君子相，此等人不动手则已，一旦动手就是生死之地。

欧阳胜天见了此人赶忙站起身来叫道：“爸，您怎么来了？”

哈，我说这是哪个呢，敢情是欧阳胜天的父亲，林小萌公司的大Boss，我“老子”口中人品有些问题的家伙。

我直起身，礼节性地伸出手去，问好道：“欧阳老先生您好，我是林小萌的哥哥，林乱。”

老欧阳边伸手跟我相握，边打哈哈道：“老先生？我很老吗？”

我微微一笑说道：“从您的外表来说您的确不老，上了这个年纪身子骨还如此健硕连个啤酒肚都没有，可以说是极为难得，可惜我和欧阳小兄都太年轻，您在我们面前怎么着也当得起这个‘老’字了吧？”

老欧阳听我说完，眼神灼灼地看了我一眼，大笑道：“不愧是林忠德的儿子，真是能说会道。”

我心说我明明跟我“老子”扯不上半点血缘关系，不过他爱怎么说就怎么说吧，尊老爱幼向来是我辈的美德嘛。

老欧阳请我落座后，跟我说道：“你爸，我跟他也是老相识了，不过你爸他对我有些成见，导致我多次想跟他合作都没成功。”

他说到这儿顿了顿，接过欧阳胜天递过来的茶水喝了一口继续道：“正好，咱俩这一老一小倒是可以多亲近亲近，说不定我跟你倒是投缘呢。”

投缘？我跟你能投什么缘，就冲你头上那有如抹了蜂蜜一般的发胶我就得敬而远之，要搞断背也不能找您这样的啊，您这身子骨八成都骨质疏松了吧。

我一边腹诽着，一边回应道：“欧阳伯父……我能叫您伯父吧，能跟您多亲近自然是晚辈的荣幸，不过我今天来主要是为了萌萌而来，萌萌这一失踪我对别的事都提不起精神来了。”

老欧阳点了点头，说道：“Sally的事你也不用太担心，我们已派出得力的人员开始负责找寻了，我估计她只是工作压力太大，或者感情不顺……自己出去散散心。”

我听到老欧阳口中“感情不顺”这词儿，顿时感到一阵心虚，接口道：“如果真如您所说，她只是出去散散心，那我可就放心了。”

又跟老欧阳寒暄了几句后，我见左右无事，于是起身与他们父子告别。

老欧阳指示他儿子道：“胜天，代我送送林乱。”

下了楼，欧阳胜天对我说道：“乱哥，林小萌那如果有了消息我会第一时间告诉你的，你也别太担心了。”

我感激地看了欧阳胜天一眼。

63. “第三者”

时钟的沙漏悄然无声地坠落了三天的沙量，眼瞅着林小萌已然失踪了四天的光景，我心里那个担忧啊，与日俱增，好几次已拿起电话，差点就按下了那三个简单的数字——110。但顾忌林小萌的身份，心里头就跟自个儿念叨：再等等，说不准今个儿晚上她就回来了呢。

陆雯这些天都只跟我保持着短信的来往，我去她学校门口接她她也是避而不见，看来依然是余怒未消。

我本已被林小萌的失踪整得头昏脑热，原本哄女孩的那套手段自然也大打折扣，面对陆雯的赌气只能悻然长叹。

这天晚上，正当我的忍耐已到达极限，眼看就要破脑而出的时候，手机上林小萌闪烁跳动的头像恰是时候地安抚了我。

我迅捷地按下了接听键，迫不及待地对话筒喊道：“喂，是萌萌吗？”我的声音由于过分激动自然而然地显得有些颤抖。

“哥。”电话那头传来我日盼夜盼的声音。

林小萌不知道，她的这声“哥”于我来说，比西方极乐世界的伽陵鸟齐鸣来得更动人心魄。

“你这小妮子，这几天你都到哪去了？怎么说走就走连个招呼都不打，你知道我们大家有多担心你？你现在在哪？”我等不及林小萌的回答，一个个问题就如连珠炮般射了出去。

“哥，我只是出去散散心，不用担心的。”林小萌的语气里透出一种前所未有的冷漠，这是往昔与她说话时从未有过的感觉，不禁让我感到浑身不自在。

“你现在在哪？我要马上见到你！”我继续追问这小妮子。

“我在家呢，哥，已经很晚了，你不用过来了，我真的没事，放心好了。”林小萌的语气依然淡若止水，这令我更想立刻见到她，一探她在这失踪的几天中究竟出了什么事情。

“不用多说了，你在家乖乖等着我，我马上就到！”我以命令的口吻对林小萌说道。

跟林小萌挂了电话，我急急地就向外赶。到了楼下，一拍大腿想起那辆白色“别摸我”已然还了胡胖子，我现在又变成了“无车一族”，顿时懊恼当时咋就不听胡胖子的谗言买辆车呢，果然是车到用时方恨少啊。迫不得已跑到大马路上，顶着京城冬日夜晚凛冽如刀的寒风拦下了一辆出租车。

我心急火燎地赶到林小萌家，一路上催得那个出租车司机恨不得一头撞在电线杆子上，就算搭上自己一条命也要撞死我这个比唐僧还啰唆的祸害。

出租车停在林小萌家所在的小区门口。我下了车，随手抽出一张足够付车钱的人民币塞给司机，也等不及他找零就往小区里撒丫子跑去，多余的零钱就当是给这师傅的精神损失费好了。

当我上气不接下气地赶到林小萌家楼下时，眼前的一幕将我惊得目瞪口呆……

林小萌正动作僵硬地靠在一个男人的怀里，任由那个男人搂抱着。我只看见林小萌半面洁白如玉的脸颊，以及搂着她的男子那并不甚伟岸的背影。

此时林小萌闭着剪水双眸，一头长发随风飞扬。我呆呆地看着眼前的一切，脑子里顿时捣起了糨糊，感到有些不好使，这究竟是怎么回事？

“萌萌！”我鬼使神差地往前迈了一步，轻声叫道。

林小萌听到我的声音，原本闭合的双眼陡然睁了开来，如梦初醒一般脱出那个男人的怀抱，看着我说道：“哥，你来了啊。”她的脸色掩藏在夜幕之下，令人看不真切。

抱着林小萌的那个男子此时也转过身来，不好意思地对我点头叫道：“乱哥。”

我怔怔地看着眼前的男子，不可思议地眨了眨眼睛，心里那个惊讶就不用说了，怎么会是欧阳胜天？我智障一般地看看欧阳又瞅了眼林小萌，傻愣了好半晌才回过神来没头没脑地说道：“欧阳，你来得好早啊。”

欧阳胜天的脸色有些忸怩，看着我尴尬地说道：“乱哥，我这不也是关心林小萌嘛。”

我心说你丫是够关心的，这身体力行的，都把我家萌萌搂怀里关心去了，萌萌也不知咋搞的，竟然来者不拒！这可不是这小妮子的作风啊，怎么出去溜达了四天，竟然变得如此放得开了？

欧阳胜天见我呆立原地，扭头瞅了眼林小萌说道：“既然乱哥来了，那我先走了啊。”然后回过头客气地对我说道：“乱哥，你们兄妹一定有很多话要说吧，那小弟我就不打扰了，你们慢慢聊吧。”

我冲欧阳胜天点了点头，嘴里蹦出俩字：“慢走。”

眼瞅着欧阳胜天开着车绝尘而去，我对林小萌说道：“走吧，上楼说去，别待在楼下了，也不怕冻着。”说完我就率先朝楼里走去，林小萌则乖巧地跟在我的身后。

这让我想起儿时的光景，每每这小妮子做了什么亏心事，她就会如此老实巴交地跟在我屁股后头，一言不发。

林小萌的家我已许久不来，不过她客厅的摆设跟我的狗窝如出一辙，所不同的是她的沙发比我的可是柔软多了。

我往沙发上一靠，接过林小萌递来的水，两人就那么默默地注视着对方。我本有满腹的牢骚一肚子的疑问，可此时却不知究竟该说些什么，我怀疑我是被方才的一幕刺激到了。

过了良久，我才开口问道：“萌萌，你这几天究竟是去了哪里？”

“我……我就是到外地去玩了一圈。顺便散散心。”

“那干吗关了手机，你知道家里人有多担心你？”我说着就想起了这些天的担惊受怕，眉目间自然露出了些不乐意。

“哥，我错了……我只是想一个人清静一些……”林小萌的语气里似乎带着些求饶的感觉。

“下次走之前千万留个讯息！”

林小萌点了点头，接着我和她又陷入了沉默，这于我和林小萌来说实属不正常，我跟她之间从来都不曾出现过这样的情况。

“哥。”

“萌萌。”

我和林小萌为打破这压抑的气氛，不约而同地开口叫道。我心说这明明是九流编剧才爱洒的狗血桥段嘛。

“你先说吧。”我对林小萌谦让道。

“哥……嗯……其实……嗯……”林小萌嗫嚅了半晌，“嗯”了半晌也没说出个所以然，一副欲言又止的模样，最终她无力地摇了摇头说道："没什么，哥，还是你说吧。"

其实从看到林小萌与欧阳胜天相拥的那一幕起，我就一直想问一个问题，我知道我要不问，我这几天就甭想睡个安稳觉了，没准还会被压抑成抑郁症，于是我不再犹豫地问林小萌道："萌萌，你和欧阳胜天现在究竟变成什么关系了？"

64. 忘

这个问题似乎耗尽了我所有的力气，问完我就神情紧张地盯着林小萌，等待着她的回答。

林小萌怔怔地看着我，如水的眼神里溢满了温柔。随之她低下头去，她美好的容颜掩进光线的死角里，忽明忽暗变幻莫测。

过了良久，林小萌再次缓缓抬起头来，鼻翼翕张，朱唇轻启，我听到她无力地说道："哥，我想忘记你……"

啥？我听林小萌如此一说，顿时有如大晴天遭了雷劈，瞪大了眼珠子，不可置信地盯着林小萌，问她道："萌萌，你……你说什么？"

"哥，这几天我冷静想了一下，我觉得忘了你可能是我最好的选择……"林小萌的表情此时透着一股毅然的决绝，看得我不寒而栗，但我依然无法相信这是她真实的想法。

"是因为那天我没赶到演唱会惹你伤心了吗？那天其实我就在工体外头，只是没有入场罢了。"

林小萌摇了摇头，黯然说道："哥，你别胡思乱想了，你没做错任何事情……"

"那是为什么？"我急急地追问道。

"因为……这命运……"林小萌微微苦笑着说道，说完就从椅子上直起身，坐到我的身旁，她倾斜着靠在我的身上，柔声说道："哥，你永远都是我的哥……只是，让我忘了你吧……"

林小萌越说我越糊涂，命运？当我跟她依然保持兄妹关系的时候她都不曾兴起过忘记我的念头，怎么现在这身份一改变，她竟然要忘记我？她只不过是出去溜达了几天啊，怎么会发生如此巨大的转变？

最终，我浑浑噩噩地告别了林小萌，独自一人失魂落魄地走到她家楼下，仰头回望林小萌依然灯火通明的房间，隐约中我似乎看见林小萌此时正站在窗后，她明亮的双瞳就如夜空中的繁星，亮晶晶地正注视着我。

回到我的狗窝，我一头栽倒在自己的床上。手机由于收到新的短信，发出痛苦的悲鸣，我拿起一看，是林小萌发来的，整条短信只有寥寥数字——走近你就走近痛苦，离开你就离开幸福。

我反复咀嚼着眼前的短信，深刻地体会到了林小萌悲凉无奈的心情。我突然感到悲从中来，有种酸涩的感觉溢满了我的胸臆，林小萌柔美的歌声此时仿佛在我的耳畔悄然响起：

将对你的思念静静掩埋
花开如梭
默默绽放
至死不渝的爱恋——
不管你的爱有没有明天
我会坚信
那些誓言
终将在人世流连——

经过这件事后，我和林小萌之间的确不再像往昔一般频繁地联络。

不是我不想而是我尊重林小萌的选择，这段感情也许真的已经走到了尽头。每每念及此，我总是宽慰自己，没准儿这对我和林小萌无疑都是一件好事呢，塞翁失马焉知非福嘛。

日子又开始趋于平淡。

陆雯跟我发了几天小姐脾气后，早已同我重归于好。这天我跟她吃过晚饭，漫步在回转校园的路上。

“最近看你一直都闷闷不乐的样子，出了什么事了？”陆雯挽着我的胳膊，很是贴心地问我道。

“没什么啊，你林哥哥我这天生的乐天派怎么可能闷闷不乐呢？就算有不开心，那也一定是被你气的。”我笑着刮了下陆雯的鼻子说道。

"睁着眼睛说瞎话，我哪敢气您啊，您不气我已然是谢天谢地了！"陆雯跟我相处日久，潜移默化之下，说话的口吻有时已然透着一股我林某人的风范。

"哟，瞧这话说的，您可是我的掌上明珠，我小心翼翼伺候您还来不及呢，真是捧在掌心怕摔碎了，含在嘴里怕溶化了，哪会气您啊？您老一定是记错了吧？"我乐呵呵地跟陆雯抬杠，在我面前搬弄口舌，真正是自取其辱啊。

陆雯微嗔着擂了我一拳，虽说"打是亲骂是爱"，但要被这陆雯多"亲"几下，那估摸着就得直接去见马克思他老人家了。

笑闹够了，陆雯看着我正色说道："乱，周末我们一起去看看你妈吧。"

"啊？你这么早就想见公婆了？是知己知彼——先调查一下敌情，以便百战不殆处理好未来的婆媳关系吗？"我继续打趣陆雯道。

"没个正经的时候，我去看看你妈也是应该的吧，还有你爸，上次住院你都没让我去，我算你什么人啊？"陆雯说着就小嘴微撅，狠狠剜了我一眼。

嘿，这丫头还真记仇，我连忙解释道："我爸那次实在是属于特殊情况，您老人家大人有大量就别跟我过不去了啊。这么着吧，等我跟你未来的婆婆打声招呼，我们这周六就过去，如何？"

"嗯，那就这么说定了啊！"陆雯展颜一笑，高兴地说道。接着这小丫头竟然唱起了歌，一副志得意满的模样。

65. 他是我的男朋友

我跟我老妈汇报了一下陆雯想觐见她老人家的情况，我老妈一听顿时连连答应，还埋怨我："早让你把上次相亲的姑娘带来让我见见，怎么拖到这个时候？"

"这不您眼光高，我怕您不满意嘛，自然要好好调教一番才敢带她来见您老啊。"我在电话里油嘴滑舌地跟我老妈说笑道。

"是你娶媳妇，不是你妈我，你自己满意就可以了，好了，别多说了，是这周六过来吧？"

“嗯，就这周六，您有空吧？”

“你妈我怎么会没空？来吧来吧。我倒要看看我儿子究竟是啥眼光。”

周六的时候，我带着陆雯前往我老妈家。路上我笑着对陆雯说道：“见了你准婆婆不用太紧张，是骡子是马总要拉出来遛遛的。”

“你才是骡子是马呢！”陆雯娇嗔着回敬我道，但依然难掩她因紧张而微微泛红的脸色。

陆雯的紧张在见到我老妈的刹那，就立刻显现出了它的多余。

我老妈看见陆雯的时候，那叫一个欢喜，就跟看见自家失散多年的亲闺女似的，顿时把我这十足真金的亲生儿子晒在了一边，拉着陆雯问长问短。

陆雯乖巧地叫我老妈：“伯母。”

未曾想我老妈还对“伯母”这个称呼不满意，立刻纠正陆雯道：“叫妈就行了，我爱听你叫。”

我看我老妈似乎高兴过了头，就插嘴说道：“人还没过门呢，您当我是菜市场的大白菜啊，哪有您老这么强买强卖的？”

我老妈正待发话，陆雯已扯了我一把，抢着叫我老妈道：“妈！”

我看陆雯此时竟然眼眶微红，但依然强作欢颜，顿时明白，敢情这小丫头是触景伤情——想起自己的亲妈了。

我老妈听得这声“妈”，高兴得仿佛陡然年轻了二十岁，连眼角的皱纹都屁颠颠地跑到了嘴角装笑纹。看着我老妈乐开了怀，我心说孩子果然是别家的好，我叫了她老人家那么多年“妈”，也没见她有如此高兴的时候哇。

接近午饭的时候，我提议到外头找家不错的馆子好好撮一顿，这提议立刻被我老妈不留情面地驳回了，她说是要亲自下厨给我们整一顿好吃的。

陆雯自然乖巧去厨房里替我老妈打下手，我则空虚地坐在客厅的沙发上看更空虚的电视节目，偶尔闻着厨房里不时飘散出来的菜香，连同自个儿的肚子都空虚起来了。

我这正各种空虚着，就听到有人按门铃。我老妈虽然年纪不小了，但耳目依然聪明，还来不及等我起身去开门，她老人家已经从厨房里快步走了出来，双手在围裙上一阵揉搓，接着把门打了开来。

林小萌甜美的声音和京城冬日的寒风几乎是同时涌进家来的，她的这声“姨”叫得格外亲切，没错，来者不是别人，正是与我多日未见的林小萌。

我妈显然早知道林小萌要来，边招呼林小萌进屋，边对她说道：“你哥早来了，快进来快进来。”

林小萌看到我时，倒并不显得如何惊讶，似乎我老妈早告诉过她我会来一般。

待林小萌进了屋后，我老妈并未立刻关上门，她老人家继续对着外头喊：“快进来啊，傻孩子。”

我一听顿时糊涂了，我跟了她老人家那么多年，怎么从来没听说过我还有一兄弟啊，竟然还是一智力上存在障碍的兄弟，于是好奇地向屋外张望。

只见一个已被雪花渲染得一身雪白的年轻人快步走进屋来，我妈和林小萌赶紧帮他拍落身上的雪花，林小萌又顺手接过他的外套。

我妈看着眼前这个笑起来满口白牙的年轻人，笑着说道：“你就是小天吧？”

“伯母您好，我就是欧阳胜天。”年轻人礼貌地低头欠身向我老妈问候道。然后又抬起头来同已惊讶得不知身在何处的我打招呼道：“乱哥。”

我万万没有料到，来的人竟然会是欧阳胜天……他来干什么？

正当我疑惑万分的时候，就听一旁的林小萌拉着欧阳胜天跟我老妈介绍道：“姨，他就是那个我跟您提过的——我现在的男朋友。”

啥？男朋友？

我脆弱的心脏显然没料到今个儿竟然要接受如此严峻的生存大考验，对于这个极具爆炸性的消息顿时有些承受不住，我一屁股坐倒在了沙发上，确切地说，我应该是摔倒在了沙发上。

我呆呆地看着眼前的俩人，一脸的不可思议。

这时，陆雯也从厨房里走了出来，看见林小萌和欧阳胜天，她倒并未显得如何惊讶，微笑着和他们打招呼。

林小萌看见陆雯后，神情顿时浮现一丝的紧张，她扫了眼身旁的欧阳胜天，这才对陆雯说道：“雯姐姐和哥来得好早啊，正帮姨做饭呢？”说着又跟我老妈说道：“姨，我帮你们一起做吧。”

“不用不用，一顿饭哪用得着三个人做？你们四个年轻人好好聊聊吧，做饭就交给我这个老太婆了。”

“妈，您让陆雯和萌萌去做吧，您老也别光忙乎了，快休息休息。”我从惊讶中回过神来，强自按捺住心中的震惊与困惑，体恤我老妈道。

陆雯抢着点头附和道：“乱说得对，妈，做饭的事儿您就甭操心了，有我和林妹妹就足够了。”

我分明看到林小萌听得陆雯的这声“妈”后，脸上显现出了痛苦的神色。

待得林小萌同陆雯走进厨房，我老妈就开始将全部注意力转移到了欧阳胜天的身上，对他问长问短，就跟调查户口一样。欧阳胜天则是一副有问必答，知无不言言无不尽的模样，惹得我老妈很是欢欣。

我虽人陪在我老妈的身边，心思却早已飞进了厨房，不知陆雯和林小萌此时正在说些什么，这俩女孩可都不是省油的灯啊。

66. 菜

中午吃饭的时候，五个人围着餐桌坐了一圈，大有排排坐分果果的架势。陆雯上菜的时候告诉我们她和林小萌分别负责了不同的菜肴，看我们是否能区别出来。

陆雯的厨艺我上次已在她生日的时候领教过了，那还真是色香味俱全，不夸张地说，准三星的厨师也不过就这水平了。至于林小萌，我还真未曾尝过她的手艺，只记得这小妮子光会买速食食品打发自个儿了。

我老妈拿出了一瓶我“老子”的葡萄酒，说是让我跟欧阳对酌，我心说一个家庭小聚餐喝啥葡萄酒啊，附庸风雅这种事情可不是我林某人的作风。于是，我对欧阳胜天说道：“咱俩就来点啤酒得了，要不喝可乐也行，啤酒还得出去买。”

欧阳胜天朝窗外的漫天飞雪瞟了一眼后说道：“那就可乐吧。”

待菜肴上齐后，我仔细端详，但见菜绿肉白的，从外表看都挺有模有样，还真令人无从分辨。

于是我伸筷子先尝了口我平素就非常喜爱的豆豉油麦菜，入口咸淡适中，还透着一股子油麦菜的清香，这道豆豉油麦菜算得上不俗。我尝豆豉油麦菜的时候陆雯一直对我微笑，那眼神分明是在说：这菜不错吧！

欧阳胜天也是个不安分的主儿，见我动了筷子，又跟我老妈客气了几句后，也迫不及待地去尝面前的那盘红烧鲫鱼。只见他夹了一块鱼腹上的上好鱼肉，也不顾忌是否烫嘴，囫囵一口就塞进了嘴里，他边嚼着边准备夹第二筷时，整个人忽然凝固住了，已伸到餐盘边的筷子就那么纹丝不动地停留在空中，接着就看见欧阳胜天那张小白脸慢慢扭曲了起来，连脸色都一点点转成了绿色，最终竟然绿得跟鱼苦胆有一拼了……

他身旁的林小萌见他如此模样，赶紧尝了一小口那盘鲫鱼。尝过之后，林小萌脸颊的肤色倒没转成绿色，反而变成了红色，红得就跟熟透了的苹果一般。她端起那盘鲫鱼，对我们嗫嚅着说道："这鱼我再去处理一下……"

"这还能处理？都苦成这个样子了。"欧阳胜天缓过劲儿来后微带埋怨地说道。

我们看着此情此景，自然明白这盘红烧鲫鱼乃是出自林小萌的手笔，估摸着这小妮子杀鱼的时候把苦胆给弄破了。

"鱼不能吃，就吃别的吧。"我老妈在一旁笑着说道。

林小萌似乎生怕再发生此类情况，只见她挑挑拣拣在几个菜中分别尝了几口，估摸着这几道菜也属她的门下，乃是那盘红烧鲫鱼的师兄妹。但见林小萌时而蹙眉时而抿嘴，最终她完成检阅工作后，可怜兮兮地看了我们一眼，很是惭愧地对我们说道："我看，我们还是吃雯姐姐的菜吧……"

啥？不至于吧？我不可思议地看了眼林小萌，在我想来就算林小萌对烹饪再不精通，但她至少是个女孩儿啊，女孩儿在这方面多少应该有些天赋的吧。

于是我迅速尝了一下林小萌刚才尝过的几盘菜，我是多么地想夸赞林小萌几句，以便帮她挽回一些颜面，但事实的残酷却远远超出了我的想象，我的口舌仿佛在地狱里溜达了一圈，最终我只能爱莫能助地看了眼林小萌，然后对另外三个人无奈地说道："萌萌说得很有道理，我完全赞成她的提议，我们还是就吃陆雯的菜好了……"

陆雯的菜果然不同于林小萌的，没几筷子的工夫就立刻博得了我老妈和欧阳胜天的好感。这小丫头见自己的菜得到了未来婆婆的认可，美得眉开眼笑，为了进一步证明她完全能够胜任“林乱媳妇”这一非常光荣而一般艰巨的工作，陆雯更是频频给我夹菜，以显示自个儿的体贴入微。

我偷眼看了下此时的林小萌，她的表情基本可算是淡如止水，似乎对眼前的一幕视而不见一般。

另一方面欧阳胜天也不甘落后，把林小萌的餐盘堆得盆满钵溢，就如同他和陆雯正在举行一场爱情夹菜大比拼，比的就是谁为自己的另一半夹的菜更多一般。

午饭后，屋里的三个女人不约而同地一块儿看起了电视，顺便唠个家常。我把欧阳胜天单独叫到了一旁。

我尚未发话，欧阳胜天却抢先开口说道：“乱哥，我知道你想要说什么，我喜欢萌萌，很早以前就喜欢，原本萌萌一直都拒绝我，但自从她那次失踪回来之后，对我的态度就彻底改变了……坦白说，我很惊讶她的变化，但这的确令我打心眼里感到高兴，也许这是我一直坚持的结果吧。”

我自然知道林小萌对欧阳胜天态度大转变的原因，心说这欧阳也不是笨人，估摸着心里也明白着呢，只是嘴上不说出来罢了。

只听欧阳胜天继续说道：“乱哥你放心，我会照顾好萌萌的！”

我瞧着欧阳胜天那副信誓旦旦的嘴脸，总觉着怎么看怎么不靠谱，也许是由于我太关心林小萌了吧。但林小萌既然已经选择了欧阳胜天，我还能多说些什么呢？

我拍了拍欧阳胜天的肩膀，朝他点头说道：“你我都心里明白，萌萌发生过那样的事情，更需要细心地照顾啊！”

“我理会的。”欧阳胜天看着我的双眼说道。

我跟陆雯在我老妈家一直待到吃完晚饭，林小萌和欧阳胜天则在下午就先一步离开了。林小萌直到临走跟我说过的话都不超过三句，只是偶尔看我一眼，但随即又将眼神转到了别处。

此时我跟陆雯正一同站在小区外的马路上准备打车回家，陆雯似有意似无意地问我道：“你跟林妹妹之间怎么了？她怎么不像从前那样亲近你了？”

我跟林小萌的事我一直都不曾跟陆雯提起过，原因无它，我觉着没有这个必要，但此时陆雯既然问起，我自然也不瞒她，于是我对她说道："萌萌说想要忘了我，所以就变得冷淡了吧。"

"忘了你？"陆雯轻哼了一声，接着抬起头看着我说道："我看她也就只是表面上冷淡罢了……"

"怎么说？"我好奇地问陆雯道。

"中午的那顿饭，你不觉得有很多菜都是你爱吃的吗？"

"觉得啊，那不都是你做的吗？"我清楚地记得中午陆雯烹饪的菜肴中有大部分都是我平素所喜爱的。

陆雯停顿了片刻，然后点了点头，轻声说道："没错，那的确都是我做的……"

我看着陆雯迟疑的表情，心说难不成其中另有蹊跷？

陆雯看出了我的怀疑，不乐意地说道："怎么，你还不信我了？"

"哪能啊，我自然相信那都是你做的了！"

"实话告诉你吧，菜的确都是我做的，但是你爱吃哪些却是林小萌告诉我的，所以我才觉得她也就表面对你冷淡，其实还是很在乎你……"陆雯说完就低下了头去。

想着林小萌的所作所为，我长叹了一口气，肺中的二氧化碳顿时升华成了眼前氤氲的水雾。

67. 我该怎么办（一）

我跟陆雯上了出租车，原计划是先送陆雯回家的，未曾想车行到半途，陆雯突然改变了主意，竟然让司机掉转车头直奔我的狗窝。

我疑惑地看着陆雯，问道："怎么先去我家了？眼瞅着你家都快到了啊。"

陆雯转过头大有深意地看了我一眼说道："乱，今晚我住你那儿吧。"

我惊讶地看着陆雯，她扇形的眼睫毛微微抖动，漆黑的双瞳中似有波光流转。我迟疑地问道："怎么……怎么突然想到要住我那儿了？"

陆雯悄然一笑，腮边梨窝浅现，说道："怎么，你还不欢迎啊？"

我讪讪一笑说道："哪敢啊，这不是怕你老爹不答应，到时候拿菜刀追杀我，那我可就小命不保了。”我停顿了片刻又道：“说真的，你不回家的话，你爸会着急吧？”

“我爸？他才不会呢。放心，他要真是敢来追杀你，我也会保护你的嘛！”陆雯说着就对我扬了扬她看似娇弱无力其实坚硬胜铁的小拳头，我分明看到反光镜中司机师傅的额头滴下了一坨斗大的汗珠。

出租车飞快地在京城宽敞的大马路上飞驰着，转眼就到了我的狗窝。

一进屋，陆雯就说要先洗个澡，让我给她准备换洗的衣裤。我不可思议地看着陆雯问道：“我这儿哪有给你换洗的衣裤啊？”

陆雯顿时脸泛红晕，轻声说道：“我又不是要内衣裤，就是让你帮我找个睡衣嘛……”

敢情这小丫头是要睡衣啊，于是我调戏陆雯道：“你林哥哥我打小就有裸睡的习惯，我衣柜子里哪可能有睡衣啊。”

陆雯听我如此一说，脸颊更红了，就跟喝了半斤红星二锅头一般，微啐了一口：“色狼，没个正经的时候！”然后就走进了浴室，将门死死地关了起来。

我正为调戏了陆雯而感到自鸣得意，未曾想刚准备坐下看会儿电视，陆雯就从浴室中探出头来，媚笑着看着我说道：“你要不要一起来啊？咱俩洗个鸳鸯浴？”

啥？鸳鸯浴！

我声音颤抖地看着陆雯说道：“咱俩？现在？你说真的？”

“咱俩！现在！”陆雯边笑嘻嘻地点着头边给了我肯定的答案，可她紧跟着话锋一转说道：“当然是闹着玩的，怎么可能是真的？”

靠，敢情是这丫头打击报复调戏我来着！

我岂能让陆雯如此轻易得逞，将计就计地边解裤腰带边对她说道：“你刚说啥呢？是催我呢？别急啊，我马上就来！你总得等我把裤子脱了吧。”

陆雯见状赶紧缩回了脑袋，将浴室门“砰”的一声关了起来，在里头笑骂道：“你想得美！”

浴室里哗哗的水流仿佛在我的脑海中流淌，我情不自禁地勾勒出陆雯在青岛时那春光乍泄的美好身段，顿时产生了流鼻血的冲动。

我这厢正意淫呢，水流声却戛然而止，陆雯的声音又从浴室里传了出来：“乱，给我拿件你的睡衣啊！”

“不跟你说了嘛，我没睡衣，你就那么出来吧，反正屋里没外人。”我笑着回答道。

“别闹了！快拿来嘛！”陆雯的语气里透着胁迫与撒娇两相混合的味道，令我无法拒绝，只能老老实实地给她找了件睡衣。

又过了大约一盏茶的时间，陆雯穿着略显宽大的睡衣站在了我的面前。她的秀发依然滴答着水珠，脸颊由于水气的蒸腾更显娇嫩，双瞳所透出的眼神朦胧暧昧，睡衣系带轻轻的一束勾勒出她纤细的小蛮腰，再加上宽大的前襟中隐约透出的粉色肌肤，这样的陆雯无疑是任何男人都无法抗拒的……

我怔怔地与陆雯对视了半晌，赶紧手忙脚乱地四处找寻手纸。陆雯看着我好奇地问道：“乱，你干吗呢？”

“找手纸！”

“找手纸干吗？”

“止鼻血！”

陆雯掩嘴笑道：“别傻啦，你也去洗洗吧。”

我停下找手纸的动作，看着陆雯说道：“我看就不必了吧，我昨天刚洗过。”

“不行，快去！洗过也得洗！”陆雯柳眉一皱，命令道。

“你又不跟我一床睡，紧张什么？”

“谁说我不跟你……”陆雯话说了一半，顿知自己失言，羞红着脸颊换了个说法道：“反正你现在赶紧给我洗去！”

我听陆雯如此一说，心里顿时怦怦地有如小鹿乱撞，难不成陆雯今晚要跟我同床共枕？我还以为我今晚又要睡沙发呢。

说句实在话，不是我假撇清，也不是我装纯洁，我的确从没对陆雯主动提出过此类的要求，不是我不想，而是我的内心里总觉得还没到那个时候。

有些看官看到这儿肯定要怀疑我林某人是否性功能存在障碍，像陆雯这样的大美女主动投怀送抱你小子还扭扭捏捏惺惺作态些什么？这我就要说了，我不是随便的人，你们当我是说着玩儿呢！

如果从男人的角度考虑，我自然是千情万愿，但从“林乱”的角度考虑，我的心里总觉着还有什么放不下的包袱，让我突然感到迟疑……

整个洗澡的过程中我都在考虑着这个问题，心不在焉之下导致连抹了两遍沐浴露都兀自未觉。

洗完澡，我边擦拭着头发边走到床边，陆雯正斜身躺在床上翻阅我床头的《最男人》，她的这个pose将她S形的曲线展现得淋漓尽致，在我房中暖色的灯光下显得分外诱人。

此时，看着眼前陆雯玲珑的身段，我是多想高歌一曲“想上就上要上得漂亮”以便让自己下定决心。可就在我一咬牙，下定决心去做男人爱做的事情时，林小萌凄楚的眼神却陡然在我的脑海中闪现，不禁令我一下子“疲软”了下来……贼老天，我究竟该怎么办？

68. 我该怎么办（二）

陆雯看着傻愣愣站在床前一脸不知所措的我，扑哧一乐，羞红着脸颊说道：“发什么呆呢？”

“没啥，没啥。”我回过神回答陆雯道。

陆雯合上《最男人》，将其重新归置原位后回转头来对我说道：“怎么突然变得那么老实了？这可不像你的作风啊？”

“这不是幸福来得太快，一下子有些接受不了嘛。”我讪笑着说道。

“你真的觉得幸福吗？”陆雯突然转换了语气问我道。

我没想到陆雯竟然会有此一问，我那根平素嚣张跋扈的三寸不烂之舌此时宛如被自己吞落了肚，顿时不知该如何作答。心中也不禁自问：这是我要的幸福吗？

陆雯见我不言语，眼神中顿时掠过一抹失望的神色。她轻咬了下嘴唇，然后竟然对我伸出右手食指轻轻勾动。

这可是肥皂剧中狐媚女子经常使用的经典手势啊，没想到陆雯竟然将其学得惟妙惟肖，连眼眉的挑动也顿时变得充满了无限的魅惑，那如烟如雾的漆黑双瞳，鼻翼翕动的悬胆琼鼻，以及娇艳红润微微张开的双唇，无一不具备着极强的杀伤力。

看着此情此景，原本还有些犹豫的我顿时感到一阵热血上涌，更确切地说也许应该算是热血下涌，心里虽大喊着“冷静、冷静”，但自制力仿佛已南飞到了爪哇国，整个人情不自禁地躺到了床上，伸手环臂搂住了陆雯的纤腰，将其拥入了怀中。

陆雯将头埋在我的颈边，她仰起头时，鼻息恰好呵在我的耳垂上，只听她声音柔腻地说道：“乱，把灯关了吧。”

此时我仿佛就是个陆雯手中的提线玩偶，一举一动都完全服从她的指挥，听她如此吩咐，也没多想，下意识就伸手按上了床头灯的开关。

“啪嗒”一声后，房间中顿时变得一团漆黑，应着此时的氛围，我要再不知该干些什么，那就真的不只是性功能障碍这么简单了。

我一路沿着陆雯修长的颈项亲吻到她的额头，她那仿佛掐一下就能渗出水来的柔嫩肌肤实在是让我痴迷到了极点。

正当我准备进行下一步动作的时候，陆雯突然紧紧搂住我，娇声对我说道：“乱，忘了林小萌吧，我会代替她好好照顾你的……”

我一听到林小萌的名字，整个人顿时有如醍醐灌顶一般轻微颤动了一下，原本已准备解开陆雯睡衣系带的手指也停止了动作。嘴里不禁喃喃道：“萌萌……”

陆雯见状，顿时有些带着恳求的口吻又对我重复道：“乱，忘了她吧……”

林小萌的一颦一笑顿时出现在我的脑海中，其实我何尝不知的确是到了该忘记林小萌的时候了，但有些人不是想忘就能忘得掉的，比如……林小萌于我，就是这样的一个人……

陆雯见我依然犹豫，突然提高了声音说道：“乱，你告诉我，我究竟有哪点比不上她了？你为什么就对她如此念念不忘呢？”

我看着眼前的陆雯，一片黑暗中，仿佛有泪光点点。恐怕我已深深地触伤了陆雯的自尊心。

我伸出手去，想替陆雯拭去眼角的泪水，陆雯却将头一偏躲了开去，嘴上依然不依不饶地追问道：“你倒是说啊！”

我长吁了一口气，无奈地回答道：“雯儿，你跟萌萌对我都是很重要的人。”我停顿片刻观察了一下陆雯的神色后继续说道：“我知道，也许我这么说你很不乐意，但我也不想骗你，我跟萌萌之间不管怎么说也朝夕相处了十几个年头，我与她之间的这份情谊不是你让我忘掉我就能轻易忘掉的……”

陆雯此时已微有些哽咽，小声抽泣着对我说道：“林乱，我问你一句，你老实回答我，你心里，我跟她究竟是谁更重要？”

陆雯的这个问题就好比那个俗套的两难题——老娘和女友落水，你先救哪个。记得以前陆雯也的确拿这个问题刁难过我，当时我很滑头地告诉她：这个问题你就不用杞人忧天了，你未来的婆婆年轻时作过游泳教练，用不着你林哥哥我下水，你婆婆就会把你先救起来啦。

可现在不比当时，此时自然容不得我再耍什么花枪，我怔怔地看着陆雯，扪心自问，究竟是哪个更重要呢？我突然意识到，其实这两个女孩于我来说并不是简单的重要与不重要所能概括的，于是我对陆雯说道：“雯儿，也许在你看来我似乎更关心更爱护萌萌，但这是有原因的……不仅是因为萌萌自小就是我的妹妹，我已养成了关爱她的习惯，更是由于萌萌她遇到过太多的不幸，她的确需要我的关怀……”

“不幸……”陆雯口唇翕动，梦呓般地重复着说道。“就她遇到过不幸吗？你怎么从来都不关心我？你怎么知道我就没遇到过不幸？”

我顿时被陆雯说得哑口无言，可陆雯紧跟着的下半句，却更是令我感到大大的惊讶与不安。只听陆雯嘶哑着声音说道：“林小萌她不就是被人强奸过吗！”

我双目圆睁地瞪着陆雯，虽然黑暗中无法辨认清楚，但此时陆雯的脸上似乎也因知自己失言而显现出惶恐的神色。

此时我的脑海中已不再考虑“谁更重要”这样的问题，与陆雯先前所带给我的冲击相比，这些都是次要的，现在我只剩下了一个大大的疑问——陆雯她是如何知道这件事情的？

69. 第三个愿望（一）

我无比惊讶地看着陆雯，此时的陆雯双手抱膝坐在床上，她显然也意识到了自己的失言，将头深深地埋了下去，都不敢跟我对视。

我跟陆雯就如此彼此无言地面对着对方，双方都不开口，我是惊讶，陆雯则是沉默。

黑暗静谧的环境中唯闻我和她略显急促的喘息声。

过了良久，我终于忍不住开口问陆雯道："雯儿，萌萌的事情，你是……你是怎么知道的？"

陆雯并不回答我，依然低着头。她轻轻掖了掖被子将其紧紧地裹在自己的身上，但我能感觉到，她依然止不住地微微颤抖。

我起身坐到她的身边，环臂搂住了她的肩膀，柔声说道："你不愿说就不用勉强了……只是这件事情以后咱都别再提起了，好吗？"

陆雯摇了摇头，又点了点头，这才开口说道："是欧阳胜天告诉我的。"

欧阳胜天？其实我内心里已隐约猜到陆雯会知悉这件事情应该和欧阳胜天这家伙有关，当时知道内幕的貌似只有我和欧阳胜天等寥寥数人，既然不是我说的，那欧阳胜天的嫌疑就是最大的了。再加上他与陆雯原本相识，的确有这个机会。

但是欧阳胜天为什么要告诉陆雯呢？

此时陆雯已打开了床案边的台灯，灯光虽然柔和，但依然刺得我一时睁不开眼来。

陆雯伸手搭在我的手背上，似是自言自语般地说道："我知道，你因为这件事情变得更体贴林小萌，更怜惜她，怕她受更大的伤害，我原本应该是给予理解的，这也是欧阳胜天告诉我的原因。但……"陆雯说着扭过头看了我一眼，她的眼神中埋藏着几许的痛苦与哀怨，接着说道："但我做不到……我并不觉得自己是个小肚鸡肠的女孩，从小到大我都很少斤斤计较，但我看到你如此对她，我就情不自禁地嫉妒她，甚至恨她……乱，也许是因为我太爱你了吧……"

听着怀中女孩柔声对自己吐露心曲，要说没感觉那纯是扯淡，我紧了紧环住陆雯的胳膊，安慰她道："既然这一切因果你都知道，那你就更犯不着生气了嘛。"

"没错，我是知道，可我就是无论如何也做不到啊……"陆雯的语气中透出几多的无奈。

我似乎能体会到陆雯此时的心情，不管怎么说，她对林小萌的嫉妒，对她的恨意，都是出于爱我的一片心意，基于这样的原因，我除了安慰她以外还能说些什么呢？

看着我再度陷入沉默，陆雯怯怯地问道："乱，你生气了？"

陆雯此时的表情让我想起了初次跟她相遇的时候，当时她用面纱蒙住了美好的脸庞，唯一露在外头的那双灵动有神的大眼睛也是以如此怯怯的眼神打量着我，想到这儿，我的心里顿时涌起了无限的柔情。

我一边伸手抚摸她倾泻在背后那如水的秀发一边对她说道："没，我没生气，我是在想，我要怎么做才能让你不再为这样的事情感到烦扰。"

陆雯感激地看了我一眼说道："我说要让你忘了林小萌，你做得到吗？"接着她又自问自答道："你做不到，我原本痴心妄想把自己的一切都交给你，希望你能把她忘了，但显然这是不可能的了……"

听陆雯如此说，我更是感到了对她深深的愧疚，满怀爱怜地对她说道："雯儿，你让我忘了萌萌，我做不到，但如果有人要我忘了你，那无论有看似多么充分的理由，我肯定也无法做到的。"

听我说完，陆雯又低下了头去，她迟疑了片刻后说道："乱，我感到不安……"

不夸张地说，此时我的确能感到从怀中这副柔弱的身子骨深处那由内而外涌出的深深的不安，于是我对陆雯说道："雯儿，告诉我，除了忘记林小萌外，我要怎样做才能缓解你的不安？"

陆雯并没直接回答我，而是将话题岔了开去，只听她说道："乱，你还欠我第三个愿望，你还记得吗？"

我没想到陆雯竟然会在此时提这茬子事情，但依然点了点头说道："你林哥哥我记性打小就好，这么重要的事情怎么会忘记？"我特意换了种较为轻松的语气，想以此缓解那已浓得化不开的尴尬气氛。

"那如果我现在对你提出第三个愿望，你能做到吗？"

吓，这丫头不会趁这个机会提出什么让我忘了林小萌之类的愿望吧，那这愿望我还真无法帮她实现哇。

陆雯似是看破了我的心思，说道："你大可放心，不会是让你忘了林小萌的，这么傻的愿望我怎么会提？你就算嘴上答应了，但心里有没有做到，我又怎么知道呢？”

“那是什么愿望？”我好奇地问道。

“这愿望也许你一时无法决定，我可以给你考虑的时间，但是……”陆雯说着竟然诡异地一笑，这笑容怎么看怎么透着奸诈的味道，仿佛就如同狼外婆看见小红帽后所流露出的笑容一般，让我顿时感到一阵恶寒。

“但是什么？”

“但是你不能不答应！”

汗啊，说是给我考虑的时间，但这纯属是白给嘛，反正我咋考虑最后的出路都只有点头答应这一条罢了。

“那……那……如果我不答应呢？”我试探性地问陆雯道，好歹听听对方的底线是什么，要讨价还价也得有个依据嘛。

“如果你不答应？”陆雯说着神色又黯然了下去，接着说道：“那……乱，我们的关系也就到头了……”

啥！那么严重！

70. 第三个愿望（二）

此时我正跟胡胖子、邵飞二人相坐于邵飞酒店的一个小单间里，我将鼻涕当做伤心的泪水，正对着他二人哭诉衷肠。

那天晚上陆雯跟我提出的第三个愿望完全出乎我的意料，其劲爆程度着实能与路人甲拍摄到野生华南虎相媲美。

我正是犯愁不知该如何处理陆雯这个愿望，虽说想到了一个主意，但自己还不太拿得定，这才找他二人商量一番。

胡胖子边啃着桌上的鸡腿，大口嚼着鸡肉，含含糊糊地说道：“乱仔啊，想当年咱都还是把《挪威的森林》当黄书传阅，把《泰坦尼克号》当毛片看的小屁孩，没想到这一眨眼的工夫，你小子就要准备结婚了啊！说实话，胖爷我着实为你感到高兴哇！”

邵飞也一边晃荡着杯中的酒水，一边坏笑着说道：“没错没错，从今以后，我跟胖子终于可以将照顾你林某人的这一千斤重担转交给我们无限热爱的革命战友陆雯同志了，向毛主席他老人家保证，我坚信陆雯同志是一定不会辜负组织上对她的期望的！”

听着这两人戏谑的说笑，我顿时明白找这两人谈心着实是一大错误，可这似乎已成了我多年的习惯，每每烦心的时候首先想到的就是这两个家伙。知错不改还真是我一贯的作风。

想来各位聪明的看官已从胡胖子和邵飞的话头里，听出了陆雯的第三个愿望，没错，那就是让我娶她，我当时听到这个愿望的时候差点儿被唬得从床上摔翻下去，哆哆嗦嗦地跟陆雯说道：“我还没求婚呢？您老是不是着急了点儿？”

陆雯的回答异常干脆——那就当是我跟你求婚好了！

此时我将手中的酒杯在桌上磕得砰砰山响，无奈地对胡邵二人笑骂道：“找你们来可不是挖苦我的，要跟我自个儿过不去我又何必找你们两个，对着镜子自个儿埋汰自个儿岂不是更方便！”

邵飞听罢，收住了自己那放肆的笑声，又顺手将另一个鸡腿塞进胡胖子嘴里，以便让这胖子也消停一会儿，这才正色跟我说道：“那咱说正经的，你准备怎么办？毛主席教导我们，凡事要量力而为，你的‘力’究竟有多大？”

我尚未来得及开口，胡胖子已风卷残云般地迅速解决完了刚塞入他口中的那只鸡腿，张口嚷嚷道：“怎么办？还能怎么办？任凭风吹浪打，胜似闲庭信步。咱林乱同志什么大风大浪没有见过，还怕区区一个美女求婚？”

我推搡了胡胖子一把，嘴里骂道：“去你大爷的！别老拿我开涮！小时候我虽没少让你替我背黑锅，可待你也不薄吧？就说那本《挪威的森林》，我还没看呢，就先借给你了，还回来的时候那整个儿就成了一删减版，纯情得一塌糊涂！我当时就犯糊涂，不是说丫黄么，怎么我一点儿都没发现，敢情那有激情戏的几页都被你小子私自窝藏了。你老实交代，那几页都跑哪去了？再说那盘《泰坦尼克号》的VCD……”

“打住、打住。”胡胖子见我还待继续揭露他的糗事，立刻伸出熊掌捂住我的嘴巴打断了我的话头，顺便狠狠剐了一眼一旁已经笑翻了的邵飞，对我痛哭流涕道：“胖子我罪该万死行了吧，乱爷您大人有大量就别再跟我斤斤计较了，咱还是说您的正事，您到底准备怎么办啊？”

看着胡邵二人一脸好奇的表情，似乎殷切期盼着我的答复，搞得就跟我要娶的是他俩一般，就等我点头说声“我愿意”了。

我踌躇了半晌，说道：“我从没考虑过那么早就步入婚姻的殿堂，再说我现在还算年轻，而且咱的公司也才刚刚开始步入正轨，实在不适合现在结婚。”

“那你准备拒绝陆雯？”胡胖子不可思议地问道。

我摇了摇头，抿了一口酒，拿挑衅的眼神扫了一眼他二人，现在再不卖卖关子吊这两人胃口，那岂不是被他们白白讥讽了半天。

“你丫倒是快说呀，摆什么谱！”邵飞也急着催我道。

我嘿嘿一乐，说道：“我准备先订婚，你们看如何？”

“订婚？”胡邵二人异口同声地惊讶道。

“是啊，我也没辙啊，左思右想，也就这么一条出路了……”我双手一摊，摆了副无奈的造型。

“陆雯能答应吗？”胡胖子担忧地看了我一眼说道。

“我想应该会答应吧……”其实我说这话也没啥底气，怎么说这也是将陆雯的愿望打了个折扣，这要是搁在胡胖子这么大大咧咧的人面前那绝对没问题，但陆雯却是个敏感的女孩，她会是怎么一个态度，的确不好预料。

“那祝你好运吧！”胡胖子拍了拍我的肩膀，他的眼中竟然透出一线怜悯，敢情这死胖子也知道陆雯的威力啊。

邵飞恰是时候地举起酒杯，高声说道：“最高指示——我们在战略上要藐视敌人，战术上要重视敌人！为了完成这次艰巨的订婚任务，兄弟们一定会竭尽全力帮助你的！”

“啪”的一声脆响，我们三人的酒杯在空中碰撞出了友谊的火花。

花开两头，各表一枝。此时林小萌正猫腰贴在欧阳胜天办公室的门外，似乎正凝神倾听着房中的动静。她的神色是如此的凝重，仿佛房中正发生的一切关系着她的一生……

71. 第三个愿望（三）

自从那天晚上我做了订婚这个决定后，我原以为自己会感到如释重负，但情况恰恰相反，我竟然感到了阵阵忐忑。不仅是担心陆雯是否会同意我这个决定，也不知这个突如其来的消息是否能得到我老妈和“老子”的认同，最关键的，我不知该如何告诉林小萌……

这三天的时间里，陆雯一直没跟我联系过，也不让我去学校找她，按她的话说，是给我足够的考虑时间，以便让我想清楚。

此时我正坐在陆雯学校食堂的一隅，等待着这丫头的出现。今个儿上午我已通过电话告诉陆雯：晚上我会在食堂等她，到时候自会告诉她我的决定。

我的年龄阅历注定了我与学校食堂的氛围显得格格不入，导致我的回头率在这样的一个环境中显得出奇的高，身周围不少年轻的面孔都会假装不经意地扫我一眼，纷纷投来疑惑的目光。

其实，我之所以要将约会的地点定在食堂，自是有我的原因，此时却是天机不可泄漏。

没过一会儿，陆雯婀娜的身影就出现在了我的视线里，我赶紧着朝她挥手示意。

陆雯款款走到我的桌旁，笑着问道：“林先生，我没迟到吧？”

哈，这丫头，竟然跟我演起戏来了，打蛇随棍上向来是我一贯的作风，于是我将计就计地说道：“没迟到，没迟到，你瞧，这不才刚过7点半么，咱约的是7点吧，这才刚过了半个多小时，绝对不能算迟到！”

陆雯的到来总算是缓解了我的尴尬，但同时带来了更多注视的目光，她今个儿穿了一身粉色的绒装，在京城冬日一片白色的背景中就如一团跳动的粉色火焰，格外引人注目。

陆雯落座后接着说道：“又没正经，你自己明明说的是7点半见！”

我呵呵一乐说道：“我又没说你迟到，激动个啥。”

陆雯撇了撇嘴，岔开话题问我道："乱，你想好了？"

我点了点头，说道："要不先要些吃的，咱边吃边说。"

"不行，说完了再吃！"陆雯很干脆地否决了我的提议。

我无奈地点了点头，虽说我的人生信条是"威武不能屈"，但"威武"跟"淫威"显然不是一个档次的东西，这世道能做到"威武不能屈"的人我想在所多有，但能做到"淫威不能屈"的，我估摸着一个巴掌都数得过来。显然，我不在这一个巴掌的范围内。

"那你是答应还是不答应？"陆雯迫不及待地问我道。我心说这丫头难不成就这么想嫁给我？竟然连一丝女孩家的矜持都不带，脸颊只是微微有些发红，搞不好那都只是被京城冬日的寒风爱抚出来的。

我没有直接回答陆雯，而是顾左右而言他，反问陆雯道："雯儿，你还记得我们现在所处的这个位置吗？"

陆雯听我提及后，左盼右顾了一番，突然露出了讶然的表情，接着连眼神也开始变得温柔起来，看来这丫头是想起来了。

我跟陆雯所处的位置，正是半年多前我跟她初次相识的地方，我一直都认为我跟陆雯的那次"西瓜砸顶"的巧遇只是我们的第一次相见，而真正的相识，却是在我们现在所处的地方。我还清晰地记得，当时陆雯明媚的笑脸在阳光的映射下晃得我睁不开双眼……

我今天之所以要挑这个位置，是出于天时地利人和中的"地利"考虑，一来我认为今天我所做的这个决定需要一个特殊的场合告诉陆雯，就如同每个男士的求婚总在一个别出心裁的地方一般；另一方面，不管怎么说，我是将陆雯的愿望打了个折扣，万一这丫头感到不满意，我也能靠这块风水宝地唤醒她的柔情，顺带着保住我的小命。

"算你有良心，竟然还知道挑这个地方……"陆雯说着露出了温柔的笑意，此时她的笑容就跟半年前一般的明媚清新，时间仿佛又回到了我跟她初识的那个夏日午后。

我收拢心思，笑说道："怎么能说是'算'呢，你林哥哥我本来就是很有良心的嘛！"

"那你是答应了？"陆雯歪过脑袋说道，满头青丝顿时垂挂在了耳侧，一脸开心的模样。

“嗯……算是答应吧……”

“算？答应就是答应，不答应就是不答应！”陆雯显然不满意我的答案，连小嘴都撅了起来。

“你别急，先听我说嘛！”我咽了口唾沫，筹措了一下措辞，小心翼翼地看着陆雯继续道：“雯儿，我是这么考虑的，我觉得咱俩现在都还年轻，而且交往只有半年，要说结婚还稍嫌早了些，不如我们先订婚，你看……怎么样？”

说完我就用忐忑的眼神盯着陆雯，只见这丫头原本歪斜的脑袋一点点摆正，秀眉开始渐渐蹙起，双瞳中闪现出愤怒的火光，上排的几颗贝齿紧紧咬住了下嘴唇……天，我最担心的事情貌似就要发生了……

第九章 跟结婚死磕到底

72. 阻婚（一）

眼瞅着陆雯就要怒火中烧，我心中虽慷慨激昂地大喊着“让暴风雨来得更猛烈些吧”，但额头的汗啊却涔涔地往外涌，估摸着明年的今天就是我林某人的忌日了。

正当我山穷水尽疑无路之时，陆雯却突然一改怒容，嘴角扬起一个好看的弧度，眼睛顿时弯成了一个扇形，咯咯娇笑起来，真正是柳暗花明又一村哇，这丫头到底演的是哪一出啊？

看着我一脸讶然的表情，陆雯伸手在我面前晃了晃说道：“虽说你还是将我的愿望打了个折扣，不过本小姐这次就放你一马，勉强同意了吧！”

靠，敢情这丫头一开始的怒容全是装出来逗我玩的啊！

虽说搞定了陆雯，但我心中的包袱却依然高高悬着，未能放下。究其原因，自然是因为我不知该如何将我准备与陆雯订婚的消息告诉林小萌。

但我明白，该面对的总得面对，逃也逃不掉……

这周末的时候，我独自一人苦苦挣扎良久，终于决定将林小萌相约出来再告诉她这一消息。拨通了电话，林小萌的声音久违地响起，可怎么听，她的语气中都失却了往日的那份生气。

“喂，哥？你看见我了？”林小萌拿起电话没头没脑地问道。

我心里头顿感疑惑，什么“你看到我了”，我明明老老实实待在家里啥人都没看到啊。于是我问林小萌道：“萌萌，你说什么呢？你现在在哪呢？”

“我……我就在你门外啊……”

啥？这小妮子竟然在我门外？怪不得她见我给她打电话以为是我看到她了呢。我迅速挂断电话起身去开门，打开门，多日不见的林小萌顿时出现在了我的眼前，她今天没化任何的妆容，素颜朝天更显清丽。

“萌萌，你怎么来啦？干吗站在门外，快进屋！”我边把林小萌让进屋中边说道。

“我也就刚到，正要敲门呢，哥你就来电话了，我还当你看到我了呢。”

“没，我哪看到你了，我打你电话是因为有些事情要跟你说。”我说着心里又有些打鼓，踌躇着是否真的要现在就告诉林小萌。

“哥，其实我也有事要跟你说。”林小萌说着在一旁的沙发上坐了下来，脸色变得愈发阴晴不定。

我心里头正纳闷不知这小妮子要跟我说什么事儿，只听林小萌停顿片刻后说道：“哥，其实我想我知道你要跟我说的是什么……是你和雯姐姐准备订婚的事儿吧……”

啥？怎么才小半个月没见的工夫，这小妮子竟然已修炼成未卜先知了！这也太夸张了吧，我大张着嘴巴不可思议地盯着林小萌。

“哥，你别那么惊讶，是欧阳胜天告诉我的。”林小萌解释道。

靠，敢情是欧阳胜天这小子出卖了我，估摸着他又是从陆雯那里听说的。既然林小萌已经知道了这件事情，那也就没啥不可说的了，我挠了挠头对林小萌嗫嚅道：“我的确是正要跟你说这件事呢……”

“哥，你……已经决定了？”林小萌仰起头注视着我的双眼问我道。

我边避过林小萌那似乎能将我刺穿的眼神边轻“嗯”了一声，此时面对着这小妮子我心里不禁有些发虚，连她的目光都不敢正视。

“那你们准备什么时候正式订婚？”林小萌的目光依然不依不饶地紧盯着我，那灼热的眼神让我感到愈发紧张。

“一个月后吧，我跟陆雯商量了一下，这事还得跟你姨还有陆雯她爸再商量商量，不过陆雯是希望赶快把事儿办了，所以……”我说到这里欲言又止，林小萌眼神中那失望的神色任是瞎子也都瞧了出来。

我跟林小萌就这样陷入了沉默，气氛顿时尴尬起来。此时我也不知该如何劝慰林小萌，大脑似乎就此短路了一般，连岔开话题这么简单的方法都被我忽略了。

墙上的挂钟发出“滴答”的走时音，我怜惜地看着沙发上的林小萌，此时她脸上的神色称得上是变幻多端，时而咬牙切齿，时而无可奈何，又或忧愁郁闷泫然欲泣，真不知这小妮子此时心里是如何的翻江倒海……

突然，林小萌从沙发上一跃而起，她涨红着小脸，似乎鼓起勇气一般跟我说道：“哥，你能不跟陆雯订婚吗？或者把时间往后再拖一拖！”

我惊讶于林小萌此时的激动，又感动于她的心意，可我又如何能轻易答应她的这个请求呢？

林小萌看着无言以对的我继续说道：“哥，你一定要答应萌萌的这个请求啊！萌萌绝对是为了你好！”

为了我好？听林小萌如此说，我心里陡增疑惑，按住林小萌的胳膊柔声问道：“萌萌，到底出了什么事了？为什么是为了我好？”

“哥，我现在也没足够的证据，但欧阳胜天肯定对你不怀好意，陆雯跟他的关系也非同寻常，哥，我说的都是真的，你可一定要相信萌萌啊！”林小萌越说越焦急，我却越听越离谱……

73. 阻婚（二）

看着林小萌诚挚焦急的目光，我又何尝不想相信她呢，从小到大这小妮子就很少欺骗我，可这回她说的事情也确实太过匪夷所思，又正赶在我将与陆雯订婚的节骨眼上……

要说欧阳胜天对我不怀好意，那没准儿还有那么点儿可能，毕竟我跟这小子刚见面的时候就不对路，彼此的老子又有过过节，但要说陆雯跟他合伙算计我，这实在有些让我无法相信，毕竟我跟陆雯相处了那么长时间，我能感觉到，她待我是出自一片真心。

林小萌见我沉思，不禁神色失望地说道：“哥，你不信萌萌？”

我摇了摇头说道：“萌萌，不是不信，是你得让我好好想想，毕竟这太突然了……”我突然意识到，难道林小萌甘愿去做欧阳胜天的女朋友，就是因为她发现了什么蛛丝马迹，这才想通过接近欧阳胜天以便调查清楚？

“萌萌，你究竟发现了什么？”

林小萌犹豫了一下，咬了咬嘴唇说道：“哥，我原不想那么快跟你说的，但你都要跟陆雯订婚了，所以我不得不告诉你。哥，你还记得我们在韩国的时候……”

我听林小萌竟然提到那次韩国之行，心顿时被拎了起来，那可是个我不愿跟林小萌提及的伤心地，但这小妮子却在此时坦然说了出来，似乎她是从那次韩国的事件中看出了什么端倪。

林小萌正待要说，我房门的门铃却在此时突然响起，我示意林小萌稍待，转过身就去开门，心里头也疑惑，不知谁来了。

我通过猫眼向外头张望，猫眼望将出去一片漆黑，仿佛被人堵住了一般，我的第一反应就是——靠，这帮邻居家的小屁孩，恶作剧竟然都玩到我头上来了！

我拉开门，原以为迎接我的定是一团空气，那帮小屁孩八成躲在某个阴暗的角落偷笑着流了一地的哈喇子。没想到这回我的预料竟是完全错误，只见一个娇柔的身影在门尚未完全打开的时候，就一下子钻了进来扑进了我的怀中。

我定睛一看，来人竟然是陆雯！心里头不禁一声惨呼——糟糕，这林小萌可还在屋里头呢，这俩女人现在相见，非要了我的小命不可。

“雯儿，你怎么来了？怎么也不打个电话通知我一声。”

“怎么，还不欢迎了？”陆雯从我怀中挣扎起身，一偏头就发现了林小萌的存在，冷哂着说道：“原来林妹妹也在啊，真是巧了，看来我来得很不是时候啊，打扰你兄妹叙旧了。”

我对陆雯的态度感到微微有些不满，这丫头，怎么对萌萌越来越刻薄了，上次跟她的一夜交心之谈敢情都是浪费口水了哇。

我正准备喝住陆雯，林小萌却抢先说道：“雯姐姐你误会了，我是来恭喜哥的，你来得正好，两个主角都到了，我这份祝福也算送得完整了。”

吓，萌萌这小妮子竟然也编起瞎话来了，说得还煞有介事的，很有我的风范啊。

“哦，那可真要多谢林妹妹了，说起来我们要订婚的消息没有第一个通知你，也怪我们照顾不周了。”陆雯客气地说着没营养的客套话，我怎么听怎么都觉着这丫头的话语里充满了不屑与不信。

林小萌微微一笑，也不在意，说道：“雯姐姐来，是要跟哥商量订婚的事情吧，我的祝福也已送到，那就不打扰了。”说着扭头对我说道：

“哥，我先走了啊。”

这俩女孩搁一个屋里实在是让我无从招架，于是我点了点头，也不惺惺作态地留她吃饭，对她说道：“我送送你。”

将林小萌送至楼下，她坐入车座后透过茶色的车窗玻璃对我说道：“哥，别忘了我跟你说过的事啊！”林小萌的眼神中透出几多的关心与不舍。

我虽说现在还有大量的疑问要向林小萌一探究竟，但也知此时不是时候，于是我对她说道：“等过几天我去找你，你再详细跟我说说。”

林小萌郑重地点了点头，驾着车绝尘而去。我看着火红色的车身渐渐消失在一片朦胧的雪雾之中，不知为何心头竟然浮起一阵怅然之感。

回到屋中，陆雯正替我收拾着房间，看着她一副贤妻良母的模样，再想想林小萌跟我提及的“陆雯和欧阳胜天合伙算计我”，我的大脑顿时感到极度混乱，根本分不清究竟哪是真哪是假。

陆雯见我回转，直起身子笑着说道：“动作还挺迅速，说吧，中饭怎么解决？是我来做呢，还是咱出去吃？”

我的大脑此时依然沉浸在一片混沌之中，完全没注意到陆雯说了啥。

陆雯见我呆若木鸡的样子，不禁轻笑了一声，走到我身边扯着我衣袖就是一阵儿地动山摇，这才把我晃回了魂。

“乱，发什么呆呢？”

“啊，没啥没啥，你刚说什么呢？”

“我问你中饭怎么解决。”

我抬头看了一眼墙上的挂钟，不知不觉竟然已经快一点了，于是按着陆雯的小脑袋瓜对她说道：“咱出去吃吧，再做也怪费时间的。”

十几分钟后，我跟陆雯就近找了家KFC。我这厢正张牙舞爪地将一块块西方快餐食品猛塞进口中，陆雯却起身说是要去一下洗手间。她的手机此时就搁置在我的面前，我突然灵机一动，如果林小萌说的都是真的，那陆雯手机里说不定会有什么蛛丝马迹呢！

可我立刻又打消了自己的这个龌龊念头，我这么做实在太对不起陆雯了哇，不仅怀疑她还偷窥她的隐私，这可不是我的作风。

就在我准备一心一意继续对付眼前鸡块的时候，陆雯的手机突然发出了悦耳的铃声，不停地在桌案上震动起来，我一看来电显示，手机屏幕上几个黑体的大字直刺得我一阵心寒——欧阳胜天……

74. 手机

我看着手机屏幕上“欧阳胜天”的名字不停闪烁，直感到一阵晕眩，难道林小萌说的都是真的？陆雯与欧阳胜天之间真的有什么不可告人的秘密？

陆雯的手机继续在桌案上发出“嗡嗡”的震动音，我回头望了一眼洗手间的方向，陆雯尚未出来，于是，我伸过手去拿起了手机，鬼使神差地按下了接听键！

电话里头顿时传来欧阳胜天偏高的男声：“喂，陆雯啊，好久没跟你联系了，听你爸说你就要跟乱哥订婚了，恭喜你啊！想当年咱俩总还一块儿玩来着，没想到一眨眼你就要订婚了啊，林小萌今天是不是也去给你们贺喜了啊？”

我打刚听见欧阳胜天说了一句“好久没跟你联系了”，就长长地吁了口气，感到特别的舒心，单从这句话就可以判断，陆雯与欧阳胜天之间并无太大的瓜葛。

我见陆雯还没回转，心里头又排除了对她和欧阳胜天的怀疑，于是心无芥蒂地对欧阳胜天说道：“是欧阳吧，我是林乱，陆雯她去洗手间了。”

“啊，是乱哥！我还当是陆雯呢，不过乱哥你接也一样，我在此先向你送上我诚挚的祝福！到订婚那天一定再送上一份大礼。”

“得了，你小子少来这套虚的，到时候办订婚宴的时候，你可一定要来啊！”此时我心情大好，不禁也跟欧阳胜天说笑起来。

“那是一定要来的！对了，乱哥，今天萌萌是不是找你去了？”欧阳胜天乐呵呵地说道。

“是，这小妮子是来找我了。”我给了欧阳胜天一个肯定的答案。

“我说怎么一大清早就找不见她呢，她是给你们送祝福去了吧？”

我心说林小萌这小妮子这回可不是来给我送祝福的，不过此事却不能对欧阳胜天明言，于是答复欧阳胜天道：“没错，她就是来送祝福的！你说她，打个电话不就完了嘛，还一定要亲自跑一趟，何苦呢？”

“乱哥你打小就待林小萌好，她常跟我念叨呢，跑一趟是应该的嘛！”

欧阳胜天一个劲儿地拍着我这大舅哥的马屁，我虽自诩脸皮厚，可也经不住他如此狂轰猛炸，赶紧让他打住，对他说道：“得了得了，不跟你扯了，陆雯待会儿出来发现我接她的电话，非活剥了我不可，挂了啊！”

“行，陆雯的威力我也是有所了解的，那乱哥咱订婚宴上见吧！”

“OK，拜。”

我挂断了电话，右手抚胸只感到先前的担心尽是多余，陆雯和欧阳胜天之间显然清清白白，看来林小萌这回可真是搞错了。

我扭过头，想瞅一眼陆雯是否回转，未曾想不回头则已，一回头却着实吓了一跳——陆雯正双手叉腰满脸怒容地杵在我的身后！

我赶紧将陆雯的手机往桌上一扔，装做若无其事地对陆雯说道：“怎么去了那么久啊，难不成卫生间堵塞了？”说完我吸了口可乐以进一步掩盖自己的尴尬。

陆雯一言不发地站在我的身后，她的眼神却宛如一把把小李飞刀，将我刺得体无完肤鲜血淋漓。我赶紧起身安抚陆雯坐回原位，卑躬屈膝的模样就如同当年皇太后身边那少了一件重要器官的公务员。

“雯儿，你别生气嘛，这不我见你还没回转，又怕耽误了事情，就先自作主张地接了起来！算我先斩后奏行不？”

陆雯轻哼了一声，问我道：“是谁打来的？”

我犹豫了一下，说道：“是欧阳胜天……”

“欧阳？他打来干吗？”陆雯一脸的疑惑，她这表情看得我是心花怒放啊，谁要再说她跟欧阳有不可告人的关系，我就跟他急！

“他是来给你送祝福的。”我笑着说道，顺手将一根涂了番茄酱的薯条送进了陆雯的嘴里。

陆雯点了点头，一副若有所思的样子，我见她似乎已经不再生我的气了，不禁暗松了口气，可还没等我这口气完全呼出体外，陆雯突然又疾言厉色地对我说道：“乱，你是不是在监视我？！”

我一听陆雯这话，当时那个汗啊，顿时就如1998年的那次特大洪水，把我里外三层给泡了个通透，这怎么都被她看穿了？

但狡辩还是要狡辩的，总不能等死吧，毛主席教导我们——哪里有压迫哪里就有反抗，于是我大着胆子对陆雯说道："我真不是监视你！我监视你干吗？"

"乱，你就别狡辩了！"陆雯说着竟然露出了失望伤心的神色。

这下我可真有些慌了手脚，陆雯哪怕再狠巴巴一些我也不会如此，可我最见不得的就是女孩子伤心，特别是陆雯这类外强中干的……于是我赶忙安慰陆雯道："雯儿，这次是我不好，我这不也是关心你么……好了，别难过了，我承认错误还不行吗？下次绝对不这么做了。我今个儿也不知是吃了什么迷魂药，你就别难过了嘛！"

陆雯瞥了我一眼，突然在我的唇边轻吻了一下，然后说道："乱，赶紧娶了我吧，这样你就不用瞎操心了！"

靠，这丫头，绕来绕去竟然又绕回到这个主题上来了……

75. 订婚（一）

最近的一段时间，我都一直忙于筹备我和陆雯的订婚宴，在征得双方长辈同意后，我准备在朝阳区的劲松公园整个订婚Party，这个提议自然也得到了陆雯的赞成。

我"老子"得知我要订婚的消息时，那叫一个乐呵，笑得下巴都差点脱了臼，第二天就让我下班带着陆雯去与他打个照面。我老妈本来就赞成我和陆雯的婚事，估摸着一早就给我"老子"提过这茬子事儿了。

一切都似乎进行得异常顺利，老天爷在男婚女嫁这件事情上格外地照顾人，果然是宁拆十座庙不拆一桩婚。

唯一的小波折就是陆雯执意要将原定于一个月后的订婚仪式提前到一周后举行，为了这事她已对我使尽了各种"温柔"手段，这些天我算是将其都领教了个遍。

而我迟迟没有答应陆雯，是因为林小萌那天的一席话多少在我的心头造成了些阴影，虽说事后我认定林小萌一定是搞错了，但在跟林小萌取得联系确定这件事前，我的心里始终还有些不舒坦。

可林小萌自从那天一别后，就突然与我失去了联络，打她手机也总是提示该用户不在服务区，不知这小妮子究竟是去了哪里。

眼看着时间一天天地流逝，最终我还是未能等到林小萌的回转就先答应了陆雯，四天后的周末跟她举办订婚的仪式。

时间虽然紧促了一些，但好在有策划衰人胡胖子与婚宴行家邵飞两人协助，紧赶慢赶终于是在规定时间内筹备好了一切。这天晚上，我和陆雯设了个小宴款待这俩劳苦功高的重臣。

邵飞自然不敢忘记随身携带自个儿的准夫人刘晶莹，此时一桌五人独独胡胖子依然单身，胡胖子呷了口酒，自嘲地说道："都说女人如衣服男人如手足，没想到我这八臂罗汉竟然裸奔了那么多年，眼瞅着你俩一个个都有了归宿，我真不知是该喜还是该愁啊。"

刘晶莹听罢，笑着说道："哟，敢情您老还操心这事儿呀，我还当您不食人间烟火呢，您这条件还愁找不到？要不，我给您介绍几个？"

邵飞也在一旁帮腔道："就是就是，咱胡爷心宽体胖风流多金，完全满足现在女孩的择偶标准啊，让你弟妹帮你物色几个，包你满意！"

"包他满意那自然简单，满大街都是！但要让他令对方满意，那可真不太容易……"我趁机打击胡胖子道。

胡胖子斜眼剐了我一眼，然后又用满脸儿的赘肉堆出来一个谄媚的笑容，对着刘晶莹说道："还是晶莹知我心意，怎么着，什么时候帮你胖哥物色几个美女啊，你胖哥我要求也不高，只要跟陆大美女差不多就行了！"

刘晶莹扑哧一乐说道："你美得吧你，跟陆雯差不多？陆雯可是咱学校的一枝独秀啊，已然被林乱捷足先登了，你让我到哪再去给你寻觅啊？要不，你跟林乱竞争一下，谁赢谁就能抱得美人归。"

邵飞赶忙拦住刘晶莹的话头，说道："你别瞎起哄了，挑拨人家小两口感情。"

陆雯丝毫不以为忤，甜笑着揽住我的头颈对其余三人表态道："除了乱，我谁也不嫁！"

陆雯这话听着那叫一舒坦，顿觉给我长了大大的脸面。

"陆雯啊，我一直都不明白，林乱这小子究竟有什么好的，值得你如此死心塌地，他跟胖爷我比，除了肥膘比我少些，我就看不出他还有啥优点了？你到底是咋想的？胖哥我可是好心提醒你啊，不忍心看你这朵如此娇艳的鲜花插在他这坨没营养的牛粪上，整一个浪费国家稀缺资源哇！”胡胖子大嘴一歪打趣道。

我也好奇地盯着陆雯，说实话，我也觉得陆雯从陌生人变成老熟人再到女友的这段过程实在有些迅捷，转眼我跟她都要订婚了，虽说这跟时下流行的“闪婚”还有一定的差距，但至少也已超过了全国的平均水平。

陆雯眨巴眨巴大眼睛，根根上翘的眼睫毛一阵儿颤动，她犹豫了半晌说道：“这个……我想不需要什么理由吧……”

胡胖子眉头一皱显然对这个“不需要理由”的理由感到不甚满意。

邵飞拍了胡胖子一巴掌，说道：“你小子管那么多干吗？有你吃有你喝，还不够。”说着他又端起酒杯跟我们说道：“来来来，咱先提前预祝咱的好兄弟林乱和大美女陆雯，白头偕老举案齐眉！”

“用不来成语就别瞎咋呼，人家是订婚又不是结婚！”刘晶莹伸指在邵飞的额头重重一点。

看着他俩嬉笑打闹的模样，我突然感到一阵恍惚——我明天就要订婚了？不知一切是否都能顺利……

76. 订婚（二）

第二天我起了个大早，打量了一番窗外京城灰蒙蒙的天空，不禁感慨这贼老天怕是让夏天和冬天同了房，竟然生出这样的鬼天气。不管怎么说今个儿可是我大喜的日子，它也忒不给我面子了。

此时陆雯给我打来电话，说是她正在婚庆店里化妆呢，让我赶紧过去。我心说我一大老爷们就不必化什么妆了吧，别整的公母都分不清，但去自然还是得去的，于是我随意穿了身休闲西装就径直出了门。

来到婚庆店，邵飞、胡胖子和刘晶莹三人早已在那等候多时。店前一水儿的婚车都是胡胖子安排的，而刘晶莹和邵飞作为我和陆雯的伴郎伴娘也着实刻意打扮了一番。倒是我这个准新郎显得跟没事人一般，要是把现在的我跟邵飞搁一块儿，外人保准会误会他才是这次婚宴的正角儿。

最终我被刘晶莹拖进店内好好拾掇了一番，再次面对世人的时候我已然是改头换面——时尚的发型、笔挺的衣饰、锃亮的皮鞋，靠，怎么把我整得跟万恶的资本家一个德行啊……

待得陆雯收拾停当，她拎着婚纱的裙角，缓缓步出了化妆间。在场的所有人看着此时的陆雯顿时都傻了眼，什么叫美艳不可方物，眼前的陆雯可不就是活生生的例子么！

只见陆雯略施粉黛的美好脸庞在洁白婚纱的映衬下显得愈发动人，让人看着不禁食指大动。邵飞和胡胖子两人不约而同给我递了一个色迷迷的眼神，那意思分明就是在说：你小子艳福不浅啊！

订婚宴前最后的准备活动——包括劳什子拜会长辈、喜迎亲朋等一众俗事，那是相当烦琐，在此就不再赘述。

待得中午时分，亲朋皆至，订婚宴眼看着就要开始了。

此时我正跟邵飞、胡胖子两人作着最后的准备工作。所谓最后的准备工作其实就是趁订婚宴开始前，先把各自的肚子填填饱，待到订婚宴正式开始，那可就只有喝酒的份儿了。

胡胖子忙活了一上午，看着桌上一盘盘的美食那是早已按捺不住，五爪金龙地拿起桌上点心就往嘴里猛塞。

邵飞赶忙拦住胡胖子，说道：“你小子也该少吃点减减肥了，你昨个儿不是还让我家晶莹给你找媳妇么，就你这身条，到哪给你找去啊，你看看你，一个晚上的工夫，你的衣服可不是又瘦了一圈吗？”

胡胖子撇了撇嘴，不屑地说道：“你小子懂个球，我不吃饱了哪有力气减肥啊！减肥可是一门艺术！谁也阻挡不了胖爷我追求艺术的脚步！”

我笑着点头说道：“没错没错，谁都甭拦着咱胖爷，让他吃，让他吃个够，咱胖爷也就是生不逢时，要搁唐朝，以他的条件，早被唐明皇选进宫里搞断背去了！哪还有杨贵妃什么事儿啊！”

胡胖子对我的言论似乎丝毫不以为忤，依然我行我素地大快朵颐，但他吃着吃着突然停下了动作，抬起头来问我道：“我说怎么萌萌一直没露面啊？连欧阳胜天这小白脸都没看见。”

听胡胖子这么一提，我不禁又感到一阵黯然，其实今个儿我最希望得到的就是林小萌的祝福，可这小妮子却依然不知所踪，于是我郁闷地对胡胖子说道："这几天我一直都在找她，可她不知又去了哪里，根本联系不上。"

邵飞叹了口气，分析道："她呀，估摸着跟上回一样，又是出去散心了……"

胡胖子点了点头，拍着我肩膀语重心长地说道："你丫就是一祸害！"

我们这厢正为林小萌的缺席感到失落，陆雯和刘晶莹相携着突然出现在我们面前，刘晶莹伸指点着我们三人说道："好哇，你们仨竟然在这偷吃，快准备准备，仪式马上就要开始了！"

胡胖子打了一个饱嗝，抚着怀胎六月般的肚皮说道："报告首长，准备完毕！"

正午十二点的时候，仪式准时开始。

我携着陆雯踏着红地毯，穿过一道用鲜花搭建的拱门，走到宴会正前方一个装饰华美的平台上。站在台上，邵飞和刘晶莹分立我们两侧。往台下瞧去，但见高朋济济，我老妈、"老子"还有我的准岳父正坐在台下第一排的位置上，看着我和陆雯露出慈爱的笑容。

胡胖子抿着油光光的嘴唇在此客串了一把司仪，只见他拿着话筒腆着肚皮，高声说道："今个儿，咱大伙欢聚一堂，共庆我的死党林乱同志和陆雯同志将原本坚固的革命战友关系更进一步！要说有啥祝福，我胡胖子没有，这年头说祝福都忒俗了，我这只有一个最高指示！当年毛主席他老人家教导我们：深挖洞广积粮。我现在就代表在座的各位命令他俩——早洞房多生娃！"

胡胖子说到这儿，台下早已笑翻了一大片，一众叫好声更是此起彼伏。陆雯红晕双颊微啐了一口，我则开怀大乐，心说胡胖子这小子不知什么时候也学上了邵飞的"文革"腔。

胡胖子继续在那胡诌，邵飞突然凑在我耳旁说道："有电话，萌萌打来的，接不接？"

在这我要先解释一下，为了避免电话的骚扰，我事先将电话搁在了邵飞那里，所以邵飞才会有此一问。

我一听是林小萌打来的，连一丝犹豫都没有，立马从邵飞那儿拿过电话接了起来。

“喂，萌萌？你哪去了？这几天都找不到你，快来劲松公园，我这订婚仪式正要开始呢！”我转过身焦急地对着话筒说道。

只听得电话那头一声惊呼，果然是林小萌的声音，接着她用比我更显焦急的口吻说道：“哥，不是让你推迟订婚仪式吗？怎么提前了？快停下来！”

第十章 故事总有个结尾

77. 两难

林小萌一个劲儿地催促我赶紧终止这场订婚宴，可眼下宴会已然开始，哪是说终止就能终止的？于是我对电话那头的林小萌无奈地说道：“萌萌啊，到底出了什么事？这宴会已经开始了，怎么能终止呢？”

“哥，我刚从韩国回来，详细的情况我已基本调查清楚，等我们见了面再告诉你，总之陆雯和你结婚是另有所图，你可千万不能上当！”

林小萌似乎刚从飞机上下来，我都能从听筒里听见机场上腾空而起的飞机那巨大的轰鸣声。

听林小萌如此说，我下意识看了陆雯一眼，此时她笑靥如花，正同一旁的伴娘刘晶莹悄声耳语。那么可人的女孩怎么看怎么都不像是深有城府的人啊，于是我自顾自摇了摇头，迟疑着问林小萌道：“萌萌，你没有搞错吧？这……不太可能啊！”

“哥，你这回一定要相信萌萌啊，我这就来劲松公园，你把婚宴先暂停一下，什么事儿都等我来了再说！”林小萌说着就挂断了电话，听着她心急火燎的口吻，似乎事态的确相当严重。

我将手机塞回自个儿的口袋，胡胖子依然在跟台下一众的贺客侃着大山，邵飞见我接完电话后就一脸郁闷忧愁的模样，赶紧凑上来关心道：“是不是萌萌又伤心了？”

我朝他摆了摆手，说道：“远没那么简单……”

“那是什么？！”邵飞惊讶道。

此时我心中已然是万分矛盾，不知是否真的该按照林小萌说的去做，林小萌究竟是真的找到了所谓的证据，还是她只想拖延我的订婚宴以期能有挽回的余地？

无论是林小萌还是陆雯，我都无法相信她们中的任何一方会欺骗我，可现实却逼着我在此时必须做一个决定——相信林小萌所说，暂时停止婚宴；或者相信陆雯对我的感情，让这场婚宴继续……我究竟该怎么办？

邵飞见我并不回答他，又追问了一句："林乱同志，到底出什么事儿了？革命眼看就要胜利了，你到底愁个什么劲儿啊？"

此时的我根本无心回答，苦恼地拽了一下头发，混乱的大脑突然灵光一闪，扭头对邵飞说道："你让胡胖子尽他最大的努力去忽悠，我们得拖延一下宴会的时间！"没错，我所想到的就是先行缓兵之计，既不暂停婚礼，也能等到林小萌前来弄清事实的真相。

邵飞虽然不明所以，搞不清我为什么要这么做，但依然走到胡胖子身边耳语了几句。

胡胖子领命完毕，眼神中也不禁露出一丝的惊讶，紧跟着他转过身，面向我拍了拍自己胸前的两坨赘肉，那意思分明是在说：放心，都包在胖爷我身上了！

待得胡胖子继续在台上卖弄口舌，我立即将邵飞拖入后台，将林小萌刚才电话的内容滴水不漏地跟他复述了一遍，最后对他说道："我就是想先让胡胖子拖延时间，等到林小萌来了，再作打算！"

邵飞听完也是一脸的不可置信，疑惑地说道："陆雯不是这样的女孩儿吧……萌萌是不是搞错了？或者她只是想……只是想阻止你跟陆雯订婚……"

我双手一摊说道："我现在也乱着呢，到底谁真谁假根本分不清楚，只能先等林小萌来了再说，希望胡胖子能顺利拖住时间。"

"这点你大可放心，'忽悠'这样的事情交给胡胖子肯定错不了，这家伙一定不会辜负组织上对他的信任的！你也先别发愁了，冷静一下，等到林小萌来了就啥事儿都清楚了！"邵飞伸臂搭住我的肩膀宽慰我道。

此时刘晶莹也转到了台后，问我们道："你们两个怎么不到台前去，胡胖子怎么说个没完没了的？"

我心说这事儿可不好跟刘晶莹解释，保不准她就会告诉陆雯。可邵飞那张嘴实在太快，我根本来不及阻止，他就丝毫不带隐瞒地全照实说了出来。

我真是大恨啊，活剐了这小子的心都有，这种事儿是随便什么人都能告诉的吗？可一扭头，我又顿时生出了活剐自己的心思——陆雯竟然也转到了台后，此时就定定地站在我左舷45度的方向，估摸着邵飞刚才那番言语她是一字不漏地全听进去了……

我赶紧三步并作两步地来到陆雯面前，拉起她的手却支吾着不知该如何解释。

陆雯抽出手来，眼眶微红，秀眉紧蹙地说道："乱，你竟然信不过我……"

"雯儿，我真不是这意思！"

"那你是什么意思？你又干吗让胡胖子拖延时间？你摆明了就是相信林小萌，不相信我！你还有什么可解释的？"陆雯说着就流下泪来，两行清泪将她腮旁淡红的胭脂冲刷出两道泪痕来。

我看着陆雯这副似乎饱受苦楚的伤心模样，不由得一阵心软，把心一横——这样的女孩怎么可能是在欺骗我呢？于是我扶住陆雯的双臂对她说道："别伤心了，是我不对。走，我们现在就举行仪式，让胡胖子也好歇息歇息了。"

"真的？"陆雯睁着水汪汪的一双大眼睛看着我问道，嘴角已然露出了会心的笑意。

我郑重地点了点头，回答道："自然是真的！"

邵飞见状赶紧跑到前台去解放胡胖子，刘晶莹也拿粉饼给陆雯补了一下妆。我的手机此时又再次响起，我见是一个陌生来电，于是就很干脆地挂断了它。

可对方似乎具备锲而不舍百折不挠的坚强作风，又再次给我打了过来。我无奈之下，示意陆雯稍待，将电话接了起来。

我刚拿起听筒，对方的第一句话就差点让我晕了过去。只听对面一个女声急急地说道："是林乱先生吗？Sally小姐出了车祸！"

78. 真相（一）

我一听林小萌竟然出了车祸，顿时直感到天旋地转，心说这怎么可能是真的，这小妮子刚还跟我通过电话呢，这才多大一会儿，怎么就出了车祸？

我对着听筒失声吼道："她现在人在哪里，到底是怎么回事？你又是谁？"

"我们现在正把她往医院送呢，你赶紧过来吧！来了再细说！"电话那头的女声也显得分外焦急。

"哪家医院？"此时我拿着手机的手指也禁不住微微颤抖，心头竟然浮现出一个恐怖的画面——一辆闪着急救灯的救护车载着浑身是伤的林小萌呼啸奔驰。

"协和！你快来吧！"对方语气之焦急更让我感到一阵儿心慌。

挂断电话，陆雯看着我紧张的神色，赶忙问道："乱，出什么事儿了？"

我呆立原地，怔怔地不知回答，愣了半晌这才回过神来说道："林小萌……出了……车祸……"

陆雯顿时也惊讶地睁大了双眼，双手捂嘴一副不可置信的模样。旁边刘晶莹听闻赶紧问道："怎么会这样，她现在在哪家医院？"

"正往协和送呢！"我说着一把拉住陆雯戴着白色蕾丝手套的双手说道："雯儿，林小萌出了这事我不能不过去，这订婚宴咱能不能暂且搁下，我保证，改日一定给你补办一个更加风光的。"

陆雯摇了摇头说道："我不要什么更风光，乱，我如果不让你走，你当真会留下吗？你去吧，你即便待在这儿，你的心也早已飞到她身边去了……"

我抱歉地看了陆雯一眼，诚然，正如陆雯所言，我的心早已自作主张地飞奔到了林小萌身边，此时的我哪还有心思举办什么订婚宴啊！

我知此时再说什么也是多余，赶紧麻烦刘晶莹跟邵飞和胡胖子吱一声，跟他俩说明一下事情的原委，让他们帮我跟前来的贺客好好解释解释，再同我老妈和"老子"也打声招呼，但别告诉他们是林小萌出了事，二老岁数也不小了，可禁不住这大喜大悲的折腾。

吩咐完一切，我就飞奔着朝停车场跑去……

订婚宴开到一半，准新郎拍拍屁股走人的事情估摸着怎么着也够这一众贺客八卦几天了，只是苦了陆雯，我最后离开时，她的表情是如此阴晴不定，似乎她也被林小萌的意外给吓到了。

我开着一辆车窗前仍点缀着无数鲜花，车牌照用红绸包裹的婚车就直奔协和医院，一路上花瓣飞扬，待得到了医院，却只剩下了那些牢牢固定在车前盖上的枝枝干干在寒风中摇曳，大有万花丛中过片叶不粘身的架势。

此时我的心里仍抱有一线希望——但愿这一切都只是林小萌的一个恶作剧，她会如同儿时一般，突然出现在我的面前，绽着天真的笑容得意地说道：哥，终于把你骗来了！

可当我走进医院，看到一个个或拿着相机或扛着摄影机的记者围着问询台的护士打听Sally情况的时候，我那仅存的一线希望就如同一个脆弱的肥皂泡——“啪”的一声破灭了。我明白——这一切都是真的，林小萌真的出了事！

混乱中不知哪个家伙喊了一句：“Sally正在9楼抢救呢！”于是一大帮子人呼啦啦地就朝电梯涌去。眼瞅着本来吞吐量就有限的电梯顿时超了负荷，我立刻改道开着11路沿着安全楼梯就朝9楼奔去。

这9层楼的距离于此时的我来说，仿佛就是通往地狱的台阶，我越往上跑心则越往下沉。嘴里不停喃喃：“萌萌，你可千万不能有事啊！”

当我最终步履蹒跚地来到急救室的门口，一个似曾相识的背影首先映入了我的眼帘，可当他转过身面对我时，我被惊得目瞪口呆，同时心里也燃起了熊熊的怒火——竟然是那个天杀的，害了林小萌终身幸福的韩国佬朴金明！

这混蛋竟然出现在这里，说明林小萌的这次事故跟他一定也有着莫大的牵连，新仇旧恨此番一起涌上我的心头，我哪还控制得住，大骂着“王八蛋”就朝这厮扑了过去。

79.真相（二）

还未等我扑到朴金明身前，两个彪形大汉已双臂一张拦住了我的去路，同时一个盘着头发的年轻女孩一把扯住我的衣袖问我道：“你是林先生么？”听她的声音，正是刚才给我打电话通知我林小萌出了事的那个女孩。

我朝女孩点了点头，又扭过头瞪着朴金明，意图继续完成我未尽的大业——揍得丫满地找牙！

朴金明挥手让那俩彪形大汉退下，径直走到我的面前，很礼貌地朝我微笑示意，并伸出了他的右手，嘴上说着一串我根本理解不了的鸟语。

一旁的女孩赶紧替我翻译道：“林先生您好，我是朴先生的翻译，朴先生说您和他之间有一定的误会，他会慢慢跟您解释，不过目前我们首要关心的还是Sally小姐的安危。”

废话！我还不知道关心萌萌的安危啊。可狭路相逢冤家路窄的，想揍朴金明的心思我压根控制不住啊。不过这家伙说什么误会，这是啥意思？我跟他之间只有仇恨，有个球的误会！

我也不去理会朴金明那兀自伸在半空想与我相握的手，问身旁的女孩道：“萌萌她现在怎么样了？

“Sally小姐正在抢救，医生还没出来，情况我们也还不太清楚……”

“她怎么会出事的？”我说着又一指朴金明：“他来这里干什么？”

“Sally小姐是同我们一起乘坐今早上的班机抵达的北京，可她一下飞机刚打了个电话后，就急急地赶了出去。朴先生见她走得匆忙，不甚放心，派人紧跟着Sally小姐以便看护好她，这才在她出事的第一时间将她送来了医院……要不然后果真的无法想象……”翻译女孩说着又拍了拍自己的胸脯，一副心有余悸的模样。

此时我心里已然塞满了疑问，眼瞅着都快溢出来了：林小萌怎么去了韩国？她找朴金明干什么？她当时告诉我说找到了欧阳胜天想要算计我的证据，难道和朴金明有关？

还在我愣神的当口，一帮子受制于电梯速度而慢我一拍的记者呼啦啦地涌出了电梯，争先恐后地往急救室门口涌了过来。

几个年轻的小护士妄图冲上去阻止他们的脚步，嘴里高声喊着：这里是医院，都安静点！可这帮子记者哪是几个小护士所能拦住的，单是闪光灯和快门的声音就足以掩盖小护士的喊声。

朴金明转身对身后几个随行人员低声吩咐了一句，只见几个彪形大汉立马冲上了前线，用身躯将急救室前的过道堵了个严实，透过他们宽厚的脊背，我只能看见闪光灯那刺眼的灯光，心说这朴金明怎么跑到咱中国人民的土地上还依然如此嚣张跋扈哇，不过这回他总算办了件人事，要真让这帮子记者涌过来那还了得！

我走到急救室的门外，妄图透过急救室大门上的两块玻璃看清室内的情况，可显然我是在白费力气，我回头问那翻译女孩道：“萌萌送进去多久了？”

翻译女孩低头看了看手表，说道：“已经一个多小时了。”

啥，已经那么久了？我心里不自觉地升起一丝不祥的预感，一个年轻大夫走出急救室握着我的双手说道节哀顺变的画面在我的脑海中闪现，我赶紧抽了自己一嘴巴，打消了这个念头，心里默默祈祷这港台肥皂剧最爱洒的狗血桥段可千万别成为现实啊。

朴金明这时走到我身边，拍了拍我的肩膀，似乎在安慰我。我撇开他搭在我肩膀上的手说道：“你丫少碰我，现在没工夫教训你，等萌萌没事了再跟你算账！”

朴金明疑惑地看了眼翻译女孩，等待着她的传译。翻译女孩为难地看了我一眼，我心说这女孩估摸着不敢直译我这段话的内容吧，于是对她说道：“你就告诉他，让他少来烦我。”

朴金明听罢，又通过翻译女孩对我说道：“林先生，我想我有必要澄清我们之间的误会——我并没有对Sally小姐做过任何不轨的举动！”

我听翻译女孩结结巴巴地说完了这段话，心里头自是惊诧无比，这怎么可能呢？当时在韩国的时候，所有的证据可都将矛头直指这朴金明啊！现在这家伙却说这是误会！

只听朴金明接着说道：“我是被人诬陷的！诬陷我的人就是Sally小姐的经纪人——欧阳胜天！”

此时我自以为是双核的大脑已然有些混乱，运行速度霎时降低到了286的标准。心里头电光火石般闪过一个念头——当时那些证据的确都是欧阳胜天提供给我的，主张不报警的也是这家伙，难不成朴金明说的都是真的，他真的是被欧阳胜天诬陷的？

朴金明似乎看出我一下子有些无法接受，又对我说道：“我已聘请私家侦探着手调查此事，那份所谓的化验单以及服务员的口供都是他伪造的，另外Sally小姐依然是清白之身，这点等她康复自会告诉你。相关证据的复印件我可以派人给你送来。其实今天Sally小姐请我和她一同来到北京，就是为了能跟你说清此事。”

停停停！我赶忙伸手阻止了朴金明，我需要好好冷静冷静，这可越说越玄乎了……

80.真相（三）

此时林小萌依然在急救室中抢救着，走廊上那些被朴金明的手下阻拦住的记者不时发出不满的呼喝声，不过好在他们还算顾忌医院的特殊性，这才没有弄出更大的动静。

朴金明等我冷静下来后，这才将前因后果一点点地告诉了我。整件事情还得从林小萌那次演唱会后的悄然失踪说起。

当时我们大家都以为林小萌是外出散心去了，包括她自己也是如此说的。其实不然，真实的情况是她收到了一封朴金明发给她的E-mail，朴金明通过这封电子邮件告知林小萌：他们之间也许存在着某些误会。

朴金明这位外国友人之所以如此说，正是因为当时他遭到了我的无故殴打，这才发觉事有蹊跷，派人多方调查后与林小萌取得了联系，希望能冰释前嫌。

林小萌是在办个唱的当天收到的E-mail，第二天一早就在未通知任何人的情况下独自一人赶赴韩国，与朴金明相见。两人一席话下来，终于发现朴金明这个“罪魁祸首”敢情也是个受害者，整件事情都是他人在暗中策划。

朴金明也不是笨人，我家林小萌更是聪明伶俐，两人再一合计，自然都想到是欧阳胜天搞的鬼，于是两人分头展开了调查。

林小萌回国后就主动投入了欧阳胜天的怀抱，自是为了搞清欧阳胜天的真实目的。正所谓工夫不负有心人，林小萌在一次机缘巧合的机会下终于偷听到了欧阳胜天和他老子的对话，原来欧阳胜天当时只是伪造了一个假象，然后买通了服务员与医生将罪名嫁祸给了朴金明，再借口林小萌的明星身份，将此事稳稳压下，不露一点儿的风声。

而他之所以要这么做，就是为了让林小萌主动离开我，以便陆雯安全上垒。

至于陆雯和欧阳胜天的关系，当时的林小萌并不清楚。林小萌立刻将这一消息告诉了远在韩国的朴金明，而她之所以没彻底告诉我，只是让我拖延婚期，一方面是因为她现在所掌握的证据都只是她的一面之词，未必能起到决定性的作用；另一方面，林小萌也清楚要是让我知道了这件事，一定会沉不住气地找欧阳胜天算账，到时候只会打草惊蛇。

朴金明请的私家侦探倒也不是个吃干饭的主儿，虽比不上名侦探柯南同志25分钟的破案效率，但也在获知林小萌提供的线索后，大致弄清了事情的来龙去脉。

其中最让我心惊的就是陆雯和欧阳胜天的关系，可以说陆雯是彻底被这王八蛋所利用了……陆雯的老爸是负责公司财务的高管，这陆雯一早就跟我说过，可她没有提及的是——她老爸当年一时被金钱迷了眼，竟然挪用了公司的款项将其全部投入了股市，这炒股有风险又不是说着玩儿的，一来二去竟然赔了个精光，陆雯的亲娘也是在当时被气走的。

老欧阳可是个贼精贼精的老狐狸，也不告发陆父，表面上说是顾念朋友情谊让陆父感恩戴德了好一阵子，实际上是抓住了陆父的把柄，这才有了之后一系列的故事。

老欧阳因与我“老子”未能合作成功，自身公司又陷入了财政危机，这才动起了坏脑筋，要起了阴招，说穿了，就是对我这个我“老子”公司的未来继承人使起了美人计。

可以说，陆雯在这整个阴谋中扮演的也是一个受害人的角色……这么一想，她最初对我嘘寒问暖的突兀，迅速成为女友的不可思议，以及订婚的迅捷，原来都是因为她的身不由己……

而林小萌则显得更加无辜可怜，命运真正是跟她开了个彻头彻尾的玩笑，眼看着她今儿个就可以跟我说明真相，未曾想却出了这样的事故。看着急救室那紧紧闭合的大门，我已说不出是什么滋味，对陆雯的同情、对欧阳胜天的憎恨，这些于此时的我来说，都已不再重要，我只有一个简单的愿望——希望林小萌能一切平安……

翻译女孩此时从口袋中摸出一张微有些褶皱的照片，边递到我的面前边对我说道：“Sally小姐发生车祸后，手里一直牢牢地攥着这张照片，我想她是希望我们能把它交给你吧……”

我接过照片一看，竟然是我们当时一票人在圣诞节那天照的合影，照片中林小萌半蹲在我的身前，她甜美的笑容里弥漫着不经意的忧伤。我翻转过照片，只见照片背面有六行娟秀的字迹：

不管你的爱有没有明天

我会坚信

那些誓言

终将在人世流连

“——我们俩一辈子都在一块儿好么……”

“——好”

我看着这在斑斑血迹下掩盖的歌词，回忆起当时的场景，鼻头一酸，止不住地流下泪来。

林小萌动情的歌声仿佛在我的耳畔响起，我不禁嘴里喃喃：“萌萌，哥答应你，咱俩一辈子都在一起！你可一定不能有事啊！”

急救室的大门此时一下子打了开来，只见一个护士服上染着殷红血迹的中年护士对着另两个小护士急声喊道：“快去把王大夫找来，病人停止心跳了！”

我双膝一软，一下子跪倒在了急救室的门口，撕心裂肺地喊道：“萌萌！”

81. 离开

看着急救室的大门“哐当”一声再次在我的面前闭合，此时我感到了万分的无助，压抑的气氛逼得我完全喘不过气来，我不想看到大夫走出急救室时那副无奈的表情，所以我选择了逃离。

我从地上直起身子，一扭身拨开重重包围的记者就向外头奔去。未曾想，电梯门一打开我就和胡胖子肥硕的身躯撞了个满怀，原来这帮家伙在处理完婚宴的善后事宜之后也立刻赶来了医院。

此时的我无心跟他们交代事情的始末，只是匆匆瞥了陆雯一眼，就立刻关上了电梯的铁门，将他们疑惑的目光阻挡在了外头。电梯门关上的一刹那，我似乎从陆雯的眼神中看到了那平时所没有的一丝慌乱。

我冲出医院的大门，站在医院花圃前的一块空地上，仰头望天，阴风呼啸。浓重的云彩翻滚着仿佛在天边拼凑出林小萌不安的脸庞，她静静地闭着双眼，眼角仿佛挂着一颗留恋的泪滴，天，开始下起雨来……

大冬天的竟然下雨，这搁京城可不是时有发生的，冰凉的雨点无情地刺痛着我的肌肤，我只想放声哭喊，可啊啊地张开嘴，却什么声音都发不出来，总说千言万语如鲠在喉，可我现在只有一句话——萌萌，回来吧，回到哥的身边来吧……

被雨水打湿的头发挂在我的额前，阻挡了我的视线，突然属于我的那一方天空竟然不再下雨——一顶黑色的雨伞笼罩住了我。

我转身一看，一个右手擎伞的娇俏身影映入眼帘，我不禁失声喊道："萌萌！"声音之响亮，惹得周围路人一阵侧目。

"乱，是我……"陆雯的声音默默在耳畔响起。

我定了定神，再细看，可不就是陆雯么！我怎么就误看成林小萌了呢？

黑色的雨伞并不大，无法同时遮住两个人，陆雯为了给我打伞，半边身子已经被雨水打湿，可是她似乎浑然没注意到这些，看着我的眼神躲躲闪闪并透着无尽的失落。

我一个人痛苦也就罢了，何必拉陆雯来垫背呢，此时我那不值钱的怜香惜玉的品性又开始作祟，我对陆雯说道："雯儿，别在雨里待着了，我正有事要问你。"

陆雯轻嗯了一声，依然不敢直视我的目光。

我将陆雯拉到医院一个较为僻静的角落，将朴金明对我所说的一切跟陆雯和盘托出，末了，我问她道："雯儿，这都是真的吗？"其实此时的我并无心去追究什么，只是一想到林小萌危险的情况就心乱如麻，只想找些别的事情好让自己分心，不然估摸着今晚精神病院的大门就该向我热情地敞开了。

陆雯低头沉默，并没有立刻回答我，雨水顺着她长长的秀发滑落在地板上发出滴答的声响，过了良久，陆雯抬起头，轻声问我道："乱，如果这都是真的，你会原谅我吗？"

我摇了摇头，说道："雯儿，这不是原谅和不原谅的问题，你也是无辜的……”

我话还没说完，陆雯就一下子扑进了我的怀里，泪水夺眶而出，只听她哽咽着说道：“乱，其实……其实我……”

陆雯断断续续说了好几个“其实”，可却没有下文。我轻轻抚着她的秀发，安慰她道：“雯儿，什么都不用说了……”可以说，陆雯也是一个被利用的受害者，我又有什么理由去怪罪她呢……冤有头债有主，要算账也得去找欧阳胜天这个正角啊！

“乱……”陆雯似梦呓般的一声呼唤后，不舍地看了我一眼，然后一扭头就冲进了大雨里，我想阻止可又哪里追得上她八步赶蟾踏雪无痕的轻功，“乱，我走了……”陆雯伴着哭泣的声音遥遥传来，伴着她婀娜的背影渐渐消失在一片雨幕之后，看着这一切我不禁感到了一阵失落，可让我万万没有想到的是，她这一走竟然就是一辈子……当然，这是后话。

我的心思再次被揪回林小萌的身边，这时，老天突然放晴了……

82. 故事总有说到头的时候

时光回溯到本文的开头。

我将那纸飘落的相片重新夹回相册里，合上相册，往竹制的躺椅上一靠，心里念叨：回忆这玩意儿，真是越想越伤神啊……

陆雯自从那次一别后就杳无音讯，据说她考研去了上海。至于欧阳胜天，恶人自有恶人磨，这里不提也罢，免得让他这颗老鼠屎破坏了我今个儿晒太阳的雅兴，总之他和他的狐狸老子得到了应有的惩罚。

那林小萌又如何了呢？

“乱，快起来换衣服，你都躺那儿一个下午了！晚上胡胖子的三十大寿你是不是不准备去了？”这时林小萌的声音从里屋传了出来。

我走进里屋，看着林小萌收拾屋子的身影就一阵儿乐。

她直起腰来问我道：“你又傻乐什么呢？”

“有一句话，不知你是否还记得？”

“少卖关子，直接说！”嘿，这林小萌，自从我跟她在户口本上的关系从兄妹变成了夫妻，她老人家大有翻身当家做主人的趋势啊。

“我们俩一辈子都在一块儿好吗？”我笑嘻嘻地说道，一副没正行的嘴脸。

林小萌微微一笑，很干脆地说道：“不好……”

啥？竟然敢说“不好”！

可正在我找纸笔准备写一封休书的当口，林小萌话锋一转，温柔地说道：“一辈子哪够啊！”

（全书完）